KB048326

택배는 이렇게 탄생했다

소설 운수업

다카스기 료 ● 지음
이승원 ● 옮김

목차

등장인물 소개

오구라 마사오小倉昌男

야마토 운수에서 아버지 오구라 야스오미의 뒤를 이어 2대 경영자가 된다. 강력한 리더십, 뜨거운 열정, 확고한 신념으로 부하들의 신망을 얻어 '소화물 배송' 업무를 추진한다. 눈앞의 이익보다 고객을 먼저 생각하는 마음으로 결국 유통혁명을 이루어낸다. 이권만 밝히는 운수 행정을 과감히 비판하는 배짱까지 갖추었으며, 뛰어난 결단력의 소유자이다.

오구라 야스오미小倉康臣

오구라 마사오의 아버지로 야마토 운수 창립자이다. 선견지명이 있는 뛰어난 경영자이며, 정확한 판단력과 따뜻하고 넓은 마음을 지녔다. 이삿짐, 혼례화물 업무를 개척하는 등 다양한 아이디어로 야마토 운수를 성장시킨다. 아들인 오구라 마사오를 강인하게 키운다.

하나

오구라 야스오미의 부인으로, 상냥하고 기품 있는 여성. 남편 회사 종업원들도 부모처럼 챙겨주며, 헌신적으로 오구라 야스오미를 내조한다.

이치키 슈조一木秀造

미츠코시 가구부 주임으로, 오구라 야스오미와 단둘이서 자주 여행을 갈 정도로 꽤 친분이 깊었다. 오구라 야스오미에게 트럭을 이용한 가구 운반을 제안한다.

스즈키 히사히코鈴木久彦

야마토 운수의 상무이사. 소화물 배송을 시작해야 한다는 오구라 마사오의 의견에 유일하게 공감했던 인물. 주위의 인맥들을 설득하여 소화물 배송 업무의 안착에 지대한 공헌을 한다.

아이하라 스스무相原進

야마토 운수 노동조합 중앙집행위원회 위원장. 처음에는 소화물 배송에 부정적이었지만, 삿포로까지 와서 소화물 배송 시장의 가능성을 설명하는 오구라 마사오의 열정에 감복하여 점점 끌리게 된다.

오카모토 시게오岡本茂男

미츠코시의 사장으로 거만한 인물. 배송비 정상화를 요청하는 야마토 운수의 의견을 무시하여 파트너 관계 결렬의 빌미를 제공한다.

사이토 다케시斎藤武志

야마토 운수 고양이 마크를 디자인하여 큰 업적을 남겼다. 평소에는 따뜻하고 조용하지만 술만 들어가면 사람이 변한다. 하이쿠에 남다른 소질이 있는 인물.

1. 이 책의 일본어 표기는 국립국어원 외래어 표기법을 따르되, 최대한 본래 발음에 가깝게 표기하였다.
2. 인명, 지명, 상호명은 일본어로 읽어주는 것을 원칙으로 하되, 극중에 처음 등장할 시에만 한자를 병기하였으며, 필요한 경우 옆에 주석을 달았다.
   *인명
   예) 오구라 마사오小倉昌男, 스즈키 히사히코鈴木久彦, 아이하라 스스무相原進
   *지명
   예) 도쿄東京, 나고야名古屋, 오사카大阪
   *상호명
   예) 야마토大和 운수, 미츠코시三越, 다이마루大丸
3. 본문의 이해를 돕기 위해 필요한 경우 용어 옆에 주석을 달았다.
   *용어
   예) 워킹 그룹working group - 상위 조직에서 정한 주제나 목적에 따라 실제적으로 구체적인 일을 하는 모임
4. 일본 고유의 단어는 일본어 발음으로 표기하였으며, 필요한 경우 독자의 이해를 돕기 위해 한자와 주석을 병기하였다.
   *일본 고유의 단어
   예) 게이샤芸者 - 요정이나 연회 자리에서 술을 따르거나, 전통 춤 및 노래로 술자리의 흥을 돋우는 직업여성
5. 서적 제목은 겹낫표(『』)로 표시하였으며, 나머지 인용, 강조, 생각 등은 작은따옴표('')를 사용했다.
   *서적 제목
   예) 『트럭과 산 80년』, 『적기赤旗』, 『쓰루鶴』
6. 모든 주석은 내용 이해를 돕기 위해 역자와 편집자가 붙인 것이다.

제1장 개혁 전야

1

"사장님께서 부르십니다. 급한 일이 없으시다면 지금 바로 와달라고 하십니다만……."

비서인 야마모토 요시코山本佳子가 부하와 협의 중인 스즈키 히사히코鈴木久彦에게 정중한 태도로 말했다.

"알았네."

의자에 걸쳐둔 양복 상의를 걸친 스즈키는 넥타이를 고쳐 맨 후 4층에 있는 사장집무실로 향했다.

사장이 부른다니 가보지 않을 수 없다.

1975년 4월 하순의 어느 날에 있었던 일이다.

스즈키는 야마토大和 운수 주식회사의 상무이사이며, 간토關東 지사장을 겸하고 있었다. 1974년 3월에 이사로 선임된 스즈키는 이듬해 2월에 상무로 승진했다. 11개월 만에 상무로 발탁된 것은 야마토 운수에서도 이례적인 일이었다.

야마토 운수는 1975년 4월 1일에 대폭적인 조직 개편을 단행했다.

종래의 업종별 조직을 지역별로 변경하고, 본사 집중 방식에서 지방문권으로 이행하기 위해 지사 제도를 시작했다. 이 개정의 목적은 ①간토 지방에 한정되어 진행되던 '면面의 개발'을 전국으로 확대하는 것 ②소화물용 전국적 배송망을 확립시키는 것 ③본사 중심에서 현장 중심으로 사고방식을 바꾸는 것── 이 세 가지였다.

오구라 마사오小倉昌男 사장의 경영 방침에 따라 결정된 이 세 가지 목적 중, 그는 ②에 중점을 두고 있었다.

오구라가 기회만 되면 '소화물 배송'을 중시해야 한다고 사내에서 강조하기 시작한 것은 1972년 즈음부터다. 오구라는 '소화물 배송'을 중시해야 한다는 계몽운동을 사내에서 시작했지만 사내 여론은 별다른 반응이 없었고, 그에 따라 오구라는 임원들 사이에서 점점 고립되어 가고 있었다. 그러던 중, 스즈키만이 위기감에 근간을 둔 오구라의 주장에 공감했다.

하지만 스즈키도 소극적으로 찬성했을 뿐이었다. 아무리 오구라가 강력한 리더십을 지녔다 할지라도 임원회의에서 '소화물 배송' 실시 안건을 통과시키는 것은 힘들지 않을까 하고 내심 생각했다.

게다가 노동조합에서 반대하면 끝인 것이다. 배수의 진을 친 오구라가 조직 개편을 단행하고 있는데도, 사내에서의 반응은 좋지 않았다. '소화물 배송' 같은 것에 관심을 가지는 사장이 이해가 안 된다는 생각은 임원뿐만 아니라 사내 직원 대부분이 하고 있었다.

일반 가정을 상대로 하는 소화물 배송은 손이 많이 가는 데다 이윤이 크지 않다. 게다가 마츠시타松下 전기나 빅터 등의 대형 가전제품 메이커와의 관계를 정리하고, '소화물 배송'을 주력 사업으로 하겠다니, 오구라는 제정신인 것일까——.

그렇게 생각하더라도 무리는 아니었다.

스즈키는 사장이 자신을 부른 것은 '소화물 배송' 때문일 거라고 생각하면서 사장실 문을 노크했다. 그러자 문이 안쪽으로 열리더니, 스즈키를 기다리고 있었던 듯한 오구라의 모습이 그의 눈에 들어왔다.

아니나 다를까, 오구라는 스즈키가 오자마자 입을 열었다.

"임원회의에서 합의를 얻는 것은 힘들 것 같으니 합의 없이 강행할 수밖에 없을 것 같네."

"노조에서 반대한다면 어떻게 할 겁니까? 노조 측의 동의 없이 강행하는 것은 불가능합니다."

"그래서 자네를 불렀지. 아무래도 자네가 두 팔 걷어붙이고 나서줘야겠어."

오구라의 말이 이해되지 않는 스즈키는 고개를 갸웃거렸다.

메탈 프레임의 안경 너머에 있는 오구라의 쌍꺼풀 진 상냥한 눈에 미소가 맺혔다. 그의 이마는 넓고 코도 뾰족했다. 1924년 12월 13일생인 오구라는 올해로 50세였다.

오구라보다 네 살 적은 스즈키 또한 메탈 프레임의 안경을 썼다. 오구라에게 뒤지지 않을 만큼 잘생긴 그의 얼굴에는 약간 개구쟁이 같은 구석이 있었다.

"자네라면 노조를 설득할 수 있겠지. 위원장과는 꽤 친분이 있지 않나."

스즈키는 오구라의 말이 그제야 이해되었다.

"아이하라相原 씨와는 오랫동안 알고 지낸 사이입니다만, 그래도 쉽지는 않을 겁니다."

"그 사람은 말이 통하는 사람이지. 나도 물론 그와 허심탄회하게 이야기를 해볼 생각이지만, 우선 자네가 그에게 내 뜻을 전해줬으면 하네."

오구라는 먼 곳을 쳐다보는 듯한 눈빛으로 창밖을 바라보았다.

"영업부장일 때니까 벌써 14년 전 일이군. 1961년 1월에 일본 트럭협회 방미 시찰단의 일원으로서 미국에 갔을 때, 소화물 전문 회사인 유나이티드 파슬 서비스 사UPS사를 견학하고 커다란 시사, 아니 자극을 받았던 것을 어제 일처럼 선명하게 기억하고 있다네. 바로 그때부터 일본에도 언젠가는 '소화물 배송'의 시대가 올 것이라고 생각하기 시작했지."

"저도 기억합니다. 사장님이 당시에 사내 신문에 기재했던 '미국 업계를 보고 오다'라는 글을 몇 번이나 반복해서 읽었죠. 3년 전, 사장실 기획과가 '다품종 소량 배송에 대한 물류 시스템화 구상'을 정리할 때 저는 드디어 사장님께서 '소화물 배송'을 시작하려 하신다고 생각했습니다."

"운임 제도가 작년에 개정됐을 때, 나는 찬스가 왔다고 생각했다네. 오일쇼크로 대형 화물이 현저하게 감소하는 지금이 바로 '소화물 배송'을 시작할 때라고 보네. 이대로 상황이 악화되는 것을 지켜보고만 있다간 야마토 운수에 내일은 없을 걸세. 왜 임원들은 우리가 현재 위기에 처했다는 사실을 인지하지 못하는 것인지 정말 이해가 되지 않는군."

1974년 5월, 운수성현 국토교통성은 노선 트럭의 운임 제도를 개정했다. 코스트에 걸맞은 운임 체계로 수정한 것이다. 예를 들어 중량 20킬로그램에 운송 거리가 100킬로미터인 짐의 운임은 원래 180엔이었지만, 500엔으로 변경되었다. 20킬로그램에 600킬로미터가량 운송되는 짐의 운임은 320엔에서 600엔으로, 1톤에 100킬로미터가량은 3600엔에서 5500엔으로, 600킬로미터는 10300엔으로 개정되었다.

야마토 운수는 그해 10월에 백화점 배송망을 이용한 소화물 배송 시스템화의 시험적 실시를 시작했다. 도쿄東京 내부 및 근교를 대상으로 20킬로그램 이하의 소화물을 다음 날까지 배송하는 서비스 시스템이었다.

'소화물 배송'이라 불리게 된 이 시스템의 테스트 결과는 나쁘지 않았다. 오구라는 시험적 실시 때부터 채산성을 맞출 타이밍을 모색해왔던 것이다.

하지만 반대파의 저항은 거셌다. 오구라는 임원회의 때마다 자신의 뜻을 강경하게 밀어붙였고, 임원들은 대놓고 반대를 하지는 않았지만, 찬성하는 사람은 한 명도 없었다.

전무와 상무들은 오구라의 심복이라 할 수 있는 스즈키에게 '사장의 폭주를 막을 수 있는 건 자네밖에 없다. 어떻게 해서든 그를 말려야만 한다' 같은 말을 해댔다. 사장과 그들 사이에 끼인 스즈키는 난처한 처지가 되었다.

"'소화물 배송' 시장은 한없이 넓고 광대하지. 게다가 경쟁 상대는 국영기업 두 곳뿐인 데다 서비스 품질도 최악이네. 예를 들어 시골에서 복숭아를 보내면 도쿄에 도착하는 데 일주일이나 걸려서 배송 도중에 썩어버리고 말지. 이런 분야에 우리가 참가한다면 고객들도 쌍수를 들고 환영할 게야. 어쩌면 단시간 내에 마켓을 석권할 수 있을지도 모르지."

오구라는 임원회의와 부과장 회의 자리에서 그렇게 주장했다. 하지만 '적자가 나서 회사가 도산해버리면 어쩔 것인가. 이익을 얻을 수 있다는 확실한 근거가 없는 이상, 리스크를 범할 수는 없다'라고 말하며 약 90%의 임직원들이 반대했다.

"'소화물 배송'의 사업화에 있어 가장 큰 문제는 채산성이라는 건 잘 알고 있네. 일정 지역에서 아무리 많은 짐을 받게 되더라도, 채산성 문제를 해결할 열쇠는 밀도를 높일 시스템을 구축할 수 있는가에 달렸지. 그리고 작년 가을에 했던 테스트 결과를 통해 그 문제를 해결할 수 있을 거라는 판단을 내렸지. 테스트 결과는 아이하라 위원장도 알고 있을 테니, 충분히 내 뜻을 이해해줄 거라고 보네. 이대로 가다간 야마토 운수에 내일은 없다고 방금 전에 내가 말했지? 그렇다고 손 놓고 구경만 하는 어리석은 상황만은 무슨 수를 써서라도 피하고 싶다고 위원장에게 전해주게나."

오구라의 목소리에 실린 열의에 감화된 스즈키는 야마토 운수 노동조합 중앙집행위원회 위원장인 아이하라 스스무와 이야기를 해보기로 했다.

2

야마토 운수 주식회사는 간토 지역에서 손꼽히는 명문 운수 회사다. 도쿄증권거래소 일부 상장 기업이며 자본금은 8억 4000만 엔이다. 그리고 1975년 3월기 결산에 따르면 연간 매상은 약 220억 엔, 경상이익은 약 1억 3500만 엔, 총 종업원 수는 약 5700명이다.

하지만 전국적인 지명도는 그렇게 높지 않았다. 즉, 2류 기업 수준인 것이다. 이 점은 운송업계의 톱 회사인 일본통운과 비교해보면 더욱 명확해진다.

같은 시기, 일본통운의 자본금은 489억 1900만 엔, 매상 2400억 엔, 경상이익 약 27억 엔, 종업원 수 약 6만 8000명.

일본통운은 야마토의 열 배나 되는 규모를 지닌 것이다.

야마토가 자랑할 수 있는 것은 회사 빌딩이 긴자銀座에 있다는 것 정도일지도 모른다.

쇼와도오리에 인접한 긴자 2초메의 야마토 운수 본사 빌딩 3층에 노조 본부가 있다.

오구라의 말을 듣고 마음이 급해진 스즈키는 사장집무실에서 나오자마자 노조 본부로 향했다.

스즈키가 쓰나시마綱島 지점의 지점장이었을 적, 아이하라는 쓰나시마 지점 노조의 분회장이었다. 두 사람은 십 년 이상 알고 지낸 사이였다.

1950년대부터 1970년대에 걸쳐, 야마토 운수의 노조는 기본급 인상과 일시금 문제 해결을 요구하면서 1년에 두세 번 파업을 할 만큼 전투적이었다.

시대 자체가 그랬다고 치부할 수도 있지만, 당시 노조와 회사의 상호 불신감은 상당한 수준이었다.

아이하라는 소년 전차대제2차 세계대전 때, 14~19세 소년들을 훈련시켜 만든 전차부대의 생존자였다. 1949년에 친척의 소개로 야마토 운수의 운전사로 채용되었다. 아이하라는 1925년 1월에 태어난 소띠이며, 쥐띠인 오구라는 12월생이기에 두 사람의 나이 차이는 실질적으로 한 달밖에 되지 않았다.

스즈키는 분회장이었던 아이하라와 쓰나시마 온천의 요정料亭 '스이메이水明'에서 함께 연회를 즐기고는 했다.

12월 30일, '강우회綱友会'의 송년회는 '스이메이'에서 쓰나시마 지역 게이샤芸者 - 요정이나 연회 자리에서 술을 따르거나, 전통 춤 및 노래로 술자리의 흥을 돋우는 직업여성를 전부 불러 떠들썩한 파티를 벌였다.

쓰나시마의 쓰나, 즉 강綱과 '교우회'를 붙여서 만든 '강우회'는 친목회이며, 쓰나시마 지점에서 근무하는 모든 종업원이 이 친목회의 회원이었다. 1년에 딱 한 번 열리는 이 파티를 위해 공제회의 적립금 외에도 지점의 매점 이익도 경비에 포함시켰다.

아직 전무였던 오구라는 강우회에 꼭 얼굴을 내밀었고, 노조 본부에서 중요 직책을 맡은 세 간부도 꼭 초대했다.

도쿄대학 경제학부 출신인 오구라는 운전사들의 눈에는 다른 세상에 사는 존재처럼 보였지만 한번 같이 어울려 놀고 나면 그에게 친밀

감을 느꼈다. '의외로 말이 통한다', '부모 회사를 물려받은 사람치고는 간이 크다'. 오구라에 대한 운전사들의 평가는 일변했다.

오구라를 강우회에 참가시킨 사람은 스즈키다. 그는 오구라를 종업원들과 융화시키고 싶어서 그렇게 했다.

모든 종업원 중 80%는 노조에 소속되어 있고, 그중 절반이 운전사다. 거만함과는 거리가 먼 오구라와 같이 술을 마신 운전사들이 친근감을 느끼지 못할 리가 없다.

흉금을 열고 서로의 마음을 보여줌으로써, 비로소 진심 어린 교감을 할 수 있게 되는 것이다.

하지만 강우회는 1963년부터 3년 동안만 열렸다.

1965년 12월 30일 강우회에서 술에 취해 게이샤의 목덜미에 담뱃재를 떨어뜨린 불한당 때문에 '스이메이'에 출입할 수 없게 된 것이다.

다들 술에 취한 상태였기에 범인이 누구인지 찾아내지 못했지만 게이샤에게 화상을 입힌 것은 용서받을 수 없는 짓이었다.

'장난에도 정도가 있다'라며 게이샤 조합에서 분노를 터뜨린 것도 무리는 아니었다.

12월 31일, 스즈키와 아이하라는 함께 '스이메이'와 게이샤 조합에 사과를 하러 갔다. 하지만 '야마토 운수의 연회에는 절대 쓰나시마의 게이샤를 보내지 않겠다'라는 말을 듣고 강우회는 해산하게 되었다.

그런 쓰디쓴 추억도 있기는 하지만, 스즈키와 아이하라의 교우 관계는 쓰나시마 시절 이후로도 계속되었다. 스즈키가 상무가 되고, 아이하라가 노조 위원장이 된 지금도 두 사람은 계속 친분을 유지하고 있다.

아이하라는 외출 중이라 자리에 없었다.

스즈키는 본부 여직원에게 아이하라가 돌아오면 자신에게 전화를 해줬으면 한다는 말을 전해달라고 부탁한 후, 자기 자리로 돌아갔다.

그날 저녁, 아이하라는 스즈키에게 전화를 걸었다.

"여어, 아이하라……."

스즈키는 밝은 목소리로 응답했다. 스즈키는 그 어떤 때라도 미소를 잃지 않고 밝게 행동하는 남자였다.

"오래간만에 자네와 한잔하고 싶군."

"대체 무슨 바람이 분 겁니까? 뭔가 꿍꿍이가 있는 거죠?"

"그런 건 없어. 오래간만에 얼굴이 보고 싶어서 본부에 들렀더니 자네가 없더라고. 그래서 연락을 부탁한 것뿐이야."

"스즈키 씨와 한잔하는 건 좋지만, 왠지 말도 안 되는 소리를 할까봐 걱정이 되네요."

아이하라는 농담기가 눈곱만큼도 없는 목소리로 그렇게 말한 후, 웃음을 터뜨렸다.

"말도 안 되는 소리인지 아닌지는 모르겠지만, 자네에게 할 이야기가 아예 없는 건 아냐. 그래도 자네에게도 나쁜 이야기는 아닐걸?"

"그럴 줄 알았다니까요. 오늘 밤은 선약이 있어서 안 되지만, 내일 밤은 시간이 됩니다."

"그럼 비워둬. 저녁 여섯 시에 가라스모리烏森에 있는 '기쿠타菊田'에서 보지."

"예."

'기쿠타'는 일본요릿집이다.

다음 날 밤, '기쿠타' 2층에 있는 방에서 만난 두 사람은 맥주를 마시면서 이야기를 나눴다.

"아이하라가 위원장이 된 후로 노사 관계가 꽤 개선된 것 같아. 파업도 꽤 줄었고 말이야."

"사무원과 노무원의 임금체계를 일원화하는 데 회사가 협력해준 것이 회사에 대한 노조의 의식을 바꾼 걸지도 모르겠네요. 3년 동안 계속된 긴 교섭으로 노사 양쪽 다 지치기는 했지만, 이 일원화 덕분에 사무원들에 비해 낮은 대우를 받던 현장 종업원들의 사기가 높아진 것도 사실이고, 노조원 간의 반목도 없어졌죠. 마사오 씨가 사장이 된 후로 노조와 회사 간의 의사소통이 원활해진 건 분명합니다."

"맞는 말이야. 다들 노사가 대립하는 입장인 게 당연하다고 생각하는 것 같지만, 실은 이해득실을 일치시켜야만 하지. 회사가 잘 굴러가면 종업원들의 생활수준도 좋아질 테고, 1년 365일 동안 파업만 해대면 사회적 신용도도 떨어져 1류 기업이 될 수 없어. 회사와 노조는 이번에 그 사실을 눈치챈 게 아닐까?"

"파업을 할 수밖에 없는 분위기라는 게 확실히 존재하기는 해요. 파업 자체가 결론이 될 때가 있다는 것은 부정할 수 없지만, 파업을 하게 되면 고객들이 손해를 보게 되죠. 그래서 저는 핫바지 위원장이라는 소리를 듣는 한이 있더라도 가능하면 파업을 해선 안 된다고 전부터 생각해왔어요."

스즈키는 취기가 돈 탓에 빨개진 얼굴을 아이하라를 향해 내밀었다. 아이하라도 스즈키와 마찬가지로 안경을 썼다. 아이하라는 한창 때 꽤 날렸던 스즈키보다도 이목구비가 또렷한 미남이었다.

"이런 이야기나 하려고 저를 부른 건 아닐 테죠?"

"응. 실은 사장님이 보낸 사신으로서, 아이하라에게 해주고 싶은 이야기가 있어."

빙긋 웃으면서 그렇게 말한 스즈키는 마치 별것 아니라는 듯한 말투로 '소화물 배송'에 관한 이야기를 했다.

그의 말을 들으면 들을수록 아이하라의 얼굴에 긴장의 빛이 어리더니, 이윽고 딱딱하게 굳어버렸다.

"사장님이 '소화물 배송'을 추진하기 위해 최선을 다하고 있다는 건 저희도 알아요. 하지만 백화점 배송망을 이용해 추진했던 '소화물 배송' 실험에 노조가 협력했던 건 그게 어디까지나 실험이었기 때문입니다. 딱 잘라 말씀드리지만, 노조가 '소화물 배송'에 찬성하는 일은 절대 없어요. 스즈키 씨도 생각해보세요. 노조 안에서도 가장 발언력이 강한 노선 승무원이 대형 화물 운송을 관두고 '소화물 배송'을 하라는 말을 듣고 고개를 끄덕일 리가 없잖아요. 만약 억지로 강요한다면, 이쪽도 비장의 카드를 뽑아들 수밖에 없다고요."

팔짱을 낀 아이하라는 입을 꾹 다물었다.

"사장님은 아이하라라면 이해해줄 거라고 낙관하고 있는데 말이야. 노조가 반대하면 '소화물 배송'을 시작할 수 없지. 솔직히 말해 농담이라도 파업이라는 카드까지 꺼내들 거라고는 생각도 못 했어."

"농담으로 이런 말을 할 리가 없잖아요. 노조 측의 동의를 얻기 이전에, 전체 경영진이 한마음 한뜻이 되어 '소화물 배송'을 추진하게 할 수는 있는 겁니까?"

아이하라의 날카로운 시선을 받은 스즈키는 고개를 돌렸다.

아픈 곳을 찔렸다. 아이하라는 임원들이 '소화물 배송'에 반대하고 있다는 사실을 아는 것이다.

"아이하라에게는 사실대로 말해줘야겠지. 만약 임원회의에서 이 안건을 채결하게 되면 찬성하는 사람은 아마 사장님과 나뿐일 거야. 하지만 이 일은 채결로 정할 문제가 아니라고 생각해. 우리 회사의 톱이 내린 경영 결단이니까 말이야. 하지만 노조에서 파업을 하면서까지 반대한다면 사장님도 뜻을 꺾을 수밖에 없을 거야. 그러니 노조의 동의를 꼭 얻고 싶은 거야."

"이름을 밝히진 않겠지만, 임원 중에는 노조가 이 일에 반대하지 않으면 회사가 도산하고 말 거라면서 노조에 압력을 가해오는 사람이 몇 명이나 있어요."

스즈키는 몇몇 임원의 얼굴을 떠올렸다.

아이하라는 이런 자리에서 거짓을 말하는 남자가 아니다. 그러니 사실이 분명할 것이다.

"스즈키 씨는 진짜로 '소화물 배송'에 찬성하는 건가요?"

의표를 찔린 스즈키는 바로 대답하지 못했다.

"처음에는 회의적이었어. 하지만 사장님의 이야기를 몇 번이나 듣다보니 우리가 살아남기 위해서는 '소화물 배송'밖에 없다는 생각이

들기 시작했지. 3월기 결산에서는 1억 3천만 엔 정도의 경상이익을 봤지만 꽤 부풀려진 숫자야. 실질적으로는 적자를 봤지. 오일쇼크 후의 수송 수요 감소 추세는 눈에 보일 정도로 심각해. 이대로 가다간 경영난에 직면하게 될 거야. 그렇다면 '소화물 배송'으로 승부를 걸어 볼 가치가 있다고 생각해."

아이하라는 잔에 맥주를 따른 후, 인상을 쓰면서 마셨다.

"사장님이 스즈키 씨를 간토 지사장 자리에 앉힌 것은 '소화물 배송' 찬성 쪽에 끌어들이기 위한 포석이겠죠. 사단장인 스즈키 씨는 의견을 내놓을 수 없는 위치예요. 즉, '소화물 배송' 준비에 착수한 것이나 마찬가지고, 간토 지사가 '소화물 배송'의 핵심 부대가 될 게 분명하겠죠. 하지만 '소화물 배송'을 시작하는 것을 자살행위로 받아들이는 것도 무리는 아닙니다. 옮길 짐이 과연 있을 것인가. 우체국과 국철현 JR을 상대로 승부를 해서 승산이 있을 것인가. 게다가 우체국과 국철에서도 '소화물 배송'은 적자 부문이란 말입니다."

"그 점에 대한 사장님의 의견은 단순 명쾌해. 국영기업인 그 두 곳은 서비스가 나쁘기 때문에 적자를 보고 있는 거야. 양질의 서비스를 제공하면 화물량은 늘어날 거고, 규모 확장을 통해 이익을 얻게 되면 코스트도 내려가겠지. 그러니 '소화물 배송'은 충분히 매력적인 분야라고 할 수 있어."

"그저 낙관적으로 생각하는 것뿐이잖아요. 정말 괜찮은 거냐, 라는 질문에 괜찮다고 대답할 수는 없을 텐데요."

"사장님의 이야기를 한번 들어주지 않겠어? 이 일에 임하는 사장님의 기백은 정말 엄청나. 귀기鬼氣가 서렸다는 말은 요즘의 사장님에게 어울리는 말이라는 생각이 들 정도지. 우리 중 위기감을 가장 크게 느끼고 있는 사람은 바로 사장님이야. 나는 아직 젊고 경영진 안에서도 막내라서 어차피 회사가 박살날 거라면 차라리 '소화물 배송'에 모든 걸 걸어보자는 생각으로 이 일에 임하고 있어. 하지만 사장님은 5700명이나 되는 종업원을 길바닥에 나앉게 할 수는 없겠지. 가족들을 포함해 2만 명이나 되는 사람들의 생활이 걸린 문제라고. 사장님의 말에 따르면 이 '소화물 배송'은 도박이 아냐. 위험부담이 없지는 않지만 충분히 승산이 있다고 생각하셔."

스즈키와 아이하라는 자정까지 술을 마셨지만, 아무리 술을 마셔도 취기가 돌지 않았다.

3

다음 날 아침, 스즈키는 오구라에게 면담을 요청했다. 숙취 때문에 머리가 무겁고, 속도 좋지 않았지만 아이하라와 나눈 이야기를 오구라에게 보고해야만 했다.

"위원장의 의견은 역시 긍정적이라는 단어와는 거리가 멀었습니다. 노조원 중 '소화물 배송'에 찬성하는 사람은 적을 것이며, 그중에서도 노선 승무원들은 강경하게 반대 입장에 설 것이다. 그럼에도 회사가 강행하려 한다면 비장의 카드를 뽑을 수밖에 없다면서 저를 협박했습니다."

“비장의 카드라, 무시무시한걸. 아이하라 군 개인의 의견은 어때 보였나?”

오구라도 아이하라에게 친근감을 가지고 있는지, 때때로 그를 ‘아이하라 군’이라고 부르곤 했다.

“역시 반대에 가까워 보였습니다. 임원 중에는 노조 간부들에게 반대를 하라고 부추기는 사람도 있는 것 같더군요.”

스즈키는 고자질을 하는 것 같아 약간 기분이 좋지 않았지만, 그 정도는 오구라도 예상했을 거라는 생각이 들었기에 솔직하게 말했다.

스즈키의 말을 들은 오구라는 쓴웃음을 지었다.

“그게 누구일지 예상은 되지만 그들 또한 회사를 걱정해서 그런 거겠지. 하지만 생각이 얕은걸.”

“하지만 아이하라 위원장이라면 중앙집행위원회에 정식으로 문제 제기를 해줄 거라고 생각합니다. 확고하게 반대하고 있는 것처럼은 보이지 않더군요.”

말은 그렇게 했지만, 스즈키는 자신의 판단이 무른 것일지도 모른다고 생각했다.

“우선 위원장과 한번 만나 주십시오. 사장님의 말이라면 제 말보다 훨씬 무게감이 있을 테니까요.”

오구라는 왼손으로 볼을 매만지면서 고개를 끄덕였다.

스즈키는 그 후에도 아이하라와 몇 번 이야기를 나눴다. 4월에만 대여섯 번은 만났지만 아이하라의 태도는 변함이 없었다.

“‘소화물 배송’을 시작하지 않으면 야마토 운수는 발전할 수 없어.

속는 셈 치고 내가 하자는 대로 해줘."

"운전사의 부담만 늘 뿐 이득이 없어요. 그러니 속을 수는 없습니다."

"사장님은 '소화물 배송'을 강행할 생각이야."

"무슨 수를 써서라도 저지할 겁니다."

그런 입씨름만 계속되었다.

4

5월 연휴 중, 아이하라가 삿포로札幌로 출장을 간다는 사실을 안 오구라는 삿포로에서 아이하라와 만나기로 마음먹었다. 4월은 남은 날짜가 얼마 안 되었기 때문에 두 사람의 스케줄을 조정하기가 여의치 않았던 것이다.

야마토 운수가 도쿄—삿포로를 잇는 화물 직행 정기편 취급을 시작한 것은 1972년 10월부터다. 오구라는 전부터 삿포로에 홋카이도北海道 지사를 개설하고 싶다고 생각하고 있었고, 그로부터 7년 후인 1980년 2월, 삿포로 지점은 홋카이도 지사로 승격되었다. 이때 오구라는 '나는 자신이 홋카이도 지사장 직무 대리이기도 하다는 생각을 가지고 있다. 그만큼 홋카이도에 관심을 가지고 있다'라고 측근에게 말했다.

오구라는 비서를 통해 아이하라에게 자신의 뜻을 전한 후 약속을 잡았지만, 출발 직전에 급한 일이 생겨서 삿포로에 가지 못하게 됐다.

물론 그 사실은 아이하라에게도 전했다.

오후 다섯 시, 삿포로 시내의 호텔에서 노조 관련 회의에 참가했던 아이하라에게 비서실장인 다카하시高橋로부터 전화가 왔다.

"사장님께서 여섯 시 즈음 치토세 공항에 도착할 예정이십니다. 위원장님과 저녁을 함께 하고 싶다고 하십니다. 일단 스스키노의 XX에 방을 잡아뒀습니다. 위원장님은 시간이 되시겠습니까?"

"사장님은 다른 일 때문에 삿포로에 못 오시는 걸로 알고 있었는데?"

"그 일이 잘 풀려 시간이 생겼습니다. 내일 아침 일찍 도쿄로 돌아오실 예정이며, XX호텔에서 숙박하실 겁니다."

"조금만 빨리 연락을 줬으면 좋았을 텐데 말이야. 회식 선약이 있는데다 회의도 길어질 것 같으니 사장님과 같이 식사하는 건 무리일 것 같아."

"그래도 어떻게 시간을 좀 내주실 수는 없겠는지요."

다카하시는 사내 위치를 생각해서라도 아이하라가 양보해주기를 바라면서 매달렸지만, 아이하라의 뜻을 꺾을 수는 없었다.

결국, 아홉 시 경에 오구라가 묵는 호텔의 개인실로 아이하라가 찾아가기로 했다.

오구라는 약속 시간보다 빨리 호텔에 와서 아이하라를 기다렸지만, 아이하라는 약속 시간보다 20분 늦게 나타났다.

"기다리게 해서 정말 죄송합니다."

"그건 내가 할 말이네. 이렇게 시간을 내달라 해서 정말 미안하군. 아이하라 군과 하루라도 빨리 만나고 싶어서 삿포로까지 쫓아오고 말았지 뭔가."

"영광입니다. 저도 사장님과 즐거운 식사 자리를 가지고 싶었습니다만……."

"좀 더 빨리 연락을 했으면 좋았겠지만, 오후가 되어서야 내 삿포로행이 결정되었다네."

두 사람은 위스키에 물을 타 가볍게 한 잔씩 한 후, 본론에 들어갔다.

"스즈키에게서 아이하라 군의 의견을 들었네. 그걸 듣고 아쉽지 않았다면 거짓말이겠지만, 그래도 지금은 밀어붙여야 할 때라는 판단을 내렸다네."

"집행위원회에서도 이야기를 해봤지만, 반대 의견이 압도적으로 많더군요."

"'소화물 배송' 자체는 수십 년 전부터 거론됐던 테마지. 노조 위원장이 아이하라 군이 아니었다면 아마 거론 자체를 하지 않았을 거야. 자네라면 분명 이해해줄 거라고 믿고 이 일을 추진하고 있는 거라네."

"저를 그렇게 높게 평가해주셔도 곤란합니다. 하지만 위기감을 느끼신 사장님께서 '소화물 배송'으로 활로를 열려 하시는 건 이해가 됩니다. 어디까지나 개인적인 감상에 불과하지만 말이죠."

"노조원들은 임금이 줄어드는 것을 가장 걱정하고 있는 것 같네만, 그런 일은 절대 있어서는 안 되네. 그것만은 내가 보증하지. 아이하라 군도 알고 있겠지만 작년 10월부터 도쿄를 중심으로 실험적으로 운영한 '소화물 배송'의 업무 성적을 보면, 승산은 충분히 있네. 내일까지 짐을 확실하게 배송한다. 그게 바로 양질의 서비스인 거야. 수요는 분명 늘어날 테지. 우리가 수요자들의 사정을 우선으로 생각하는 자세만 취한다면, '소화물 배송'의 장래는 밝아. 분명 성공할 거야. 하지만 노조에서 반대한다면 이야기는 달라져. 머릿속이 굳은 임원들은 내가 무슨 말을 해도 이해하지 못하지만, 노조 간부들이라면 이해할 거라고 생각하네만……."

아이하라는 이유는 모르겠지만 가슴속에서 뜨거운 무언가가 끓어오르는 듯한 느낌을 받았다.

5월 연휴 기간에 '소화물 배송'에 관한 이야기를 하기 위해 삿포로까지 온 오구라의 열의가 아이하라의 가슴에 전해지지 않을 리가 없었다.

"집행위원회 회의에 상정해서 결의를 받으려고 하면 분명 부결될 겁니다. 하지만 이 문제는 토의를 통해 결론 낼 문제가 아니라고 생각해요. 스즈키 상무도 말했듯, 회사의 톱이 내린 경영 결단이니까요. 물론 노조는 사장님의 말에 무조건 순응할 생각은 없습니다. 사장님의 방침에 무조건적으로 따를 수는 없으니 조건을 제시하기는 하겠지만, 어떻게든 '소화물 배송'을 받아들이는 방향으로 의견을 모을 수 있다면 모으고 싶다는 생각이 듭니다."

오구라는 위스키를 한 잔 더 따라서 아이하라에게 건넸다.

"감사합니다."

아이하라는 양손으로 잔을 받았다.

"술기운을 핑계로 방금 한 말을 무를 생각은 없습니다. 하지만 오늘은 비공식적으로 사장님을 만난 것이니 방금 제가 한 말은 혼잣말로 생각해주시지 않으면 제 입장이 곤란해질 것 같군요."

오구라는 무거운 목소리로 말했다.

"아이하라 군. 자네의 입장은 잘 알고 있네. 그래도 고맙다는 말은 해두고 싶군. 자네의 혼잣말을 듣고 나는 용기를 얻었네. 임원회의에서 '소화물 배송' 이야기를 꺼냈다 하면 다들 인상만 써대지. 그야말로 사면초가 같은 상황이지만 아이하라 군과 만난 덕분에 마음이 좀 풀린 것 같다네."

"스즈키 상무라는 강력한 응원군이 있지 않습니까."

"그렇지. 스즈키를 깜빡하다니, 천벌 받겠는걸."

오구라는 너스레를 떨었다. 그러자 아이하라는 입가에 미소를 머금었다.

"나는 '소화물 배송'의 잠재적 수요는 연간 5억 건에서 7억 건 정도는 될 것이라고 본다네."

"5억 건이나요?"

아이하라는 새된 목소리로 그렇게 말하면서 눈을 깜빡였다.

사장은 꿈을 꾸고 있는 것이다. 아무리 그래도 그건 너무 많다. 과대망상이라고 해도 과언이 아니다.

"물론 5년 정도의 텀은 필요하겠지. '소화물 배송'을 시작하자마자 5억 건 이상의 수요가 발생할 거라고는 생각하지 않네."

오구라는 아이하라의 어이없어 하는 듯한 얼굴을 바라보면서 말을 이었다.

"자네는 내가 과장해서 말하고 있다고 생각하나 보지만, 결코 그렇지 않네. 워킹 그룹working group – 상위 조직에서 정한 주제나 목적에 따라 실제적으로 구체적인 일을 하는 모임이나 프로젝트 팀을 설립해 파악하면 알 수 있겠지만, 5년 후는 무리라도 10년 후에는 그 정도 수요가 발생할 거라고 생각한다네."

"경영자가 꿈을 가지는 건 좋지만, 솔직히 말해 현실감이 없군요."

"스즈키와도 이야기했지만, 워킹 그룹에 노조도 참가하는 건 어떤가. 노조 간부도 참가해줬으면 좋겠군."

"사장님의 뜨거운 열의에 감복했습니다. 그 제안을 감사히 받아들일 수 있도록, 집행위원회에 상정하도록 하겠습니다."

아이하라는 자신이 오구라에게 끌리고 있다는 사실을 느꼈다. 하지만 워킹 그룹에 노조 간부를 참가시킨다, 라는 제안은 노조에게 커다란 인센티브를 주게 될 것이다——.

5

아이하라는 도쿄로 돌아오자마자 노동조합 부위원장인 에토 오사무江藤修와 이세 고지伊勢幸治에게 '소화물 배송' 문제에 관해 오구라와 나눈 이야기를 누누이 설명했다.

올해로 만 서른아홉인 에토, 그리고 서른여덟인 이세는 아이하라가 속내까지 털어놓을 수 있는 이들이었다. 특히 아이하라와 띠동갑인 이세는 성격 면에서 그와 대조적이었다. 아이하라가 항상 신중한 편이라면, 그는 온화한 외모와는 달리 꽤나 우직하고 판단이 빨랐다.

아이하라를 위원장 자리에 앉힌 것도 이세였다.

옛날, 술에 약한 아이하라에게 '술도 못하면서 어떻게 다른 사람의 마음을 알 수 있겠어요'라며 이세는 그를 대폿집과 값싼 주점에 끌고 다녔다. 아이하라가 술을 마실 수 있도록 '체질 개선'을 시킨 것이다. 이세는 노동조합에서 노선부 회장을, 에토는 백화점부 회장을 겸하고 있었다.

자신의 이야기를 들은 이세가 "바라마지 않던 일이군요" 하고 말하자, 아이하라는 놀라고 말았다.

"오일쇼크가 터진 직후, 지방에서 근무하는 녀석들은 일이 없어서 캐치볼을 하거나 씨름을 하면서 시간을 때우고 있잖아요. 이대로 안 되겠다고 생각한 회사 측은 화물량이 많은 도쿄와 오사카大阪로 그들을 전근시키려 했죠."

1974년 10월에 노선 부문, 해운 부분의 영업 악화를 우려한 오구라 사장은 두 부문을 육운陸運 본부로 통합한 후, 자신이 직접 본부장이 되어 진두지휘를 했다.

화물량이 적은 도호쿠東北와 규슈九州의 종업원들을 일시적으로 도쿄, 오사카에 전근시킨다는 방침을 세운 것도 같은 시기였으며, 그것은 긴급 피난적 조치라 할 수 있었다.

노조는 회사 방침에 반대했다. 하지만 회사가 궁지에 처한 상태였기에 끝까지 반대할 수는 없었다. 결국 몇몇 조건을 달면서 회사의 제안을 받아들일 수밖에 없었다.

당초 회사 측에서는 '단신 부임이며 전근 기간은 6개월'을 제안했지만 노조 측은 '전근이 아니라 지원을 나온 것으로 해줬으면 한다. 기간도 3개월로 단축해달라'라고 주장했다. 회사는 노조 측이 제시한 조건을 받아들였다.

우쓰노미야宇都宮 지점에 노조원 영입을 위해 갔던 이세는 그곳에서 젊은 노조원에게 '전근이나 지원이나 그게 그거다. 노조는 끝까지 반대했어야 했다. 도쿄에 단신 부임하게 된다니 당치도 않다. 집행부가 이렇게 약해빠져서 어디 써먹겠느냐' 같은 말을 들었던 것을 아직 잊지 못했다.

"하지만 현실적으로 봐서, 우쓰노미야 지점에 일거리가 얼마나 있는지를 생각해봐. 지방에 일이 없다면 도시에 일을 하러 가는 건 어쩔 수 없잖아. 게다가 회사에서는 반년을 제안했지만 우리는 그것을 석 달로 줄였어. 끝까지 반대했다간 우리 모두 잘리고 말거야. 가족들을 길바닥에 나앉게 만들 거야? 회사는 임금을 줄이지도, 지급을 미루지도 않았어. 사원 삭감도 고려하고 있지 않지. 이를 악물고 경영 위기를 견디고 있다고. 그러니 노조도 고통 분담을 하기 위해서라도 회사에 협력해야만 하지 않겠어?"

이세는 그 노조원에게 말했다.

다카오카高岡라는 고참 노조원이 이세의 편을 들었다.

"부위원장님의 의견도 옳다고 생각합니다. 이 상황에서는 노조도 회사에 협력해야만 한다고 생각합니다. 반대만 해대다간 회사가 망해버리고 말 테니까요."

"그런 소리 할 거면 다카오카 씨가 그 잘난 지원이란 걸 하러 가라고요!"

젊은 노조원이 그렇게 걸고넘어지자, 다카오카는 '예. 그렇게 하죠' 라고 말했고, 그 모습을 본 이세는 감격했다.

다카오카의 말이 우쓰노미야 지부의 분위기를 바꿨다. 로테이션을 짜서 3개월간의 단신 부임이 실시됐지만, 도쿄에서의 생활은 가혹했다. 회사는 오오이大井 경마장 근처에 있는 게이힌京浜 터미널의 한 동棟을 단신 부임자들을 위한 기숙사로 삼았다. 하지만 개인실이 아니라 두세 명이 한방을 써야 하는 데다 냉난방 시설도 없었다. 겨우 석 달 동안이라고 해도 익숙하지 않은 단신 부임 생활은 지방 사람들에게 너무나도 가혹했다.

욕구불만 상태가 되어 경마장의 말을 향해 공기총을 쏘는 사람, 가로등에 맥주병을 집어던지는 사람들이 줄을 이었다.

게이힌 터미널에 가맹한 회사는 마흔 곳이니, 그런 사건 사고를 일으킨 모든 사람들을 야마토 운수의 사원으로 볼 수는 없지만, 가장 먼저 의심받는 이들은 야마토 운수의 운전사인 그들이었다.

이세는 아이하라의 눈을 뚫어져라 쳐다보았다.

"'소화물 배송'을 시작하는 것은 단신 부임을 해소할 찬스가 아닐까요? 잘된 일이라고 봐야 한다고 생각합니다."

"나도 이세 군의 의견에 찬성입니다. 앉아서 죽음을 기다릴 바에야 '소화물 배송'으로 치고 나가야 한다고 봅니다."

에토도 동의했다.

아이하라는 긴장된 목소리로 말했다.

"두 부위원장이 '소화물 배송'에 찬성해줄 거라고는 꿈에도 생각 못 했어. 사장님에게는 개인적으로는 이해한다고 말한 것도 노조에서 합의를 얻을 수 있을지 없을지 매우 불안해서였거든. 두 사람 다 찬성해주니 구름 사이로 광명이 비친 것만 같은걸."

이세는 퉁명스러운 목소리로 말했다.

"위원장님은 걱정이 많을 뿐만 아니라, 우리를 몰라도 너무 모른다니까요. 그리고 마쓰야마松山 군의 의견을 들어보는 게 좋을 것 같습니다. 그가 '소화물 배송'에 반대할 리가 없어요. 쇠뿔도 단김에 빼라고 했으니 지금 바로 전화를 해보죠."

성격이 급한 편인 이세는 바로 전화를 하러 갔다.

마쓰야마 고이치는 중앙집행위원이며, 오사카 지부장이다. 나이는 36세이며, 이세보다 두 살 젊었다. 잠시 후, 전화기를 귀에 댄 이세의 목소리가 아이하라와 에토에게 들려왔다.

두 사람의 대화 내용은 이렇다.

"사장님이 추진하는 '소화물 배송'에 대해 어떻게 생각하지?"

"노조의 일원으로서 어떻게 생각하냐는 건가요?"

"응. 지금 위원장님과 에토 씨랑 그것에 대해 이야기하고 있는데 말이야. 위원장님이 사장님과 스즈키 상무에게 설득당한 것 같거든."

"할 수밖에 없지 않을까요? 이대로 가만히 있다 일이 줄어들면, 결국 회사가 문을 닫게 될 테니까요."

"너라면 그렇게 말할 거라고 생각했어."

이세는 빙긋 웃은 후, 아이하라와 에토를 쳐다보았다.

세 사람은 노조 본부에 있는 회의실에서 이야기를 하고 있었다.

"이세 씨는 어떻게 생각하세요? 당연히 찬성이죠?"

"응. 도쿄와 오사카, 이 두 거대 거점이 찬성한다면 반대 의견 정도는 얼마든지 눌러버릴 수 있을 거야."

"그럴 겁니다."

이세는 노선부 회장을 맡기 전까지 도쿄 지부장이었기 때문에, 도쿄의 거점은 그의 영향권 안에 있었다.

"고마워. 근 시일 안에 도쿄에 한번 와줘야 할 것 같아. 그럼 그때 봐."

전화를 끊고 테이블로 돌아온 이세는 아이하라와 에토를 쳐다보았다.

"들으신 대로입니다. 마쓰야마 군은 주저 없이 찬성하더군요."

"하지만 다른 집행위원들은 어떻게 나올까? 야마다山田 서기장의 의견도 들어봐야 할 것 같은데……."

"위원장님. 이세 군과 마쓰야마 군과 제가 찬성했지 않습니까. 그냥 이대로 밀어붙여버리죠."

에토의 말을 들은 아이하라는 겸연쩍은 표정을 지었다.

하지만 집행위원회 안에는 아이하라보다 더 신중한 위원도 여럿 있었다. 서기장인 야마다 사부로도 그중 한 명이었다.

아이하라는 서둘러 중앙집행위원회를 소집했다. 위원은 총 스물다섯 명이다.

"사장님은 5억 건에서 7억 건의 잠재적 수요가 있다고 했습니다. 그리고 '소화물 배송'을 향한 사장님의 열의는 인정해줄 만하다고 생각합니다."

"경영자가 꿈을 가지고 목표를 향해 달리는 것은 좋은 일입니다. 하지만 꿈이나 목표만으로는 먹고 살 수 없습니다. '소화물 배송'에 찬성할지 말지는 현장 작업자들의 판단에 따라 결정해야겠죠. 가장 고생하게 되는 건 현장 사람들이니까요."

"사장님의 제안을 가벼운 생각으로 받아들여서는 안 된다고 생각합니다."

위원들 대부분의 의견은 이러했다. 하지만 아이하라가 워킹 그룹 이야기를 꺼내는 것을 기다렸다는 듯이, 발언을 자제하고 있던 이세가 바로 찬성했다.

"워킹 그룹에 참가할 수 있는 것은 꽤 괜찮지 않을까요. 상당히 건설적인 제안이라고 생각합니다."

"워킹 그룹이라고 해도 결국은 '소화물 배송'을 위한 것이지 않습니까. 결국 사장님의 주장을 뒷받침하는 이론을 만들기 위해 설치하는 거겠죠. 정부의 잘나신 사람들이 만드는 심의기관과 별반 차이가 없어요."

젊은 집행위원 중에는 이런 쌀쌀맞은 의견을 내놓는 이도 있었지만, 이세는 물러서지 않았다.

"설령 동기는 그렇다고 해도, 노조 측의 체크 기능이 완전히 묶여버리지는 않겠죠. 오일쇼크 이후 회사의 경영 상태는 상당히 악화되었습니다. 업무량이 급감한 것은 여러분도 잘 알고 있을 겁니다. '소화물 배송'이라는 발상은 그런 위기감에서 나온 거라고 생각합니다."

"어찌됐든 간에 워킹 그룹에 참가하는 것 자체는 충분히 의미가 있지 않을까요. 저는 '소화물 배송'의 사업화 자체는 제쳐두더라도, 워킹 그룹에는 참가해야 한다고 생각합니다. 그리고 워킹 그룹에 집행위원 중 누군가가 들어가야 한다면 가장 먼저 찬성의 뜻을 표시한 이세 씨가 적임이 아닐까요."

오사카 지부장인 마쓰야마의 발언에는 아무도 반대하지 않았다. 마쓰야마는 나고야名古屋 아래에 있는 노조를 지키는 책임자다. 일도 솔선수범해서 하며, 부하들도 이끌고 나가는 타입이기 때문에 젊은 사원들 중에는 팬이 꽤 많았다.

"게다가 이세 군은 노선부 회장이기도 하니 그보다 더 적임인 사람은 없을 겁니다. 워킹 그룹에 노조의 대표로서 이세 군이 참가한다. 이 의견에 반대하는 분이 없다면 이 사항을 정식으로 회사 측에 전달하겠습니다. 그래도 괜찮겠습니까?"

반대하는 이는 없었다. 마쓰야마가 박수를 치자, 이세는 멋쩍은 듯이 목덜미 언저리를 매만지면서 인상을 살짝 찌푸렸다.

시간을 들여 '소화물 배송'을 허용하는 분위기를 만들어갈 생각인 아이하라는 에토와 이세에게 과격한 발언을 삼가달라고 미리 말해뒀다. 그 덕분에 첫 회합은 큰 문제없이 끝났다.

이세와 마쓰야마는 더욱 세게 밀어붙이고 싶었다. 어차피 살아남으려면 전진하는 수밖에 없는 상황이기에, 이러쿵저러쿵 떠들어댈 때가 아닌 것이다.

하지만 아이하라에게는 아이하라 나름의 방법이 있었다. 그리고 그것이 방법론적으로 봐서 틀렸다고 할 수도 없었다.

6

6월에는 노사 간의 단체교섭이 몇 번이나 열렸다.

그 자리에서 오구라가 무심코 '아이하라 군……'이라는 말을 입에 담은 순간, 젊은 집행위원이 클레임을 걸었다.

"사장님. 공적인 자리에서 아이하라 위원장님을 아이하라 군이라고 부르는 것은 적절치 못한 행동이라고 생각됩니다."

오구라는 '머리에 피도 마르지 않은 녀석이……' 하고 생각하면서도 화를 참은 뒤, 미소를 지었다.

"맞는 말입니다. 제 실언이군요. 아이하라 위원장으로 정정하도록 하겠습니다."

오구라는 표정을 굳히면서 말을 이었다.

"배송 업무가 폭주하는 백중 시즌 이후의 8월과 9월을 '소화물 증강 운동 월간'으로 지정하고 싶습니다. 물론 준비 기간이며, 본격적으로 시작하지는 않을 예정입니다만, 그 기간에 기본적인 방침을 노조에 제시하고 싶습니다."

본사 대회의실에서 오구라와 마주 보고 앉은 아이하라는 그를 바라보면서 입을 열었다.

"조합은 아직 '소화물 배송'을 승낙하지 않았습니다. 하지만 '소화물 증강 운동'에는 협력할 생각입니다. 그 결과와 사장님이 제시한 기본 방침을 확인한 후 최종적인 결론을 내릴 생각입니다. 그리고 승낙하게 되더라도 사전 협의와 인원 삭감이 없어야 한다는 것이 필수 조건입니다."

"알았습니다. 노조와의 사전 협의 사항을 준수할 것을 이 자리에서 약속하겠습니다. 고용 조정도 하지 않도록 하죠."

오구라는 무심코 옆자리에 있는 스즈키와 시선을 나눴다. 두 사람의 눈빛에는 희열이 담겨 있었다.

두 사람이 추진해온 일이 드디어 전진하기 시작한 것이다. 아이하라의 방금 그 말은 OK라고 말한 것이나 다름없었다.

단체 교섭이 끝난 후, 오구라는 스즈키를 사장집무실로 불렀다.

"자네가 물밑 작업을 철저히 해준 덕분이네."

"당치도 않습니다. 사장님의 열의와 성의 덕분에 이렇게 잘 풀린 거죠. 아이하라도 했던 말이지만, 저도 사장님께서 직접 삿포로까지 가실 거라고는 생각도 못했습니다. 정말 두 손 두 발 다 들었어요."

"딱히 그걸 노리고 그런 것은 아니라네. 처음 예정했던 삿포로행이 피치 못할 사정으로 취소된 후 다시 시간이 나서 추진했던 것뿐이라네."

오구라는 부끄러움을 감추려는 것처럼 시선을 돌리면서 말했다.

오구라는 부끄러움이 많은 편이었다. 스즈키는 오구라만큼 논리 정연하게 말하는 사람을 알지 못하지만, 그는 시선을 돌리거나 얼굴을 살짝 숙인 상태에서 말을 할 때가 많았다. 하지만 '소화물 배송'에 관한 일에서는 그러지 않았다. 오구라는 상대의 눈에서 시선을 떼지 않은 채 뜨거운 열정을 목소리에 담아 말했다. 그런 오구라는 여태껏 단 한 번도 보지 못했다.

"아이하라 위원장은 집행위원회를 설득하는 과정에서 언제부터 노조가 회사의 개가 되었나, 경영자들이 보낸 첩자냐 같은 말을 들었다고 합니다. 두 부위원장과 오사카 지부장이 도와주지 않았다면 해낼 수 없었을 거라고도 하더군요."

"그랬군. 아이하라 군도 여기까지 오느라 정말 고생이 많았겠어."

오구라는 아이하라가 겪었을 고생이 상상이 된다는 듯한 목소리로 그렇게 말했다.

"이제 노조 쪽은 찬성 쪽으로 돌아섰으니 임원들도 항복할 수밖에 없을 겁니다. 하지만 관리직들이 아직도 반대하고 있다는 게 마음에 걸리는군요."

"음. 내가 오케스트라를 지휘하고 있을 때, 샤미센三味線-일본의 전통 발현악기. 목제 상자에 가죽을 씌워 만든 몸통에 줄을 부착시켜 만든다을 연주하거나 민요를 부르는 바보가 있으면 골치 아프겠지."

오구라의 표정이 약간 어두워졌지만, 노조를 자기 진영에 끌어들인 이상, 다른 이들의 반대는 잡음에 지나지 않았다. 몸속에서 끓어오르는 자신감을 느낀 오구라는 표정이 밝아졌다.

"그런데 '소화물 배송'이라는 명칭으로 가도 괜찮을까?"

오구라는 화제를 바꿨다.

'소화물 배송'이라는 명칭에서 약간의 위화감을 느끼고 있던 스즈키는 바로 대답했다.

"새로운 명칭을 만드는 것도 괜찮지 않을까요?"

"야마토 파슬 서비스, 줄여서 'YPS'는 어떨 것 같나? 너무 튀나?"

"그렇지는 않다고 생각합니다."

"택배, 급편 같은 말은 이미 있지? 그 두 개를 더해서 나눈 것 같은 느낌이라 조금 그렇지만 '택급편'이라는 명칭도 괜찮을 것 같군."

스즈키는 오른손 검지로 테이블 위에 택 · 급 · 편이라고 써봤다.

"약간 촌스러운 느낌이기는 하지만 어감은 괜찮군요. '택급편'으로 하는 것도 괜찮을 듯싶습니다."

하지만 '택급편'이라는 네이밍에 대한 사원들의 평판은 최악이었다.

'택급이랑 탁구가 발음이 비슷해서 촌스럽다택급과 탁구의 일본어 발음이 같음—TAKKYU'라는 게 그 이유지만 어느 정도 익숙해지자 불가사의하게도 '이것보다 더 좋은 명칭은 없다'라고 다들 생각하게 되었다고 한다.

7

1975년 8월 하순, 오구라는 '택급편'의 기본적인 사고방식과 기본 요강을 정리했다. 이것은 임원회의의 승인을 거친 후, 노조에게 제시되었다. 그 내용을 아래에 기재할까 한다.

一. 기본 사고방식 ①수요자의 입장에서 생각한다. ②영구적, 발전적 시스템으로 취급한다. ③다른 회사보다 뛰어나며, 균일한 서비스를 제공한다. ④불특정 다수의 하주荷主, 화물을 대상으로 한다. ⑤철저한 합리화를 꾀한다.

二. 기본 요강 ①대상화물=소량물품(크기와 무게를 제한). ②서비스 구역=시도市都를 대상으로 하나, 당분간은 수도권에 중점을 둔다. ③서비스 레벨=수도권 내부 및 도쿄—오사카·나고야·센다이仙台는 익일 배달, 그 외는 익익일 배달. ④집하=원칙적으로 지참 형식. 집하 신청은 배송 전날 해야 함. ⑤운임=균일 요금. ⑥작업=밀도를 설정함. 소형 영업소를 적절하게 설치한 후, 화물을 센터로 집약함. ⑦사무=가능한 한 간소화함.

아이하라의 리더십 덕분에 노조는 정식으로 '택급편'의 사업화를 승인했다.

오구라는 노조 집행위원회에게 '택급편'에 대해 이렇게 설명했다.

"소량 물품에 관해서는 특별 서비스를 하자는 것이 '택급편'의 기본적 생각입니다. 특별한 서비스라는 것은 우선 일반 가정에서 나오는 화물을 취급하는 것이며, 다른 회사에서는 이런 화물을 취급하지 않습니다. 의뢰가 들어와도 거절합니다. 배송 물품 하나를 집하하기 위해 가정까지 찾아가는 서비스를 다른 회사에서는 제공하지 않습니다. '택급편'은 여기에 중점을 두려 합니다. 두 번째는 수도권 안에서는 다음 날까지 완벽하게 배송을 하는 것입니다. '택급편'의 최대 특징은 스피드입니다. 세 번째는 취급을 간소화해 누구를 상대로도 동일 요금으로 알기 쉽게 배송하는 것입니다. 당사는 수도권에서 연간 2천만 건의 백화점 배송을 실시하고 있으며, 이것은 다른 회사에는 없는 노하우입니다. 일반 소비자에게 양질의 서비스를 제공해 좋은 반응을 이끌어내면 '택급편'은 국민적 지지를 얻을 거라 확신합니다."

요금은 얼마로 할 거냐는 노조 측의 질문에, 오구라는 '현재 시험적으로 소화물 하나당 400엔으로 설정했으니, 우선 이대로 가보는 것이 어떻겠습니까'라고 대답했다.

'택급편'의 본격적 영업은 언제부터 시작할 것이냐는 질문에는 오구라의 눈짓을 받은 스즈키가 대답했다.

"올해는 준비 기간으로 삼을 생각입니다. 1976년부터 본격적인 영업을 개시할 예정이죠. 9월 1일에 워킹 그룹을 편성하고, 사장님이 제시하신 기본 요강에 따라 '택급편'의 실시안 검토를 진행할 것입니다. 그리고 노조 측의 이세 부위원장님이 워킹 그룹에 참가하기로 되어 있습니다."

1976년 정월 연휴 직후, 오구라는 스즈키를 불렀다.

"20일에 간토 지사에 '택급편' 센터를 설치할까 하는데, 자네가 센터장을 겸임해줬으면 하네."

"……."

스즈키가 바로 승낙하지 못한 것은 간토 지사장 업무 때문에 너무 바빠서 센터장을 겸임할 자신이 없었기 때문이다.

"자네가 바쁘다는 건 아네. 하지만 시작 직후, 회사가 '택급편'을 중시하고 있다는 것을 사원들에게 주지시키기 위해서라도 자네가 꼭 해줬으면 하네."

"알았습니다. 그렇게 하죠."

"고맙네. 초대 센터장 자리에 자네를 앉힌 것은 회사 전체의 분위기 쇄신을 위해서라네. 그리고 사원들이 긴장감을 가졌으면 한다는 생각도 있지. 어느 정도 상황을 봐서 지사장 대리와 교대시킬 생각이니 그때까지 잘 부탁하네."

오구라는 미안해하면서 고개를 숙였다.

"최선을 다하겠습니다."

스즈키가 미소를 지으면서 소파에서 일어난 순간, '저기……' 하면서 오구라가 그에게 말했다.

"'YPS'라는 명칭도 좀 아까워서 그러는데, 당분간은 '택급편'과 합쳐서 쓰는 건 어떨 것 같나? 예를 들어 'YPS 택급편'이라든가……."

"괜찮지 않을까요?"

"그럼 그것도 부탁하네."

참고로 말하자면, 스즈키의 센터장 겸임은 한 달 정도 만에 끝나고 만다. 간토 지사장과 센터장 겸임은 무리라는 것은 알고 있었던 데다, 분위기 쇄신이라는 소기의 목적은 한 달 만에 충분히 달성했다고 오구라가 판단했기 때문이다.

2대 센터장은 지사장 대리인 호리코시 모토하루堀越元治가 맡았다.

제2장 고전의 연속

1

1976년 1월 23일, 일반 가정을 비롯한 불특정 다수를 대상으로 한 야마토 운수의 'YPS 택급편'이 간토 지역에서 본격적으로 시작됐다.

개당 10킬로그램 미만, 가로세로 · 높이 총 1미터 이내의 박스 혹은 튼튼한 종이로 포장된 물품을 대상 화물로 한다. 그리고 운임은 영업소로 직접 가지고 와서 맡길 경우 400엔, 운전사가 물품을 수령하러 갈 경우 500엔으로 정해졌다.

운행 일정은 후카가와深川 센터를 기지로 해서 '택급편' 전용 일정이 설정됐다.

짐 분류 작업 등은 1971년에 개발된 롤박스 팰릿바퀴 달린 박스형 팰릿을 이용했고, 전표는 꼬리표 역할을 겸하는 스티커식 전용 전표를 사용하거나, 노선 화물과의 구분을 명확히 하기 위해 전표를 핑크색으로 했다. 그리고 화물에는 검은 고양이를 모티브로 한 야마토운수의 마크인 '쿠로네코 마크' 씰을 붙였다.

영업 시작에 앞서, 야마토 운수는 'YPS 택급편' 홍보용 전단을 만들었다. 잉크로 찍어낸 수수한 전단이지만 '전화 한 통으로 내일까지 확실히 물건을 배송해드립니다'라는 캐치프레이즈와 '여보세요. 짐을 맡기고 싶습니다만', '예. 금방 찾아뵙겠습니다. 하루 한 건, 10킬로그램에 500엔입니다'라는 주부와 검은 고양이의 대화를 담은 만화는 참신하면서도 인상적이었다.

전단의 내용은 아래와 같았다.

단 하나의 짐을 서둘러 보내고 싶을 때, 당신은 어떻게 하겠습니까. 근처에 있는 우체국을 찾겠습니까? 아니면 자전거나 택시를 타고 짐 운송 센터를 찾겠습니까. 짐 하나를 보내기 위해 번거로움을 감수해야 한 적은 없습니까. 그럴 때, 가까운 YPS · 택급편 센터에 전화해 주십시오. 택급편의 스마트한 자동차가 바로 당신을 찾을 것입니다.

이 전단을 개인택시 운전사를 통해 승객에게 나눠주자고 제안한 남자가 있었다.

노조 위원장인 아이하라 스스무였다.

아이하라는 사장인 오구라 마사오에게 면회를 요청했다.

"실은 노조 위원장이 아니라 개인적으로 사장님께 드리고 싶은 이야기가 있어서 왔습니다."

"아이하라 군, 그게 뭐지?"

오구라는 아이하라에게 자리를 권하면서 물었다.

"야마토 운수의 퇴직자 중에 개인택시를 하는 사람이 도쿄에만 스무 명 정도 있습니다. 그 사람들에게 전단 배부를 부탁할까 합니다만,

사장님은 어떻게 생각하십니까?"

"호오, 우리 회사의 퇴직자가……. 하지만 그렇게 번거로운 일을 맡아줄까?"

당시 개인택시 면허 취득은 지금만큼 쉽지 않았다. 그런데도 야마토 운수의 전 사원 중 개인택시를 운전하는 사람은 도쿄를 중심으로 서른 명 정도나 있었다.

"다들 오랫동안 함께 일해 온 동료들이고, 지금도 만나는 사람이 열 명 정도 있습니다. 사장님께서 OK해주시면 바로 연락해보겠습니다. 다들 야마토 운수에 대한 애착을 가지고 있는 사람들이죠. 아마 협력해주지 않을까요?"

"협력해준다면야 감사한 일이지만 공짜로 도움을 받는 것은 그러니 사례를 해야겠군."

"그러실 필요는 없습니다. 하코네箱根나 아타미熱海 같은 온천 휴양지에서 같이 하루 묵으면서 술 한잔할 수 있게 해주는 걸로 충분할 겁니다. 하지만 사장님께서 꼭 참석해주셨으면 합니다. 사장님이 와주시면 다들 감격해서 앞다퉈 협력해줄 겁니다."

"그 정도야 얼마든지 할 수 있지만, 이 일은 노조에서 기관 결정을 하지 않아도 괜찮겠나?"

"집행위원 중에는 사장님과 제가 유착했다고 생각하는 이들도 있습니다. 그러니 이건 저 개인, 혹은 일개 사원으로서 내놓은 의견으로 처리해주십시오."

아이하라는 노조 전임 종사자이기는 하지만, 야마토 운수의 사원이라는 사실에는 변함이 없었다.

아이하라는 우선 미야모토宮本와 만났다. 미야모토는 아이하라보다 한 살 위이며, 예전에는 노선 트럭 운전사였다. 그는 2년 전에 개인택시를 시작했다.

아이하라와 미야모토가 연락을 취한 후, 도쿄에 사는 개인택시 운전사 열 명을 1월 중순에 하코네에 있는 한 여관으로 모이게 했다.

그곳에서 열린 연회 자리에 오구라가 나타났다.

난방이 잘 되는 실내에서 연회 중이었기 때문에 다들 유카타 차림으로 편하게 연회를 즐기고 있었지만, 오구라와 아이하라는 단정한 옷차림을 하고 나타났다.

"여러분 중에는 제가 '소화물 배송'을 추진하고 있다는 사실을 알고 계신 분도 계실 거라고 생각합니다. 그 때문에 위기감을 느끼고 회사를 관두신 분도 계실지도 모르죠……."

그 말을 들은 택시 기사들은 술렁거렸다.

오구라는 빙긋 웃으면서 그들을 둘러본 후, 말을 이었다.

"개인택시는 국민의 생활에 없어서는 안 되는 귀중한 존재입니다. 그리고 여러분은 경영자이기도 합니다. 야마토 운수에서 퇴직하고, 개인택시를 개업한 여러분은 현명한 선택을 한 것일지도 모릅니다. 하지만 누구나 개인택시를 할 수 있는 것은 아닙니다. 자산, 주차 공간 같은 여러 가지 엄격한 조건을 통과해야 하기 때문입니다. 야마토 운수에 생활 기반을 둘 수밖에 없는 사람들은 여전히 많습니다. 저희 회사의 사원들이 행복했으면 좋겠다, 풍족한 생활을 했으면 좋겠다,

같은 생각을 저는 항상 해왔습니다."

"사장님, 앉아서 계속 말씀하시죠."

아이하라가 그렇게 말했지만, 오구라는 '이제 거의 다 했네' 하고 말하면서 손을 가볍게 내저었다.

"고객에 대한 최고 최선의 서비스를 최우선으로 고려한 '택급편'은 야마토 운수가 개발한 획기적인 신상품입니다. 그렇다고 이 기획에 회사의 사활을 건 것은 아닙니다. 성공시킬 자신이 충분히 있기 때문입니다. 하지만 그러려면 도전 정신을 잃지 않고 기업 차원에서 계속 노력해나가야 할 필요가 있습니다. 그래서 여러분들에게 협력을 부탁드리고 싶습니다. 여러분이 후배 사원들을 돕기 위해 '택급편' 홍보에 도움을 주시기로 했다는 이야기를 듣고 저도 가슴이 뜨거워졌습니다. 잘 부탁드립니다."

오구라는 그들을 향해 깊이 고개를 숙였다.

박수가 그칠 때까지, 오구라는 부끄러움을 감추려는 것처럼 볼을 매만지면서 고개를 숙이고 있었다.

이 자리에 있는 이들을 대표해 미야모토가 오구라에게 인사를 건넸다.

"저는 '택급편' 자체에는 아직 회의적입니다만 아이하라에게서 '택급편'이 실패하면 회사가 망하니 도와달라는 이야기를 듣고 NO라고 말할 수는 없었습니다. 크게 도움이 될 것 같지는 않지만, 오늘 이 자리에 참석하지 못한 이들에게도 연락을 취해 전면적으로 협력하겠습니다. 저희가 오늘 이 자리에 있을 수 있는 것은 야마토 운수가 있었기 때문입니다. 야마토 운수가 저희를 키워줬다고 해도 과언이 아니죠.

그 은혜의 만 분의 일이라도 갚고 싶습니다."

또 터져 나온 박수가 멎자, 이번에는 아이하라가 자리에서 일어났다.

"미야모토 씨, 다카하시 씨, 요시다 씨……."

아이하라는 이 자리에 있는 사람들의 이름을 한 번씩 부른 후…….

"바쁘신 와중에 오늘 이렇게 와주셔서 정말 감사합니다. 전단 배포, 잘 부탁드립니다"라고 말하면서 깊이 고개를 숙였다.

어느 정도 취기가 돈 후, 오구라는 타이밍을 봐서 이 자리에 있는 이들에게 술을 따라줬다.

옛날 회사의 사장이 자신을 깎듯이 대해주자, 그들은 꽤나 기분이 좋았다.

2

첫날 '택급편' 취급 건수는 겨우 열한 건밖에 되지 않았다. 1월 23일부터 2월 25일까지의 월간 합계로도 8591건에 지나지 않았다.

호리코시에게서 그 수치를 들은 스즈키는 인상을 썼다.

"열한 건이라. 0을 하나 빼먹은 것 아닌가?"

"아뇨. 유감스럽지만 엄연한 사실입니다. 그리고 기존 노선 화물 중, 소형 화물을 '택급편'으로 변경해서 배송한 양도 포함되어 있으니, 실질적으로는 훨씬 적을 겁니다."

"으음, 사장님에게 보고하러 가는 게 두렵군. 센터장인 자네가 사장님에게 보고해주지 않겠나?"

"지사장님이 해주셔야죠."

"으음, 곤란하군."

영업 부대인 간토 지사는 본사 빌딩의 5층에 있다. 상무이사 겸 간토 지사장인 스즈키의 자리는 대형 업무실의 중앙 창가자리에 있었다. 두 사람은 그곳에서 잠시 동안 한숨만 쉬어댔다.

"그렇다고 이대로 있을 수는 없지. 그럼 갔다 오겠네."

스즈키는 무거운 발걸음으로 4층에 있는 사장집무실로 향했다.

2월 26일 오전 열 시.

심각한 표정으로 '택급편'의 실적을 보고한 스즈키는 차마 오구라의 얼굴을 보지 못하겠는지 고개를 푹 숙이고 있었다.

"막 시작한 것치고는 나쁘지 않군."

하지만 오구라의 목소리는 밝았다.

스즈키가 고개를 들자 오구라는 웃음을 터뜨렸다.

"개인을 상대로 한 영업 경험은 제로인 상태에서 시작한 거니까. 선전한 편이라고 생각하네."

"저희는 이 수치를 보고 완전히 의기소침해져서 한숨만 쉬었습니다만……."

"전단 배포 정도의 선전만으로 큰 성과를 내기를 바라는 편이 오히려 이상하지 않나."

"호리코시와도 이야기했습니다만, 역시 선전 활동에 힘을 기울여야 할 것 같습니다. 그리고 시장조사도 중점적으로 할 필요가 있지 않을까요?"

"그래. 주택 밀집 지역과 상업지역에서 마케팅 리서치를 실시하는 것도 나쁘지 않겠지. '택급편'의 잠재적 수요가 방대하다는 것은 의심할 여지가 없어. 그러니 비관적으로 생각할 필요는 전혀 없지 않겠나."

오구라는 무리해서 괜찮은 척을 하는 것이 아니었다.

스즈키가 보고한 수치를 듣고 내심 충격을 받기는 했지만, 수장인 자신이 약한 모습을 보였다간 그를 믿고 따르는 사람들의 사기가 떨어질 것이다. 잠재적 수요가 존재한다는 점은 눈곱만큼도 의심하지 않기에 스타트 직후의 수치를 보고 놀랄 필요는 없다고 오구라는 자기 자신에게 말하면서 스즈키를 대하고 있었다.

2월 하순에 주택지역인 나카노中野 구와 상업지역인 요코하마横浜 시에서 시장조사를 해보자, '택급편'의 가능성을 확인할 수 있었다.

3월을 '5만 건 운동 월간'으로 삼은 후, 처음으로 조직적인 영업 캠페인을 실시했다.

주택가, 상점 등을 중점적인 타깃으로 삼으며 영업한 후, 매스컴을 상대로 한 광고 활동, 통합 전단 작성, 텔레비전 광고 시도, 각 영업점 및 지하철 광고에 대응하기 위한 포스터 작성과 설치 등의 선전 활동에도 힘을 실었다.

도쿄 신문은 3월 9일에 '우편 비용 상승 때문에 생긴 틈새시장 공략', '전화 한 통으로 소화물 배송', '대형 운송회사'라는 글귀가 들어간 기사를 실었다.

전화 한 통으로 간단하게 짐을 배송할 수 있는 서비스를 수도

권의 한 대형 운송회사에서 시작했다. 포장, 꼬리표가 필요 없으며, 하나당 500엔, 익일 배송. 우편 비용 상승으로 소포 배송이 꽤 비싸졌다는 점에 착안한 아이디어라고 한다. 우편 비용 상승으로 인한 이용자들의 '탈脫 우체국' 현상을 잘 이용한 전력에 우정성도——

위와 같은 글의 뒤를 이어 약 50행 정도 되는 본문이 실렸다. 게다가 '쿠로네코 마크'의 '택급편' 전용 소형 라이트밴의 사진도 실렸으며, 회사명, 주소, 전화번호도 기재됐다.

그 기사의 끝부분에 '회사 공보과의 설명'이 실렸다.

시험 단계를 끝낸 후, 근 시일 내에 한 달 5만 건을 목표로 본격적으로 시작하고 싶다. 솔직히 말해 이익은 적지만 회사 이미지 상승과 홍보에 도움이 될 것이다.

이 기사는 적지 않은 반향을 일으켰다.

세일즈 드라이버SD 육성을 비롯해 사내 체제 강화와 회사 홍보를 노린 캐치프레이즈 모집도 해봤지만 괜찮은 응모작이 없었다. 결국 첫 텔레비전 광고 때 쓴 '전화 한 통으로 다음 날 배달'이 채용되었다.

스즈키와 호리코시는 마른침을 삼키며 3월 실적을 기다렸다.

그리고 결과는 2만 4512건. 목표인 5만 건에는 미치지 못했지만 2월처럼 엄청난 충격을 받지는 않았다.

오구라의 의견도 '5만 건은 노력 목표였지. 달성률이 50% 정도라면 나쁘지 않은 편이군' 하고 낙관적인 목소리로 말했다.

실제로 '택급편'이라는 단어는 입소문을 통해 소비자들에게 깊숙이 침투되고 있었다.

3

1976년 5월 연휴가 끝난 후, 오사카를 중심으로 한 간사이關西 지구에서 'YPS 택급편'이 영업을 시작했다.

간사이 지사의 소재지는 오사카 시 스미노에住之江 구이며, 벽 하나를 사이에 둔 바로 옆에 마츠시타 전기의 본사가 있었다. 그래서 마츠시타 전기에서 일이 많이 들어왔다.

간사이 지사는 관리직, 노조원 할 것 없이 전부 '택급편' 업무에 뛰어들었다. 오사카 노조 지부장인 마쓰야마 고이치는 집행위원회에서 '택급편'을 해야 한다고 주장했던 만큼 '택급편'을 반드시 성공시키고 싶었다.

본격적인 '택급편' 업무 시작 전날 밤에는 잠도 오지 않았다.

마쓰야마를 비롯한 사원들은 전날 모은 짐의 분류 작업을 위해 새벽 네 시에 출근했다.

간토 지사에서 온 지원 팀이 '택급편'의 노하우를 전수해줬지만, 하루 이틀 만에 익숙해질 만큼 쉬운 일이 아니었다.

'대형 화물 배송'에 익숙해져 있는 현장 상황과 체질을 바꿔야 했기에, 현장 사람들은 패닉 상태에 빠지고 말았다. 살기 어린 고함을 질러댔고, 드잡이질까지 벌어질 뻔했다.

"도쿄 놈들에게 머리를 숙여가며 배워야 한다니 완전 짜증난대이."

"그 녀석들이 잘난 척하는 듯한 표정으로 사소한 것까지 지적질해대는 건 진짜 못 참겠다 아이가."

젊은 사원들의 반응을 본 마쓰야마는 완전히 질리고 말았다.

"내도 너희와 같은 심정이대이. 그래도 지금은 참을 수밖에 없는기다. 도쿄 녀석들도 필사적이다 아이가. 이 '택급편'에는 회사의 장래가 걸려있대이. 도쿄 녀석들과 다투고 있을 때가 아닌기다."

성격이 급한 편인 마쓰야마도 화가 나기는 했지만, 필사적으로 마음을 진정시키면서 다른 사원들을 달랬다.

주력 사업인 '대형 화물 배송'에 '택급편'이 추가된 상황이기에 운전자가 부족할 것이라는 것은 처음부터 예상했다. 하지만 충분한 운전자를 확보하지 못한 탓에 사무 부문의 사원이 자기 차로 '택급편'을 하는 경우도 한두 번이 아니었다. 즉, 자기 차로 짐을 배달할 뿐만 아니라 배송 물품까지 받아오고 있는 형국이었다.

새벽 타임 근무자가 쉬지 않고 저녁 타임까지 일하는 경우도 있었다.

노동 기준법 위반은 그렇게 드문 일이 아니었다. 법률을 준수하다가는 회사가 망하고 만다——. 마쓰야마를 비롯한 사원들은 그렇게 생각하면서 '택급편'에 혼신의 힘을 쏟아부었다.

전표에 배송지인 아파트 호수가 적혀 있지 않아 배송지를 찾는 데 시간이 걸린 나머지, 캐치프레이즈인 '익일 배달'을 지키지 못한 케이스도 있었다.

하지만 '택급편'을 이용한 고객은 다들 '이렇게 멋진 서비스를 이용해본 건 처음이다'라면서 기뻐했다.

고객에게 아첨을 하고, 명절에는 자비로 수건 한 장이라도 들고 찾아가봐야 하는 이들이 바로 '대형 화물 배송'을 하던 드라이버들이었다. 하지만 '택급편'에서는 짐을 받기 위해 고객을 찾아가면, 그 손님들이 고마워하면서 팁을 주기도 했다. 그중에는 같이 한잔하자면서 술을 꺼내는 고객도 있었기에 세일즈 드라이버들은 감격하고 말았다. 물론 음주는 할 수 없었지만 마음만으로도 정말 기뻤다.

간토 지사는 본격적으로 '택급편'을 시작하고 상당히 고생을 했지만, 예상했던 것만큼의 성과는 나타나지 않았다.

1976년 4월부터 이듬해 3월까지의 '택급편' 취급 건수는 전체 회사를 통틀어 170만 5195건에 지나지 않았던 것이다.

4

1976년 백중 시즌 직후, 오구라는 중개점의 제도화를 주장했다. 이 당시 오구라는 '중개점은 손님이 짐을 보내고 싶을 때 근처에 접수창구가 있으면 편리할 것이라는 발상에 입각해 만들어야 한다. 작업이나 집하를 편리하게 한다는 생각으로 만들어서는 안 된다'고 임원회의와 택급편 회의 자리에서 수도 없이 주장했다.

고객이 이용하기 편한 중개점이란 어떤 것인가에 대해 택급편 회의에서 검토한 결과 ①운수 전문점이 아닌 가게 ②해당 지역에서 오래 전부터 존재해온 신용 있는 가게 ③일반 가정과 연결점이 많은 가게 ④피치 못할 상황에 대비해 집하 등이 가능한 차량을 보유한 가게 등을 픽업해, 쌀가게, 주류 판매점, 주유소, 세탁소, 우유 배달점 같은 곳을 중심으로 설치 교섭이 진행되었다.

1976년 10월 1일까지 계약을 한 도쿄 내부의 중개점은 스물네 곳밖에 되지 않았지만 11월 초에는 284점으로 열 배 이상 늘어났다.

야마토 운수의 중개점 설치 계약 의뢰를 받은 상점 중에는 주저한 곳이 적지 않았다.

하지만 '택급편'이 일반인들의 생활에 깊숙이 침투됨에 따라, 중개점이 되면 본업에도 좋은 영향을 끼친다는 사실을 그들은 깨닫기 시작했다. 그 결과, 상점 측에서 '택급편'의 중개점이 되고 싶다는 연락이 오기에 이르렀다.

1976년에 설치된 중개점은 450점에 이르렀다.

그리고 1977년 12월에는 '택급편'의 월간 취급 건수가 100만 건을 돌파했다. 1976년 연간 건수가 170만 5195건이었던 것에 비춰보면 그야말로 급격한 성장이었다.

"첫 고비는 얼추 넘긴 것 같군."

"간소하게나마 축하를 해야겠죠?"

"사원들에게 도라야키どら焼き-밀가루 반죽을 원형으로 굽고 그 사이에 팥소를 넣은 일본 과자라도 돌릴까?"

월간 100만 건 돌파 보고를 들은 오구라 사장과 스즈키 상무는 이런 대화를 나눴다. 그리고 모든 사원에게 고양이 마크가 들어간 특제 '미카사야마' 도라야키를 나눠주며 목표 달성을 축하했다.

하지만 '택급편'의 매상은 전체의 9%(1977년도)에 불과했기에 수익에 크게 기여하지 못했다. 여전히 주력 업무는 '대형 노선 화물'이라는 사실에는 변함이 없었다.

"다른 대형 화물과 이렇게 혼선양상으로 작업을 해서는 시스템화를 철저히 할 수 없지. 이래서는 본격적으로 '택급편' 양을 늘려나가는 것은 힘들 거야. 시장 특화와 '택급편'의 전문화를 가급적 서둘러 진행해야겠어."

오구라는 임원회의와 업무 회의 등의 자리에서 묶음식 화물 처리 방식의 철폐와 소화물화 촉진을 주장했다.

하지만 '택급편'으로의 전환은 느려져만 갔기에 오구라는 초조해질 수밖에 없었다. 각 지사 및 지점이 수입 면과 고객과의 거래 관계를 생각해 과감히 전환하지 못하는 것도 어찌 보면 당연했다.

오구라의 초조함이 쌓여만 가던 1978년 7월, '택급편' 업무에 찬물을 끼얹는 사태가 발생했다.

야마토 운수에 있어 중개점은 어디까지나 일시적으로 짐을 맡겨두는 곳이기에 사업법에 저촉되지 않는다고 해석했다. 하지만 운수성(자동차국 업무부 화물과장 명名)이 1978년 7월 4일에 '일반 노선 화물 자동차 운송 사업자에 의한 화물 중개소 이용에 관해'라는 제목으로 통지를 보낸 것이다.

一. 중개소는 노선 사업자의 대리인이다. 그에 따라 해당 노선 사업자의 화물 보관소로 보는 것이 타당하며, 해당 노선 사업자는 일괄해서 사업 계획의 변경 인가 신청을 할 것. 이때, 해당 노선 사업자와 화물 보관소 간의 계약서(사진)를 첨부할 것. 그리고 이 화물 보관소는 해당 노선 사업자의 노선상에 있어야 함.

二. 중개소가 자동차를 이용해 집하 및 배달을 할 경우, 1년 단위로 유상 허가 신청을 하고, 운송 횟수가 많고 운송사업 실적을 보이는 이는 한정 면허 혹은 차량용 운송사업 신고서를 발부받을 것.

三. 중개점에는 약관을 제시할 것.

간단히 정리하자면, 운수성은 중개소(점)는 노선 사업자의 화물 보관소에 해당하기 때문에 사업법에 기초한 인가 수속을 받게 하라고 야마토 운수에 지시를 내린 것이다.

이 규제에 대한 수속 절차는 상당히 번잡했지만, 오구라는 운수성의 지시에 따르겠다는 뜻을 회사 전체에 알린 후, 바로 신청 수속을 개시하라고 담당 부문에 지시했다.

1978년 7월 31일에 제1회 784점을 필두로 해서, 같은 해 말까지 967점, 이듬해인 1979년에는 총 8회, 1642점의 신청 수속을 진행했다.

5

1979년 정월 연휴 직후, 오구라는 대형 화물 사업 부문의 완전 철수를 결단했다.

노동조합과의 사전 협의도 원만하게 진행되었다. 현장에서 뛰고 있는 그들도 대형 화물과 소형 화물인 '택급편'의 양립은 불가능하다는 사실을 실감하고 있었던 것이다. 하지만 담당 직원과 담당 부장 및 과장들은 강렬한 위기감을 느끼고 있었다.

특히 마츠시타 전기, 빅터처럼 야마토 운수의 노선 부문을 지탱해 온 대형 클라이언트와의 철수 교섭은 담당 직원과 부장, 과장들에게는 자기 몸이 잘려나가는 것 같을 만큼 괴로운 임무였다.

마츠시타 전기의 담당 직원은 '운임을 올려달라는 소리지요?'라고 날선 말을 했다.

"얼마나 올려주면 되겠습니까?"

"아뇨. 그런 게 아닙니다. 회사에서 '소화물 배송'으로 전면 전환을 하기로 방침을 정했기 때문에 철수하는 것입니다. 대형 화물에 매달려 있어서는 현상 유지만 할 수 있을 뿐 확대 재생산은 힘듭니다. 당사 취급분이 다른 회사로 이행 완료될 때까지는 지금까지와 마찬가지로 배송하겠습니다. 이해해주십시오."

그들은 수도 없이 고개를 숙여야만 했다.

운송회사는 야마토 운수 외에도 얼마든지 있었다. 야마토 운수가 철수한들 마츠시타 전기가 피해를 입지는 않기에 어려운 교섭은 아니지만, 담당자로서는 입맛이 씁쓸할 수밖에 없었다.

"대형 화물을 관둔다니 정말 제정신이 아니군. 야마토 운수는 머지않아 문을 닫겠는걸."

다른 운수 회사들은 야마토 운수의 '택급편' 전환 방침을 위험시했다.

야마토 운수 안에서도 '오구라의 폭주'로 받아들이는 임원과 사원들이 적지 않았다.

그리고 그 우려를 뒷받침하듯, 1979년도 '택급편'을 비롯한 노선 부문은 경상 4억 7500만 엔이라는 큰 적자를 기록했다. 참고로 1979년도 '택급편' 취급 건수는 2226만 5천 건이었다.

제3장 미츠코시 사건

1

이런 힘든 상황에서 세간에서 흔히 '미츠코시 사건'이라고 불리는 일이 발생했다.

1979년 2월, 야마토 운수는 유명 고급 백화점인 미츠코시三越와의 거래 정지를 결정해, 세간을 떠들썩하게 만든 것이다.

야마토 운수가 미츠코시와 거래를 시작한 것은 1923년부터였다. 가장 오래된 거래처이고, 배송을 중심으로 폭넓은 업무를 맡아왔으며, 미츠코시와의 거래량은 야마토 운수 전체의 5%에 달했다. 야마토 운수에는 가장 큰 고객인 것이다.

야마토 운수 미츠코시 출장소에는 210명의 사원이 상주했다. 그들은 미츠코시의 사원이라는 마음으로 업무에 임해왔으며, 역대 사장들은 미츠코시의 수뇌부로부터 좋은 파트너, 우량 거래처라는 평가를 받아왔다.

하지만 1972년 4월에 오카모토 시게오岡本茂男가 미츠코시의 사장 자리에 취임한 후, 두 회사의 관계가 변하기 시작했다.

오카모토는 미츠코시 긴자점장 시절부터 백화점의 매상을 크게 올려 선대 사장인 마츠자와 마모루松沢守에게 수완을 인정받아, 전무이사 본점장 겸 상품 매입 본부장을 거쳐 사장이 되었다.

1974년 10월, 스즈키 상무가 미츠코시의 이가라시五十嵐 물류부장에게 불려가 배송비 대폭 삭감을 요구받은 것이 이 일의 발단이었다.

이가라시는 고압적인 태도로 말했다.

"한 건당 188엔인 배송비를 40엔 할인해줬으면 합니다. 오일쇼크를 계기로 대대적 합리화 정책을 시작하게 되었으니 그 일환이라 생각해주십시오. 현재 저희는 적자가 계속되고 있는 상태라 어쩔 수 없습니다."

소화물, 가구 등의 총 배송비 중 20%에 가까운 금액을 깎아달라는 요구를 듣고 스즈키는 너무 큰 충격을 받은 탓에 말이 나오지 않았다.

하지만 이가라시의 요구는 그것으로 끝이 아니었다.

"고모네小茂根 센터의 주차 요금 및 사무 시설 사용료로서 매달 550만 엔을 지불해주십시오."

"……."

"이것은 사장님 명령입니다. 교섭의 여지는 없으니 받아들여주십시오."

"배송비를 10년 전 수준으로 돌리라는 겁니까? 저희 쪽의 경영 상황도 좋지는 않습니다. 적자가 날 것을 뻔히 알면서, '예. 받아들이겠습니다'라고 할 수는 없습니다. 게다가 주차 요금 같은 시설 사용료까지 내놓으라니, 너무 뻔뻔한 것 아닙니까."

"다소의 적자는 미츠코시의 일을 수주받는 대가라고 생각해줬으면 좋겠군요. 초일류 백화점인 미츠코시와 거래한다는 점이 주는 메리트는 적지 않을 텐데요?"

"아무튼 중대한 문제이기 때문에 저희 사장님과 상담을 해본 후 답하겠습니다."

"오카모토 사장님은 물러설 생각이 전혀 없으십니다. 그 점을 오구라 사장님에게 꼭 전해주십시오."

스즈키에게서 보고를 받은 오구라는 인상을 진뜩 찡그렸다.

"그건 요구가 아니라 최후통첩이군."

"대략적으로 계산해본 결과, 연간 약 1억 5천만 엔의 적자가 발생할 것으로 보입니다. 그런데도 이 요구를 받아들여야 하는 걸까요?"

"금리 부담이 적고 2할 배당을 계속하고 있는 미츠코시가 적자를 보고 있을 것 같진 않군. 아마 이익이 줄어든 거겠지."

"이가라시 씨는 적자라고 말했습니다."

"정말 그렇다면 오랫동안 파트너로서 일해온 사이니 받아들일 수밖에 없겠지. 단, 미츠코시의 영업 실적이 회복되면 원래대로 되돌려준다는 조건으로 말일세."

"미츠코시의 요구를 그대로 받아들일 겁니까? 주차 요금을 내라는 건 정말 말도 안 됩니다. 그런 요구까지 받아들이는 건 너무 굴욕적입니다."

"오카모토 사장은 한번 말을 꺼냈으면 절대 물러서지 않는 사람이지. 다른 회사에서 보관 업무 등을 수주해 부담을 줄이는 방식으로 어떻게든 커버해 보세나."

"알았습니다. 길어도 1년만 고생하면 다시 원래 금액으로 맞춰줄 겁니다."

"그랬으면 좋겠군."

스즈키는 이가라시의 얼굴을 보기 싫었지만, 그래도 미츠코시 본점에 가서 요구를 수용하겠다는 뜻을 밝혔다.

미츠코시의 영업 실적은 급속도로 회복되었고, 1976년도 결산은 경상이익 약 178억 엔, 이익 약 80억 엔이었다. 전년도 대비 2배 이상의 이익을 기록한 것이다.

2

1977년 1월 초, 오구라와 스즈키는 미츠코시 본점을 예방禮訪했다.

두 사람이 임원 응접실에서 10분 이상 기다린 후에야 나타난 오카모토는 '기다리게 해서 미안합니다'라는 말도 없이 소파에 앉았다.

오구라와 스즈키는 자리에서 일어나 정중하게 인사를 건넸다.

"야마토 운수의 오구라입니다. 새해 인사를 드리러 왔습니다."

"스즈키입니다. 잘 부탁드립니다."

오카모토는 아무 말 없이 턱짓을 했다.

스즈키는 오카모토와 오늘 처음 만났기에 명함을 내밀었지만, 오카모토는 정장 호주머니에 그의 명함을 집어넣을 뿐, 자신의 명함을 주지는 않았다.

오구라는 오카모토와 안면이 있지만, 거만한 태도를 취하는 오카모토에 대한 야유 삼아 '야마토 운수의 오구라입니다'라고 일부러 자신의 이름을 밝힌 것이다.

오카모토는 소파를 권하지 않았지만, 계속 서 있을 수는 없었기에 두 사람은 '실례하겠습니다' 하고 말하면서 소파에 앉았다.

"연말에 많은 화물을 맡겨주셔서 정말 감사합니다."

"흐음. 그래?"

오카모토는 다리를 바꿔 꼬면서 흥미 없다는 목소리로 그렇게 말했다.

상대의 태도가 너무 쌀쌀맞아 말붙일 엄두도 나지 않았다.

"오카모토 사장님의 리더십 덕분에 미츠코시의 영업 실적이 회복되었다고 들었습니다만……."

스즈키가 그렇게 말했지만, 오카모토는 대꾸를 하지 않았다.

두 사람은 겨우 3분 만에 응접실을 나섰다.

"고객을 상대하는 게 일인 백화점의 사장이라는 사람이 저렇게 거만해도 괜찮은지 모르겠군."

"엘리베이터까지 배웅할 거라고 생각했습니다만, 그러지도 않는군요."

오구라와 스즈키는 차 안에서 대화를 나눴다.

"저희를 신경 쓸 가치도 없는 배송업자 정도로 생각하고 있는 걸까요?"

"나는 새도 떨어뜨릴 만큼 위세가 대단하다는 거겠지. 저 교만함이 언제까지 유지될려나."

"저는 오늘 사장님께서 배송비 이야기를 꺼내실 거라고 생각했습니다."

"오늘은 어디까지나 예방이 목적이었다네. 처음부터 그 이야기를 꺼낼 생각은 없었지."

"하지만 슬슬 원래 금액으로 되돌려달라고 할 때가 됐다고 생각합니다만……."

"미츠코시는 2월 결산이었지?"

"예."

"4월 결산 발표를 기다린 후, 사무적으로 요청을 해보는 건 어떨까?"

4월 하순, 스즈키는 이가라시를 만나기 위해 미츠코시 본점을 찾았다.

"약속대로 원래 배송비로 되돌려주시지 않겠습니까."

"그런 약속을 했던가요?"

이가라시는 영문을 모르겠다는 표정을 지으면서 말했다. 그런 그에게서는 눈곱만큼의 성의도 느껴지지 않았다.

"당신이 이런 말을 할 거라고는 꿈에도 생각하지 못했습니다. 저희 회사는 미츠코시와의 거래에서 1억 5천만 엔에 가까운 적자를 2년 동안 봤습니다. 어린애 심부름을 온 게 아니니 아무런 대답도 듣지 못하고 돌아갈 수는 없어요."

"오카모토 사장님께서 OK를 해주시기 전에는 어떻게 할 방도가 없습니다."

"우선 베이스업에 따른 인건비 증가량만이라도 개선해줄 수 없겠습니까. 저희 회사는 미츠코시와의 거래에서 적자를 보고 있습니다. 그 점을 오카모토 사장님에게 전해주십시오."

하지만 미츠코시는 배송비 개정에 응하지 않았다.

그뿐만 아니라 미츠코시는 야마토 운수가 담당한 도쿄 13구 중 분쿄文京 구를 지역 업자에게 비상식적일 정도로 낮은 금액에 배송을 맡기면서 야마토 운수를 압박했다. 1977년 가을에 발생한 일이다.

이 일은 계속 귀찮게 하면 야마토 운수의 업무량을 줄여버리겠다는 공갈 협박이나 다름없었다.

하지만 그 업자도 미츠코시와의 거래를 오랫동안 지속하지 못했다. 끝없이 불어나는 적자 때문에 비명을 지르던 그 업자는 결국 미츠코시의 배송 업무를 거절하고 만 것이다.

1978년 4월, 이가라시는 뻔뻔하게도 스즈키에게 분쿄 구의 배송 업무를 다시 야마토 운수에 맡기고 싶다고 제안했다.

"배송비 원상 복귀가 조건입니다."

"상대의 약점을 교묘하게 이용하지 마시죠."

"일전에 했던 약속을 이행해주기를 바라는 것뿐입니다."

"검토해보겠습니다."

스즈키와 이가라시 사이에 그런 대화가 오간 후, 미츠코시는 단계적으로 배송비 개정에 응했다. 그리고 1978년에는 한 건당 180엔까지 올라갔다.

하지만 야마토 운수는 여전히 적자를 봐야만 했다.

그 후에도 야마토 운수는 사장인 오구라 마사오의 이름으로 미츠코시의 오카모토 시게오 사장에게 배송비 개정을 몇 번이나 요구했지만, 그는 계속 무시했다.

3

1978년 11월, 미츠코시가 도매상 등의 거래처에 강제적으로 물건을 팔고, 거래처로부터 협찬금을 받는 등의 행위가 독점 금지법 제19조의 불공정 거래에 해당되어, 공정거래위원회의 조사를 받았다.

미츠코시는 그 후, 공정거래위원회에서 배제 권고를 받았지만 그에 응하지 않은 채 소송에 들어갔다.

공정거래위원회가 제시한 심판 개시 결정서에는 아래와 같은 내용이 기재되어 있었다.

제1사실

一. (一)피심인 주식회사 미츠코시는 대규모 소매 점포에서 소매업에 종사하는 백화점 업자이고, 1977년에서 1978년 2월까지의 매상으로 미츠코시는 일본 백화점 업계에서 1위, 소매업계 전체에서는 2위에 달하며, 전통 있는 백화점답게 신용 또한 높다.

(二)소매업자에게 판매 상품을 납입하는 사업자에게 있어, 미츠코시는 극히 유력한 거래처이며, 미츠코시에 상품을 납입하는 사업자(이하 '납입업자'라고 부름)는 미츠코시와의 거래를 극도로 희망하고 있는 상태다.

二. (一)미츠코시는 전부터 특정 판매 상품 혹은 서비스에 판매 목표액 및 달성 기간을 정해, 미츠코시 본사, 본점 혹은 지점의 각 조직 전부 혹은 일부에 속한 종업원을 다수 동원하여, 주로 매장 외에서 종업원의 업무상 혹은 개인적 연고 관계를 이용해 적극 판매하는 행위(이하 '점외판매')를 강력하게 추진하고 있다. 또한 납입업자에게도 거래 관계를 이용해 해당 상품 혹은 서비스의 구입을 요청하는 등 판매 행위를 지속적으로 해왔다. 그 사례는 아래와 같다.

(가)미츠코시는 1975년부터 원칙적으로 본점 혹은 각 지점별로 특정 상품 혹은 서비스를 선정해, 판매 목표액 및 그것을 달성하기 위한 기간을 정해 해당 상품 및 서비스를 각 매장 이하의 종업원을 광범위하게 동원해 주로 점외 판매를 통해 적극적으로 판매하는 '추천 판매'라 불리는 판매 방법을 채용해, 상품 혹은 서비스 판매를 강력하게 추진했으며, 1977년 10월부터는 이외에도 'R작전'이라 불리는 판매 방법을 채용해 전 종업원 중에서 특정 인원(발족 초기는 근속 연수가 긴 종업원 중에서 약 5천 명, 1978년 6월 이후에는 약 1만 명으로 늘림)을 선발해 'R부대'라 불리는 특정 조직을 만든 후, 이 조직을 통해 '추천 판매'와 같은 방법으로 특정 상품 판매를 한층 더 강력하게 추진했다.

이로 인해 납입업자에게도 해당 상품 혹은 서비스 구입 요청이 이뤄졌으며, 납입업자는 그것을 구입하고 있는 실정이다.

미츠코시가 1977년 이후 '추천 판매', 'R판매'를 통해 판매한 상품은 미츠코시에서 개발하거나 직접 수입한 상품 중에서 선정한 것이었으며, 그 상품들의 마진율, 특히 'R작전'에 의해 판매된 상품의 마진율은 미츠코시에서 판매하는 일반 상품보다도 크다고 한다.

(나)미츠코시는 1978년 8월, 영화제작회사와 공동으로 제작한 영화의 사전 판매 입장권 판매를 추진하기 위해 사내에 특별 조직을 설치했으며, 1978년 10월 1일부터 11월 30일까지 약 60만 장의 사전 판매 입장권(장당 900엔)을 전 종업원을 동원해서 적극적으로 판매했다. 매입 본부에서는 약 16만 5천장을 납입업자에게 판매했으며, 미츠코시에의 납입 매상에 맞춰 판매 목표를 설정해 구입 요청을 실시함으로써 목표량 달성에 성공했다.

(다)미츠코시는 1971년 이후, 매년 여름, 나가노長野 현 기타사쿠北佐久 군郡 가루이자와軽井沢에서 불꽃대회 등의 쇼를 개최했다. 그리고 1978년부터는 기획 실시에 맞춰 사내 특별 조직을 만들어 아래에 적힌 三(三)(가)에 따라 그 비용 일부를 납입업자에게 부담하게 하는 것과 동시에 A석 입장권(숙박비, 식사비 및 교통비 포함) 4만 엔, B석 입장권(식사비 포함) 2만 엔을 판매했으며, 판매 목표수 및 달성 기간을 지정해 본사 본점 및 긴자, 신주쿠新宿, 이케부쿠로池袋, 요코하마의 각 지점 종업원을 동원해 주로 점외 판매를 통해 판매했다. 이것을 통해 납입업자가 입장권을 구매하게 되었다.

(라)미츠코시는 '해외여행' 상품을 판매하며, 1977년 5월부

터 6월에 걸쳐 실시한 '파리 미츠코시 개점 7주년 기념 투어' 등의 특정 상품 판매를 추진하기 위해 사내 특별 조직을 만들었다. 그 조직은 참가자 모집 목표 및 달성 기간을 설정하고, 해당 매장 이외의 종업원도 광범위하게 동원해, 주로 점외 판매를 통해 참가자를 모집했다. 이것을 통해 상당수의 납입업자가 해당 해외여행에 참가하게 되었다.

(二)미츠코시에서 (一)의 방법으로 상품 및 서비스 구입 요청을 받은 납입업자는 미츠코시와 계속 거래해야 하는 입장상, 상품 및 서비스를 구입할 수밖에 없었다.

三. (一)미츠코시는 자신의 점포 매장 리모델링 비용 전부 혹은 일부를 납입업자에게 부담하게 하기 위해, 해당 리모델링이 납입업자가 납입하는 상품과 관련 있음을 이유로 특별한 기준 없이 비용 부담을 요청했고, 요청을 받은 납입업자는 해당 매장 혹은 상품 진열용 부스가 일정 기간 자신이 납입하는 상품 판매에 사용된다는 계약 혹은 약속 등 합리적 이유가 없고, 부담 비용의 산출 근거가 명확하지 않은데도 불구하고, 미츠코시와의 거래를 유지해나가야 하는 입장상, 리모델링 비용을 부담할 수밖에 없었다.

(二)미츠코시는 특별 판매 등 특정 상품 판매를 위해 각 매장이 시행하는 이벤트 비용 중 전부 혹은 일부를 납입업자에게 부담하게 하기 위해서 납입업자에게 해당 이벤트가 납입 상품에 관련된 것이라는 점을 이유로 특별한 기준 없이 비용 부

담을 요청했지만, 요청을 받은 납입업자는 해당 이벤트 광고에 납입업자의 명칭 혹은 상표가 게재되는 등의 합리적 이유 없이, 혹은 납입업자가 부담하는 비용의 산출 근거가 명확하지 않은데도 불구하고 미츠코시와의 거래를 유지해야만 하는 입장상, 비용을 부담할 수밖에 없었다.

(三)미츠코시는 (二)의 이벤트 외에도, 특정 상품 판매를 직접적인 목적으로 삼지 않는 각종 이벤트에서도 그 비용 중 전부 혹은 일부를 납입업자에게 부담 요청했고, 요청을 받은 납입업자는 합리적 이유가 없는데도 불구하고, 미츠코시와의 거래를 유지해야만 하는 처지이기에 해당 비용을 부담할 수밖에 없었다.

(가)미츠코시는 二(一)(다)의 불꽃대회 쇼 비용 중 일부를 납입업자의 이름이 들어간 등롱 설치비 등의 명목으로 납입업자에게 부담하게 하기로 하고, 그 목표액을 정해 납입업자에게 비용 부담 요청을 했다.

(나)미츠코시는 긴자도오리 연합회가 매년 10월 개최하는 '대大긴자축제'에 참가해, 꽃자동차, 퍼레이드 등의 비용을 부담하고, 미츠코시 긴자 지점 벽면에 등롱을 설치했으며, 그 비용 일부를 납입업자에게 부담하게 하기로 하고, 목표액을 정해 비용 부담을 요청했다.

(다)미츠코시 오사카 지점에서 1978년 4월 '벚꽃축제' 이벤트를 열면서 백화점 안을 등롱으로 장식했으며, 이 이벤트 비

용을 납입업자에게 부담하게 하기로 하고, 그 목표액을 정해 비용 부담 요청을 했다.

제2 법령 적용

위에서 제시한 사실을 통해, 미츠코시는 거래적 측면에서의 지위가 납입업자보다 우위에 있다는 점을 이용해, 정상적인 상관습에 비춰볼 때, 납입업자에게 부당하고 불리한 조건으로 납입업자와 거래하고 있으며, 이것은 불공정 거래법(1953년 공정거래위원회 고시 제11호)의 10에 비춰볼 때, 독점 금지법 제19조 규정을 위반한 것으로 여겨진다.

4

1978년 10월 하순, 오구라는 스즈키를 사장실로 불러 미츠코시와 결별할 뜻을 밝혔다.

“미츠코시가 계속 도가 지나친 짓을 해대고 있는 것 같네.”

“배송비를 일방적으로 깎았을 뿐만 아니라 ‘불타는 가을’이라는 영화 티켓을 천 장가량 강매하더니, 이번에는 그림을 사라, 유럽 여행에 따라 와라 같은 요구를 하고 있습니다.”

“미츠코시와의 신뢰 관계는 오카모토 사장에 의해 박살났다고 생각할 수밖에 없겠군.”

“동감입니다.”

“미츠코시와의 거래를 끊을까 생각하네만, 자네 의견을 들려주겠나?”

"사장님의 의견에 찬성합니다. 반세기 이상 계속되어온 미츠코시와 관계를 끊는다고 생각하니 가슴이 찢어지듯 아픕니다만, 오카모토 사장에게는 오만정이 다 떨어졌습니다."

"다음 주 임원회의 때 진행해야겠군. 그래도 괜찮겠나?"

"예. 사전 공작을 해두겠습니다. 그런데 노조 쪽은 어떻게 하죠?"

"자네에게 맡기지."

"알았습니다."

임원회의 자리에서, 오구라는 이렇게 말했다.

"미츠코시는 지금까지 배송업자인 당사를 판매 행위의 최종 러너로 대우해왔고, 당사 또한 그 신뢰에 답하기 위해 오늘까지 최선을 다해왔습니다. 하지만 미츠코시는 이제 우리를 그런 식으로 생각하지 않는다고 단정 지을 수밖에 없는 상황에 처했습니다. 미츠코시가 당사를 대하는 태도는 전부 오카모토 사장의 경영 방침에서 비롯되었다고 생각합니다. 신뢰 회복을 바라는 것은 무리인 데다, 거래 관계 개선도 이루어지지 않는 이상, 파트너 관계를 지속하는 것은 불가능합니다. 오랫동안 협력 관계를 지속해왔기에 유감스럽기 그지없습니다만, 미츠코시에 거래 사절을 통고하기로 결정했습니다. 다른 생각을 가진 분도 이 자리에 있을 것으로 여겨집니다만, 부디 제 경영 결단에 따라주시길 바랍니다."

기침 소리마저도 몇 배는 크게 들릴 만큼 임원회의실에는 정적이 흘렀다. 스즈키가 사전 공작을 해둔 덕분에 반대 의견은 전혀 나오지 않은 것이다.

5

그 후, 스즈키는 아이하라 위원장, 그리고 에토 오사무, 이세 코지 부위원장 등의 노조 간부들에게 임원회의 결정 사항을 전달했다.

"미츠코시 출장소에 있는 210명의 사원들은 어떻게 할 거죠?"

"그 사원들의 보직 이동이 보장되지 않는다면 노조는 미츠코시와의 거래 정지에 반대할 겁니다."

"설마 그것도 생각해두지 않고 미츠코시와 거래 정지를 추진하고 계신 건 아니겠죠?"

노조 간부들은 굳은 표정으로 말을 이었다.

스즈키는 자신감 넘치는 목소리로 말했다.

"걱정하지 말게. '택급편' 업무, 그리고 신설된 지 얼마 안 된 도쿄 이삿짐센터로 전부 이동될 거네."

세 노조 간부의 표정이 부드러워졌다.

"공정거래위원회 조사를 받을 만큼 미츠코시는 타락한 건가요. 그 미츠코시가 말이에요. 정말 톱이 누구인가에 따라 회사가 이렇게도 변할 수 있는 거군요."

이세가 구구절절한 목소리로 그렇게 말하자, 아이하라가 맞장구를 쳤다.

"동감이야. 거기 노조는 대체 뭘 한 건지……."

아이하라는 스즈키를 바라보면서 입을 열었다.

"알았습니다. 사장님의 결단이 옳다고 생각합니다. 임원회의의 결정을 집행위원회에 보고한 후, 노조도 전면적으로 협력할 수 있도록 기관 결정을 내리겠습니다."

"감사합니다. 인원 정리 문제가 발생한다면, 아마 사장님도 결단을 내리지 못하셨을 겁니다."

에토는 심각한 표정을 지으면서 말했다.

"하지만 미츠코시와 함께 일을 한다는 사실에 긍지를 느끼던 사원들은 동요할 수밖에 없겠군요. 그들은 이 사태를 쉽게 받아들이지 못할 겁니다. 저희는 미츠코시의 니혼바시日本橋 본점 쪽으로는 다리를 놓고 자서도 안 된다는 말을 들어왔죠. 50년 넘게 파트너로서 함께 일해왔고 함께 발전해온 사이입니다. 그런 관계가 한 남자에 의해 이렇게 산산조각이 나버리다니, 이런 일이 있어도 되는 겁니까?"

"에토 군은 노조 백화점부 회장이니까 이 문제를 중시할 수밖에 없겠지만, 사장님은 더욱 심각하게 고민했을 거라고 생각하네. 사장님의 심정을 생각하면 마음이 무거워져."

"하지만 위원장님. 미츠코시 출장소에 있는 210명의 마음도 생각해주십시오. 저는 그들을 설득할 자신이 없어요. 게다가 '택급편' 사업이 아직 궤도에 오르지 않은 단계에서 미츠코시와 인연을 끊는 것은 리스크가 너무 크지 않을까요. 미츠코시에 양보를 얻어내는 방향으로, 기업 전체가 노력해볼 필요가 있다고 생각합니다."

또 무슨 말을 하려 하는 아이하라를 제지한 스즈키는 입을 열었다.

"사장님은 1년 넘게 오카모토 사장에게 편지로 현재 사정을 알려왔지만, 그들은 계속 무시해왔네. 미츠코시와 인연을 끊는 것은 죽도록 괴롭지만, 오카보토 씨가 미츠코시의 사장으로 있는 이상, 그들이 우리를 파트너로 생각해주는 일은 없어. 사장님께서 옳은 결단을 내리시기는 했지만, 내 생각에는 더 빨리 미츠코시와 결별해야만 했다고 보네. 미츠코시 이외의 백화점으로부터는 적절한 배송비를 받고 있는데 가장 많은 일을 받는 미츠코시를 상대로만 적자를 보는 상황이 2, 3년 동안 계속된 것 자체가 이상한 거야. 다른 백화점에 대한 배신행위니까 말일세."

에토는 표정을 굳힐 뿐, 아무 말도 하지 않았다.

6

스즈키는 11월이 되자마자 이가라시를 찾아가 거래 정지의 뜻을 전했다.

"스즈키 씨. 진심입니까?"

"이런 중대사를 가지고 농담할 리가 없지 않습니까. 빠른 시일 안에 오구라 사장님께서 오카모토 사장님을 찾아 당사의 뜻을 상세히 설명하실 겁니다."

"오카모토 사장님은 공정거래위원회 문제로 바쁘십니다. 그런 이야기는 쓰시마津島 상무님에게 하시죠."

언제나 비웃음에 가까운 옅은 미소를 머금고 있던 이가라시도 방금 한 말을 듣고서는 표정을 딱딱하게 굳혔다.

11월 7일 낮, 오구라는 상무이자 니혼바시 본점 점장인 쓰시마를 만나기 위해 미츠코시 본점을 찾았다.

"이가라시에게서 이야기를 듣고 놀랐습니다. 다시 한번 생각해주실 수는 없겠습니까. 그래주시면 배송비 인상도 긍정적으로 검토해보겠습니다."

마치 공수 교대를 한 것처럼, 쓰시마는 애원하는 듯한 목소리로 말했다.

"생각해보고 또 생각해본 끝에 내린 결론입니다. 파트너로서 함께 일하는 것은 사양하겠습니다만, 일반 운수업자로서 앞으로도 미츠코시와 협력할 생각은 있습니다."

"이러시면 연말 배송 업무에 지장이 생깁니다. 이 시기에 야마토 측은 오랫동안 쌓여온 원한을 푸는 듯한 짓을 하는 겁니까."

쓰시마의 얼굴에 노기가 어렸다.

오구라는 그의 시선을 피하면서 말했다.

"말도 안 됩니다. 당사는 50년 넘게 성심을 다해 미츠코시의 파트너로서 거래를 해왔습니다. 연말 시즌에 지장을 끼칠 생각은 없습니다. 책임감을 가지고 업무를 수행하겠습니다. 오해를 하신 듯한데 내일 당장 미츠코시 업무를 중단하겠다는 것은 아닙니다. 새로운 업자에게 인수인계를 끝낼 때까지 배송 업무를 계속 할 예정이니, 가능한 한 빨리 새로운 업자를 물색해주십시오."

쓰시마의 목소리가 가라앉았다.

"배송비 인하에 주차 요금 문제, 분쿄 구 건까지 생각해보면, 오구라 씨가 화가 나신 것도 무리는 아닙니다. 저희가 지금까지 취해온 행위는 파트너로서의 신뢰를 갉아먹는 짓이었을지도 모릅니다. 그 점은 반성하겠습니다. 그러니 거래 정지를 하겠다는 뜻을 꺾어주실 수는 없겠습니까?"

"저는 오카모토 사장님에게 몇 번이나 문서로 저희 사정을 설명하며, 파트너로서의 관계를 유지하기 위해 배송비 개정을 부탁드렸습니다. 하지만 단 한 번도 답변을 듣지 못했습니다. 미츠코시와의 거래를 중지하고 싶다기보다 오카모토 씨와 함께 일할 생각은 없다는 게 저희 쪽의 생각입니다."

"재고의 여지는 없는 건가요?"

"예."

오구라는 미츠코시 본점에서 돌아오자마자 스즈키를 불렀다.

"쓰시마 상무에게서 재고해달라는 말을 들었지만, 오카모토 씨와 함께 일할 생각은 없다고 말하면서 거절했네. 하지만 아름다운 사람은 떠난 자리조차 아름다워야 한다는 말도 있지 않나. 그러니 연말 시즌의 배송 업무는 아무런 차질 없이 진행될 수 있도록 만전을 기해주게."

"알았습니다. 노조의 에토 백화점부 회장에게도 사장님의 뜻을 전해뒀습니다. 하지만 오카모토 사장이 고개를 숙이면서 애원한다면 어떻게 하실 겁니까?"

의표를 찔린 오구라는 약 10초 동안 생각에 잠긴 후 대답했다.

"그럴 일은 없네. 사과 같은 걸 할 만큼 양식 있는 사람이 아니거든."

"사람 일이라는 건 모르지 않습니까. 쓰시마 상무가 오카모토 사장을 설득할 수도 있으니까요."

"아직 벌어지지 않은 일에 대해 생각해봤자 시간 낭비라네."

오구라는 그렇게 말하면서 이 이야기를 끝냈다.

하지만 오카모토가 '자신이 잘못했다'고 말하면서 고개를 숙였다면 오구라의 마음은 변했을지도 모른다.

이로부터 두 달 후, 쓰시마가 오카모토에게 이 일을 보고했다. 그리고 보고를 받은 오카모토는 핏대를 세우며 분노했다.

"오구라 자식, 잘난 척 해대기는. 헛소리하지 말라고 그래. 천하의 미츠코시가 그딴 운송업자 따위에게 얕보일 것 같아? 운송회사 같은 건 썩어빠질 만큼 많다고."

오구라의 예상대로, 오카모토에게 양식이 있기를 바라는 것 자체가 잘못된 일이었다.

하지만 미츠코시 측은 오카모토가 저 난리를 피우기 전에 여러 가지 계략을 펼쳤다.

그들의 타깃이 된 것은 바로 노조였다.

이가라시 물류부장과 미츠코시의 종업원 노조 간부가 아이하라 스스무와 에토 오사무, 이세 코지를 설득하려 한 것이다.

11월 하순, 이가라시는 점심시간에 에토와 이세를 니혼바시에 있는 미츠코시 본점 7층의 특별 식당으로 불렀다. 두 사람에게 호화로운 점심을 대접하고, 스카치위스키까지 선물한 이가라시는 그들을 설득하려 했다.

미츠코시 본점에서 나와 택시를 탄 후, 에토는 안타까운 목소리로 말했다.

"파업을 강행할 수는 없겠지만, 미츠코시와 관계를 회복하는 방향으로 다시 생각해봐야 하지 않을까?"

"점심 식사와 스카치위스키 하나 가지고 마음이 약해진 거야? 이미 주사위는 던져졌다고."

이세는 무릎 위에 놓인 종이봉투를 던지려는 듯한 시늉을 하면서 말을 이었다.

"나는 이걸 거절할까도 생각했지만, 서로 감정만 상할 것 같아서 그냥 참았어. 이제 와서 물러설 수는 없다고."

"너야 마음 편한 입장이지만, 백화점부 회장인 내 처지를 좀 생각해봐달라고."

"'택급편'에 힘을 싣기 위해서라도 사장님의 경영 판단을 존중해야 한다고 생각해."

"그래도 일단 위원장님과 상의해보자."

에토는 마음이 약해져 있었다. 두 사람은 이 술을 집에 가지고 가는 것이 좀 그랬기에 노조 본부에 기부했다.

"야마토 운수에서 믿을 수 있는 곳은 노조뿐입니다. 미츠코시와 거래 관계를 끊으려 하다니, 당신네들의 경영자는 제정신이 아닙니다. 노조는 파업을 해서라도 미츠코시와의 거래 지속을 주장해야 해요. 당신들은 위기감을 느끼지 못하는 겁니까? 이런 무모한 짓을 벌였다

나중에 피눈물을 흘리는 건 바로 노조원들입니다."

미츠코시 사람들에게 매일같이 이런 말을 들으면 누구라도 불안을 느낄 것이다. 하지만 오구라는 '희망하는 부서로 이동하게 해주겠다'는 말로 노조의 동요를 억눌렀다.

1979년 2월 28일 오후 여섯 시 반, 미츠코시 출장소는 폐쇄되었고, 50년 넘게 지속된 미츠코시와의 거래 관계에도 종지부가 찍혔다.

'고양이가 사자를 물었다.'

매스컴에서는 이번 미츠코시 사건을 이렇게 표현했다.

운송회사 측에서 백화점에 이혼 서류를 던진 것은 전대미문의 일이었다.

3월 초, 메구로目黒에 위치한 핫포엔八芳園이라는 연회홀에서 미츠코시 출장소의 해산식이 열렸다.

마이크 앞에 선 오구라는 미츠코시와 결별하게 된 경위를 담담하게 설명한 후, 이런 말로 끝맺음을 했다.

"매스컴은 '고양이가 사자를 물었다'라고 떠들어댑니다만, 실은 그렇지 않습니다. 미츠코시 출장소에서 일하시는 여러분을 생각하면 가슴이 너무나도 아픕니다만, 미츠코시와 파트너 관계를 청산하는 것이 야마토 운수를 위한 일이라 저는 확신합니다. 5년 후, 10년 후에 제가 이 자리에서 한 말을 여러분은 떠올리게 될 겁니다. 새로운 직장은 여러분을 따뜻하게 맞아줄 겁니다. 새로운 마음가짐으로 최선을 다해 주십시오."

제4장 창업자

1

메구로의 핫포엔에서 미츠코시 출장소 해산식을 끝낸 후, 남 아오야마南青山에 위치한 자신의 맨션으로 향하는 차 안에서, 오구라 마사오는 감개에 젖어 있었다.

얼마 전에 타계한 아버지, 야스오미康臣가 생각났기 때문이다.

오구라 야스오미는 야마토 운수의 창업자다. 1979년 1월 15일 오후 5시 50분에 입원 중이던 신주쿠 아사히 생명 성인병 연구소 부속 병원에서 숨을 거뒀다. 향년 89세. 천수를 다 누렸다고 해도 과언이 아니었다.

야스오미가 뒷일을 아들에게 맡기고 사장에서 상담역으로 물러난 것은 1971년 3월, 82세 때의 일이다. 아버지가 살아 계셨다면 미츠코시와 결별하지 못했을 것이다.

만년의 야스오미는 뇌경색으로 판단력을 잃었기 때문에 경영에 간섭하지 못했다. 하지만 더 빨리 경영을 승계했다면 야마토 운수는 지금보다도 나은 기업이 되었을 것이다——.

야스오미가 사장이었던 1969년 4월, 그는 미국의 로터리 클럽 대회에 출석한 뒤, 귀국 직후 뇌경색으로 쓰러졌다. 비교적 증상이 가벼웠기에 언어장애는 없었지만 휠체어 생활을 하게 되었다.

10년 전인 1969년, 야마토 운수는 창업 50주년을 맞이해 10월 12일 일요일에 신주쿠 후생연금회관에서 기념식전을 성대하게 거행했다.

이날 오전 열 시, 국가 제창과 함께 식전이 시작되고 작고 사원에 대한 묵례를 한 후, 당시 전무였던 오구라 마사오가 약 2천 명가량 되는 사원 대표 앞에서 사장 인사를 대신 읽었다.

그 사장 인사는, 오구라 자신이 아버지의 심정을 대변해 쓴 후, 야스오미가 OK를 한 내용이었다.

> "우리 야마토 운수 주식회사는 1969년 11월 29일, 창업 50주년을 맞이합니다. 오늘 이곳에서 50주년 기념식전을 열게 된 것에 기해, 감사의 인사를 드릴까 합니다.
>
> 1919년, 일본에서는 아직 화물자동차라는 것이 흔하지 않았고, 자동차를 이용한 운송사업의 성립 여부도 불투명한 시대에 당당하게 이 일을 시작한 저희 회사가 멀고도 험한 길을 계속 달려온 후, 드디어 50년이라는 이정표에 도달하게 된 사실이 너무나도 감개무량합니다.
>
> 차량 네 대로 시작했던 이 사업이 2천 대 이상의 차량을 보유하고, 육해공에 걸쳐 화물을 나를 수 있을 만큼 발전한 것은 관계 행정당국의 지도, 거래처 분들의 비호, 사원 여러분의 협력 덕분이라고 생각하며, 진심으로 감사드리고 있습니다.

오늘까지 걸어온 고난과 변천의 길을 돌이켜 보니, 많은 분들이 베풀어주신 수많은 온정에 대해 또 한 번 감사의 마음이 끓어오르는 것과 동시에, 앞으로 걸어야 할 새로운 진로에 대한 자계自戒 또한 잊어서는 안 된다는 생각이 듭니다.

잠시 개인적인 이야기를 하려 하니 여러분의 양해를 부탁드립니다. 저는 30세 생일에 야마토 운수를 일으켰습니다. 그리고 팔순 생일 때, 현직 사장으로서 야마토 운수 50주년 축하 인사를 받을 수 있었습니다. 저만큼 복 많은 사람은 없을 거라 생각합니다.

지금까지 걸어온 50년을 돌이켜 보니, 당사의 사업은 시대에 발맞춰 변화해왔습니다만, 언제 어느 때나 고객 여러분들의 일관된 사랑에 의해 유지되어 왔다고 해도 과언이 아닙니다.

외람된 말씀을 드리자면, 저는 오늘까지 당사의 사훈인 봉사 정신을 계속 마음속에 품은 채 일을 해나갈 수 있도록 노력해 왔습니다.

현재 운송업계는 크나큰 변혁기를 맞이했으며, 저희는 앞으로 종래에는 존재하지 않는 새로운 사업을 탐구 및 실천해나가야만 한다고 생각합니다. 즉, 시대의 변화와 시대의 요청에 얼마나 응할 수 있는가, 라는 점을 유의해야만 하지 않을까 합니다. 하지만 언제 어느 때나 봉사 정신만은 변함없이 유지한 채, 더욱 나은 서비스를 위해 정진해나가려 합니다.

일요일인데도 불구하고 이 자리에 와주신 내빈 여러분들, 그리고 사원 여러분들께서 더 많은 지도 편달을 내려주시길 부탁 드리며 제 인사를 끝내려 합니다.

감사합니다."

야마토 운수의 사훈은 '一. 내가 곧 야마토다 一. 운송 행위는 위탁자의 의사를 연장시키는 것으로 생각하라 一. 사상을 견실히 여기고, 예의를 중시하라'다.

"현재 운송업계는 크나큰 변혁기……" 부분부터는 오구라 자신의 생각이 짙게 배여 있었다. 이때부터 그는 '택급편'을 염두에 두고 있었던 것이리라.

20년 이상 야마토에서 일한 근속 공로 사원, 대리점 표창 후, 나가타 시게오永田重雄 · 도쿄 상공회의소 회장, 쓰카다 마사요시塚田正義 · 일본 트럭협회 회장, 구로다 타다타카黒田忠孝 · 운수성 자동차국장 및 마쓰오카 요사부로松岡与三郎 · 미츠코시 사장이 내빈 축사를 했다.

마쓰오카는 축사 중 '야마토 운수는 미츠코시에 있어 최고의 파트너이며, 두 회사의 상호 신뢰 관계는 견고하기에 앞으로도 흔들릴 일은 없을 겁니다' 하고 말했다.

그런 미츠코시와 이렇게 갈라서게 될 줄이야——.

그해 11월 7일, 호텔 오쿠라 도쿄가 자랑하는 대형 연회장에서 열린 창업 50주년 축하 파티에도 마쓰오카는 물론 참석했다. 이와사키 요시미岩崎好美 · 후지은행 총재, 오야마 사부로大山三郎 · 미츠비시은행 사장, 하라다 요시에原田善衛 · 전 경시총감, 호리키리 타케시堀切武司 · 운수성 사무차관, 야스카와 겐安川謙 · 참의원 의원, 이케노 이사오池野勲 · 교큐京急 백화점 사장 같은 각계 유명인 약 800명이 출석했다.

파티 분위기가 달아올랐을 때, 오구라 야스오미가 휠체어를 타고 등장하자 사람들은 성대한 박수로 그를 맞이했다. 야스오미는 휠체어를 탄 채 연회장 안을 돌아다니면서 사람들과 악수를 나누거나 환담을 나눴다.

"축하드립니다."

"감사합니다. 다리가 좋지 않아 실례를 범하고 있습니다만, 아직 젊은이들에게 지지 않을 만큼 건강하답니다."

야스오미가 그렇게 말하면서 왼손으로 머리를 가볍게 두드리자, 사람들은 웃음을 터뜨렸다. 왼손은 오른손에 비해 자유롭게 움직일 수 있는 편이었다. 하지만 휠체어를 탄 야스오미를 동정하는 이들도 적지 않았다.

바로 그 순간, 아버지인 야스오미는 인생의 절정을 맞이했다고 오구라는 문뜩 생각했다.

하지만 야스오미는 사장 자리에서 물러나겠다는 말을 좀처럼 하지 않았다.

기력이 떨어져 평범한 호호 할아버지가 되어버린 야스오미에게 '사장 자리에서 물러나주십시오' 하고 말한 사람은 아들인 오구라였다.

어느 경제지에 '돈 잘 버는 회사와 돈 못 버는 회사의 차이점'을 테마로 한 특집 기사가 실렸는데, 운수업계에서는 다이니치大日 운송과 야마토 운수가 다뤄졌다. 그리고 돈 못 버는 회사로 야마토 운수가 뽑힌 것이다. 하지만 그것은 사실이기에 어쩔 수가 없었다.

그 기사를 읽은 오구라는 측근에게 이렇게 말했다.

"톱의 나이 차이가 문제점으로 뽑혔군. 확실히 다이니치 운송의 사장은 아버지보다 스무 살이나 젊어. 사람 나이를 문제점으로 뽑은 게 불쾌하기는 하지만, 아버지는 확실히 판단력이 흐려지셨지. 뇌경색으로 쓰러지고 나이가 여든이나 되셨는데도 창업자라는 이유로 사장 자리에서 물러나지 않고 버티는 건 정말 어리석은 짓이야. 후쿠야마福山 통운의 시부사와渋沢 사장은 매일 밤 도쿄 지점에 전화를 걸어서 업무 보고를 받는다던데, 나는 그 회사가 성장한 요인이 바로 그거라고 생각해. 우리 아버지는 한 달에 한 번 열리는 임원회의에서도 보고에 집중하지 않지. 이제 빈 허물 같은 사람이 되어버렸어."

오구라의 기백에 밀린 야스오미는 1971년 3월에 사장직에서 물러났다. 오구라는 세습으로 사장 자리를 물려받은 것이 아니었다. 자신의 실력으로 차지한 것이다.

야스오미도 아들의 자질을 평가할 수밖에 없었다고 생각된다.

역사에서 if는 금물이지만, 오구라 야스오미가 뇌경색에 걸리지 않았다면 '택급편'의 탄생도, '미츠코시 사건'도 일어나지 않았으리라. 대형 거래처와의 거래 중지를 야스오미가 허락했을 리가 없는 것이다. 창업자를 신에 가까운 존재로 숭상하는 낡은 생각에서 벗어나지 못한 임원들이 '택급편'에 반대한 것도 감정론적으로 볼 때 당연한 일이라고 할 수 있었다.

천하의 미츠코시와의 거래 관계를 청산하는 것은 그들에게 있어 경천동지에 가까운 대사건이었다. 오구라가 제정신이 아니라고 생각하는 이조차 있었다.

그 정도로 미츠코시와 야마토 운수는 밀접한 관계였던 것이다. 야스오미가 건강했다면 미츠코시의 오카모토 사장이 아무리 말도 안 되는 요구를 하고 억지를 부리더라도, 결별만은 하지 않았을 것이다.

2

야마토 운수가 미츠코시와 제휴를 하게 된 경위는 『트럭과 산 80년』=오구라 야스오미 자서전(야마토 운수 50년사)에 따르면 아래와 같다.

1921년, 오구라의 집은 요요기代々木 하쓰다이初台에 있었다.

그리고 오구라의 집 바로 옆에는 미츠코시 가구부 주임인 이치키 슈조一木秀造가 살았다. 주임이라고 해도 지금의 직책에 비유하면 부장급의 간부사원이다.

오구라 가와 이치키 가는 꽤 친분이 깊었다.

그해 여름, 야스오미는 이치키와 가와구치河口 호湖에 있는 후나츠 호텔에 일주일간 머무르면서 즐거운 시간을 보냈다.

두 사람은 별채에 있는 최고급 방에 머물렀지만, 어느 날 아침 지배인이 와서는 이런 말을 했다.

"죄송하지만 오늘 지사知事 님이 이곳을 찾으실 예정이오니 다른 방으로 옮겨주시지 않겠습니까."

야스오미는 지사의 숙박이 정해져 있다면 처음부터 다른 방을 내줬어야 하는 것 아니냐고 생각하면서 분노를 터뜨렸다. 하지만 이치키가 옷소매를 당기며 말렸기 때문에 지배인의 부탁을 들어줬다.

하지만 야스오미의 분노는 풀리지 않았다. 어디 지사인지는 모르겠지만, 남이 묵고 있는 방을 빼앗다니 정말 말도 안 되었다——.

긴자 스키야바시 쪽의 종이 도매상의 3남으로 태어나, 가족과 고용인들에게 차별 대우를 받으며 자라면서 어릴 적부터 반감을 느꼈던 야스오미는 권력으로 남을 복종시키는 자들을 용서하지 못했다.

식사 때가 되어 여성 종업원이 오자 '지사님의 식사는 끝났나?' 하고 큰 소리로 물었다. ' 목욕하시죠' 하고 종업원이 말하자, '지사님은 목욕중이신가?' 하고 물었다.

창문을 활짝 열고 지사에게 들으라는 듯이 그런 짓을 해댄 것이다.

지사가 묵는 방에서는 정적만이 흐르고 있었다.

"오구라 씨. 그쯤 했으면 됐어요."

이치키는 오들오들 떨면서 말했다.

저녁 식사 후, 두 사람이 바둑을 두고 있을 때, 지배인이 머뭇거리면서 나타났다.

"두 분 중 한 분이 지사님의 바둑 상대가 되어주시지 않겠습니까?"

"지사 양반이 시켜서 온 거냐?"

"예. 지사님이 부탁하고 싶으시다고……."

"헛소리하지 마. 우리가 무슨 지사의 심심풀이 상대인 줄 알아?"

야스오미가 분노를 터뜨리자, 이치키는 그를 말렸다.

"제가 가서 한 판만 두고 오죠. 금방 돌아올 테니 잠시만 기다려줘요."

이치키는 바둑판을 노려보면서 국면局面을 외운 후, 방을 나섰다.

그래도 야스오미는 화가 풀리지 않았다. 남보고 오라 가라 하는 지사도 지사지만, 친구를 내버려두고 나가버린 이치키도 이해가 되지 않았다.

자신이 밀리고 있었던 판이라는 사실을 떠올린 야스오미는 화풀이 삼아 바둑돌을 아무렇게나 뒤섞어버린 후, 눈을 붙였다.

이치키는 잠시 후 돌아왔다.

"이야, 강하더군요. 네 수 접어줬는데도 단숨에 당했습니다. 정말 저항 한 번 제대로 못 해봤어요."

"흐음, 그렇게 강하던가요?"

"예. 격이 달랐어요. 게다가 예의도 바르더군요. 오구라 씨에게 대신 사과해달라고 부탁했습니다. 저희 방을 빼앗은 걸 미안해하고 있는 것 같았어요."

이치키가 야스오미를 생각해 각색한 느낌이 없지는 않았지만, 그 말 덕분에 야스오미의 화는 꽤 가라앉았다.

이치키와 깊은 교우 관계를 쌓은 야스오미는 그 후에도 단둘이서 자주 여행을 갔다.

1922년 여름에는 다카오高尾 산으로 주말 1박 여행을 두 번이나 갔다.

다카오 산은 맑은 물과 폭포가 있어 행락지로서도 최적이지만, 일본의 신인 이즈나곤겐의 영지靈地이기 때문에 영험하다고 알려져 있었다. 그래서 두 사람의 마음은 다카오 산으로 향한 것인지도 모른다.

아사카와浅川 역에서 기차를 타고 두 시간 반 정도면 산 정상에 도착할 수 있지만, 두 사람은 아사카와에 있는 여관에 하루 묵었다.

다카오 산에서 내려와 여관 2층에서 한잔하고 있을 때, 아사카와에 피라미가 서식한다는 이야기가 나왔다. 도쿄에서는 황어라고도 불리는 잉어과 물고기로, 구워먹으면 담백하고 맛있다.

"좋아요. 여관에서 망을 빌려 대여섯 마리 정도 잡아보죠."

야스오미는 속옷 차림으로 강에 뛰어들었다.

물은 깨끗하지만 수심이 얕기 때문에 수영을 하는 것은 무리였다. 그리고 들은 대로 피라미가 헤엄치고 있었다.

여관 2층 창문을 통해 이치키가 야스오미를 쳐다보고 있었다. 어느새 구경꾼도 늘어났다.

야스오미는 열심히 망을 휘둘렀지만 피라미가 날쌘 탓에 한 마리도 잡지 못했다.

지칠 대로 지쳐 여관에 돌아와 목욕을 하고 온 야스오미에게, 이치키는 히죽거리면서 젓가락을 싼 종이를 펼쳐서 건넸다.

아사카와의 피라미에게도 눈이 있고, 지느러미가 있도다

"한 방 먹었습니다."

"아마 피라미는 망으로 잡는 게 아니라, 낚는 물고기인가 보군요."

"하하, 그 말이 맞는 것 같군요."

두 사람은 배를 잡고 웃었다.

3

야스오미와 이치키가 친분이 깊어진 1922년 초가을의 어느 날, 이치키가 야스오미를 만나기 위해 오구라 가를 찾았다. 저녁 식사 후의 꽤 늦은 시간이었다.

당시 미츠코시를 비롯한 백화점 대부분은 마차와 인력거를 이용해 배달했다.

미츠코시에게 있어 요코하마는 도쿄 야마노테山手에 버금갈 만큼 고객이 밀집되는 지역이었다. 외판원들은 낮에 요코하마로 출장을 가서 주문을 받은 후, 저녁에 니혼바시에 있는 본점으로 돌아왔다.

신바시新橋—요코하마의 왕복에는 기차를 이용했다.

그리고 다음날 오후 늦은 시간에 주문품을 실은 짐마차가 등롱 불빛에 의지해 요코하마로 향했다. 그리고 다음 날 아침, 요코하마에 도착했다.

거실에서 느긋하게 차를 한 모금 마신 이치키는 자신의 용건을 밝혔다.

"오구라 씨. 트럭으로 가구를 운반하는 건 어려울까요?"

간나이關內에 있는 가와사키야川崎屋라는 인력거 회사가 미츠코시의 요코하마 배송소이며, 미츠코시의 일을 하는 인력꾼은 이곳에 모여 있었다. 기차로 요코하마에 도착한 외판원은 인력거로 주문품을 배달한다. 가구 등의 대형 상품은 짐마차를 이용했다.

"오구라 씨는 선견지명을 가지고 있다고 생각해요. 앞으로는 트럭이 짐마차나 인력거를 대신하는 시대가 오지 않을까요. 야마토 운수에게도 나쁜 이야기는 아닐 거라고 생각합니다."

"저희로서는 감사한 이야기입니다. 바로 구체적으로 검토해보겠습니다."

"도쿄—요코하마 간의 트럭 운반 견적서를 제출해주십시오. 계약 등의 사무는 서무과가 소관하고 있으니, 담당자인 도쿠야마德山라는 남자를 소개해드리겠습니다."

그 즈음, 야마토 운수의 차량은 포드제 T형 트럭이며, 도쿄—요코하마 간의 이동 소요 시간은 왕복 여섯 시간이니 운임은 17엔 정도다.

몇 차례에 걸친 교섭 결과, 운임은 짐마차와 같은 금액인 15엔으로 정해졌다. 1922년 늦가을의 일이었다.

당초에는 가구 운반만을 하기로 했지만, 미츠코시에서 트럭 운송을 본격적으로 채용해야 하는 것이 아닐까, 라는 의견이 나오면서 야마토 운수에 견적서 제출을 요청했다.

이즈음, 제국상회, 내외흥산, 야나가와梁川 자동차상회 등의 자동차 판매업을 하는 세 회사가 승용차의 새시에 스티커를 붙인 배달차 판매 경쟁을 하고 있었다. 물론 당시에는 국산차는 존재하지 않던 시대였다. 세 회사 다 수입 대리점이었다.

미츠코시는 이 세 회사에 운송비 견적도 의뢰했다. 자동차를 파는 곳이니 운송 견적 정도는 낼 수 있을 것이라고 생각한 당사자가 반 장난삼아 의뢰한 것이리라.

제국상회 등은 장기 계약 시 하루 11엔~12엔 정도로 견적을 내 미츠코시에 제출했다.

야마토 운수의 견적은 17엔이었기에 금액 면에서 상대가 되지 않았다.

야스오미는 미츠코시의 서무과에 있는 도쿠야마 요이치로에게 호소했다.

“제국상회 같은 곳은 자동차를 판매하는 곳이기에 운송업 경험이 전무합니다. 자동차를 팔기 위해 아무런 근거도 없이 무턱대고 싼 가격을 제시한 것에 지나지 않습니다. 코스트를 무시한 견적서와 비교되는 것 자체가 납득이 안 되는군요.”

“하지만 그렇다고 해도 너무 가격 차이가 나는 것 아닌가요?”

“11엔이나 12엔 정도로 운송을 할 수 없다는 건 도쿠야마 씨도 잘 아실 텐데요.”

“17엔이라면 윗분들이 납득하지 않을 겁니다.”

“그렇다고 적자가 날 것이 뻔한 금액을 받아들일 수는 없습니다. 회사가 무너지고 말 테니까요.”

분노한 야스오미가 자리를 박차면서 멋대로 돌아간 적도 있었다.

한편, 배달차 판매 경쟁에서는 제국상회가 승리했다. 야나이 교조柳井京三 사장이 뛰어난 능력을 유감없이 발휘하자, 야나가와 자동차상회와 내외흥산이 결국 손을 떼고 만 것이다.

야스오미는 야나이를 만나려 했다. 야나이에게 있어 야스오미는 만나고 싶지 않은 상대일 테지만, 예상과 달리 그는 흔쾌히 야스오미를 만나기로 했다. 나중에 안 사실이지만, 야나이에게는 속셈이 있었다.

“오구라 씨가 화를 내는 것도 무리는 아닙니다. 저희는 판매 정책만으로 운송비 견적을 제출했을 뿐이니까요."

"언젠가 제국상회로부터 차를 살 생각이었습니다만 이렇게 운임이 싸서는 자동차 구입 대금도 낼 수 없겠죠. 포기할 수밖에 없을 것 같아요."

"오구라 씨. 지금은 참아야 할 때가 아닐까요. 미츠코시의 제안에 응하는 게 어떨까요. 제국상회는 앞으로 당신의 사업에 도움이 되는 존재이고 싶습니다."

야나이는 단호한 목소리로 그렇게 말한 후, 팔짱을 끼면서 눈을 감았다.

5초, 10초가 지났는데도 야나이는 아무 말 없이 눈을 감고 있었다.

야스오미가 코밑에 난 수염을 오른손 검지로 매만지면서 무슨 말을 하려 한 순간, 야나이가 눈을 번쩍 뜨면서 무릎을 때렸다.

"좋습니다. 이렇게 됐으니 제국상회는 손을 떼죠."

"손을 떼겠다고요? 대체 뭘 말이죠?"

"미츠코시에 배달차를 판매하지 않겠다는 겁니다. 그 대신 당신을 추천하죠."

야스오미는 경악을 금치 못했다.

솔직히 말해 믿기지가 않았다. 하지만 불혹을 넘긴 실업가가 빈말을 할 리가 없었다.

될 대로 되라는 심정이 된 야스오미는 야나이의 말에 따라 미츠코시와 계약을 체결하기로 각오를 다졌다. 그렇게 야마토 운수는 미츠코시의 요코하마 배송 상품 수주를 계속했을 뿐만 아니라, 도쿄 시내 배송 업무도 전부 맡게 되었다. 이 결과를 통해, 야마토 운수는 제국상회로부터 배달차 네 대를 구입하게 되었다.

1923년 3월부터 야마토 운수는 시험적으로 매일 두세 대의 트럭을 운용하게 되었다. 그리고 다른 업자에 비해 회사 조직 면에서의 내용이 철저하고, 운전사를 비롯한 종업원들의 근무 태도가 양호하다고 미츠코시는 평가했다.

하지만 운임은 14엔이 유지됐다.

같은 해 5월, 미츠코시는 자가용 열 대를 폐차하기로 결정하면서 그 업무를 야마토 운수에 요청했다. 미츠코시는 지금까지 도쿄 시내 배송의 태반을 자가용으로 해왔으며, 그것만으로 부족할 때에는 개인기업 트럭을 이용했다.

이 요청을 받은 야마토 운수는 1톤 차량을 다섯 대나 늘렸고, 그 결과 트럭 보유수가 열두 대로 두 배가량 늘었다.

그리고 7월에는 영업 조직을 본사(교바시京橋 구 도요타마豊玉) 부문과 미츠코시 부문으로 분리했으며, 요쓰야 시오마치四谷 塩町에 출장소를 설치했다.

1923년에 들어서 트럭을 한두 대 보유한 개인기업이 줄지어 탄생했지만 대부분 경영 능력이 결여되어 있어 야마토 운수에 전속 하청을 요청하는 곳이 많았다. 그리고 이 하청을 받아들인 야마토 운수는 대대적으로 수송력을 확충하게 되었다.

미츠코시의 배송 업무를 독점함에 따라 야마토 운수의 기업 기반이 확립되었다고 할 수 있다.

오구라 마사오는 1923년 12월3일에 태어났다. 그러니 야스오미와 마사오 사이에 미츠코시에 대한 생각에 차이가 나는 것은 어쩔 수 없는 일일지도 모른다.

오구라는 '미츠코시가 있는 방향을 향해 발을 뻗고 자선 안 된다'는 말을 어릴 적부터 아버지에게 들었다. 그리고 야마토 운수에 입사(1948년)한 후에도 미츠코시가 있기에 야마토 운수가 존재한다는 사실을 실감할 수 있었지만, 오카모토 시게오에 의해 3년 동안 적자를 보게 된 것이다. 그런 상황에서도 결별하지 않는다면 경영자로서 실격이며, 주주들을 볼 면목도 없으리라——.

4

오구라 야스오미는 일본 운수 업계에서 입지전적인 사람으로 알려져 있다.

일본에서 처음으로 트럭이 등장한 것은 1902년으로 알려져 있다. 도쿄 시 교바시 구 다케가와초竹川町—현재 긴자 마쓰자카야 백화점 맞은편의 식료품 매장 쓰루야鶴屋가 미국제 올즈모빌Oldsmobible 한 대를 구매한 것이 최초로 기록되어 있다. 양주 등의 식료품 운반에도 사용했지만, 사람을 태우고 달리는 일도 많았다고 하니 실질적으로는 승용차라 할 수 있을 것이다.

다음 해인 1903년, 미츠코시의 전신前身인 미쓰이三井 포목점이 프랑스에서 클레멘트를 구입했다. 단기통 8마력, 배터리 점화, 시속 29킬로미터인 이 자동차는 승용차급의 속도로 주행했다. 같은 해 4월부터 미쓰이 포목점은 클레멘트를 상품 배달차로 썼다. 사실상 이 클레멘트야말로 일본의 첫 번째 트럭이라 할 수 있을 것이다.

야스오미가 야마토 운수 주식회사를 설립한 1919년, 당시 화물 수송은 짐수레와 우마차가 맡았다. 내무성 통계에 따르면 그해 연말의 전국 자동차 전체 숫자는 7511대이며, 그중 트럭은 겨우 204대(도쿄 75대)에 지나지 않았다고 한다.

야스오미가 운송업을 지향한 것은 지금이 도로 운송의 전환기이며, 머지않아 트럭이 우마차를 대신하는 시대가 올 것이라고 확신했기 때문이다.

야마토 운수를 설립하기 전, 야스오미는 채소 가게를 운영했다.

하지만 그는 채소 장수로 인생을 마감할 생각은 없었다.

채소 장수도 세상과 사람들에게 도움을 주는 일이지만 그는 더 큰 사업을 해보고 싶었다. 그러기 위해서는 자금이 필요했다. 10년 동안 자금을 모으기로 마음먹은 야스오미는 1914년부터 비가 오나 바람이 부나, 더운 여름이나 추운 겨울에도, 매일같이 손수레를 끌면서 채소를 팔러 다녔다.

야스오미가 24세 때, 친구 덕분에 군마群馬 현 다테바야시館林에서 대대로 농업을 해온 히라야마 도쿠타로平山德太郎의 장녀, '하나(19세)'와 결혼해, 아자부麻布의 이치베초市兵衛町에서 채소 가게를 열었다. '하나'는 오구라 마사오의 어머니다.

오구라 마사오의 어머니인 하나의 조부인 히라야마는 일러 전쟁에

노지마野島 원수元帥의 병졸로 출정해, 성실한 사람됨을 인정받아, 노지마 가문의 가신이 되었다.

하나도 상냥하고 기품 있는 여성이었다.

야스오미는 '아내는 진심을 다해 저를 보필해줬습니다. 자녀 교육과 집안일을 혼자 해냈을 뿐만 아니라, 나중에는 회사 종업원들마저도 부모처럼 챙겨줬습니다. 그녀는 필설로는 형용할 수 없을 만큼 헌신적으로 내조를 해줬습니다' 하고 『트럭과 산 80년』에서 밝혔다.

'필설로 형용할 수 없을 만큼'이라는 표현은 야마토 운수 창업 초기에 야스오미가 한 고생에 가장 잘 어울릴 것이다.

자본금 10만 엔, 납입자본금 2만 5천 엔으로 설립한 야마토 운수의 창립총회는 1919년 11월 29일 오후 7시, 야스오미가 만 30세 생일을 맞이한 날에 교바시 구 고비키초木挽町에 있는 '아사히 클럽'에서 개최됐다.

창립총회를 개최한 날로부터 두 달 전인 9월 15일, 일본에서 처음으로 교통정리가 실시되면서 우마차가 긴자의 대로에서 사라지게 되었다. 손수레에 익숙했던 야스오미에게는 충격적인 일이었다. 하지만 그와 동시에 스피드를 추구하는 시대가 반드시 온다는 생각과 함께 운송업 성공을 확신한 것 또한 사실이다.

교통순경도 이때 생겼다. 흰색 선이 그어진 녹색 완장이 눈에 새겨질 것처럼 선명했다.

야스오미는 새로운 교통기관이 생겨나는 것을 볼 때마다 가슴이 두 근거렸다. 오전에 채소 가게 일을 끝낸 후, 오후부터는 정장을 입고 외출을 하게 된 것도 그즈음부터였다.

그가 정장을 입고 외출한 것은 바로 자동차를 공부하기 위해서였다. 자동차에 마음이 빼앗긴 그는 뭔가에 씌인 것처럼 지식을 흡수해 나갔다.

도쿄 시가지 자동차 주식회사도쿄 승합자동차의 전신에 먼 친척이 중역으로 있었기에 그를 찾아가 그즈음 수입된 '리퍼블릭' 자동차의 성능에 관한 이야기를 듣고는 했다. 그리고 도쿄 가스 전기 공업 주식회사이스즈 자동차의 전신에 근무하는 친구를 몇 번 찾아갔는지는 기억조차 나지 않았다.

그 친구는 싫은 내색 한 번 하지 않으면서 수리 분해 현장을 견학하게 해줬다. 그것을 통해 야스오미는 생애의 사업을 운수업으로 정했다.

창립총회 당일 밤은 추웠다. 야스오미는 영국 신사처럼 프록코트를 걸치고 나타났다. 야스오미 외의 열여섯 명의 참석자는 기모노 차림이었으니, 참석자들 눈에는 그가 멋진 서양 신사 같아 보였을 것이다.

야스오미의 소유 주식은 150주이며, 채소 가게를 하면서 모은 자금과 가게를 팔아서 번 자금을 전부 쏟아부었다. 납입자본금은 2만 엔 정도였다.

주주는 서른일곱 명의 친척 및 지인이며, 주식 주수는 2천 주였다.

사장 자리에는 매형인 무라타니 하시지로村谷 端西郎를 앉히고, 야스오미 자신은 전무가 되었다. 상근 임원은 야스오미 한 명뿐이었다.

"자네가 사장이 되는 게 어떤가?"

무라타니는 그렇게 말했지만, 야스오미는 300주를 보유한 최대 출자자인 그를 사장에 앉혔다.

"사장은 형님이 되셔야 합니다. 저는 아직 서른밖에 되지 않았기 때문에 관록이 없어요. 사장이라는 직책을 맡으면 산 정상에 오른 것 같은 느낌이 들 것 같기도 하고요. 회사가 커지면 그때 사장직을 맡을지도 모르지만, 아직은 사장직을 맡는 게 부끄럽군요."

본사사옥은 교바시 구 히가시東 도요타마 하안河岸 제41호지에 있는 37평 목조 기와 2층 가옥을 1600엔을 지불하고 가미노야마 시게이치上山茂一에게서 빌렸다.

가미노야마는 야스오미의 누나가 낳은 장남이며 연료 도매상을 경영했다. 무라타니와 마찬가지로 대주주이며 상무이지만, 비상근이었다.

창립총회는 한 시간 만에 끝났다. 배달 요리점 '벤마쓰弁松'에서 주문한 요리를 먹으며 축배를 든 후, 식사를 하면서 선배 주주들에게서 격려와 요청 사항들을 들은 야스오미는 각오를 다시 다졌다.

소수 정예인 종업원(열다섯 명) 중에서도 차량 담당인 이토 하치로베伊東 八郎兵衛는 유능했다. 차량 구입, 정비, 운전사 교육 훈련부터 주식 모집 준비에 있어서까지 엄청난 활약을 보이며 야스오미를 도왔다. 나이는 야스오미보다 다섯 살 적었다. 스키야바시数寄屋橋의 택시 회사에서 운전사로 일했지만, 야스오미의 인품에 반해 야마토 운수로 온 것이다.

같은 아자부 이치베초에서 산 인연으로, 야스오미와 이토는 주종 관계를 맺게 되었다. 자동차에 해박하고 일을 열심히 하며, 남들을 돌보는 것을 좋아하고 부하를 자기 집에 불러 술을 마실 만큼 인정이 두

터운 남자였다.

창업 초기에는 이토가 졸업한 시바우라芝浦의 도쿄 자동차 학교의 졸업생을 대상으로 운전사를 채용했다.

이 시대의 운전사는 자동차 숫자가 적었기 때문에 젊은이들이 동경하는 일자리였다. 지금 시대에 비유하면 점보 여객기 조종사에 비견되거나 그 이상일 것이다.

젊은이들이 되고 싶어 하는 직업이자, 부호나 고급 관료들이 타는 자동차를 운전하게 되면 운전사의 신분도 높아진 것처럼 위세를 떨치게 되었다.

운전사의 월급은 40엔, 조수는 25엔 정도이며, 운전사는 월급 외에도 수당이 들어오기 때문에 실질적인 월급은 조수의 두 배 정도 되었다.

조수는 운전사에게 하인처럼 부려지기도 했다. 그도 그럴 것이 운전사는 여러 가지 면에서 조수의 뒤를 봐주기 때문에 실질적으로는 상하 관계에 있다고 할 수 있었다. 그리고 일정 기간 동안 일한 조수는 비로소 운전사가 될 수 있지만, 자동차 정비 기술을 익히지 않으면 어엿한 운전사로 대접받지 못했다.

야마토 운수에서는 야스오미의 방침에 따라 경시청의 시험 합격자라도 면허증은 회사의 금고에 보관해야 하고, 최소 몇 개월 동안은 조수로서 화물 취급법을 익혀야 했다.

야스오미는 마루노우치丸の内 셀프루저 상회에서 덴비 2톤 차 한 대, 포드 1톤 차 세 대를 1만 6280엔에 구입해서 1919년 12월 하순부터 영업을 시작했다.

야마토 운수는 전후戰後 경기 호황기에 운 좋게 스타트할 수 있었다.

참고로 사라예보 사건1914년, 6월, 사라예보를 방문한 페르디난트 오스트리아 황태자 부부가 오스트리아 병합에 반대하는 세르비아의 한 청년에게 암살당했다이 방아쇠가 되어 그해 7월 28일 발발한 제1차 세계대전은 4년 후인 1918년, 11월 11일에 독일, 오스트리아·헝가리 동맹국 측이 승자인 연합국 측에서 내민 휴전 조약을 받아들이면서 종전되었다.

창업 후 넉 달이 지나 종업원들이 업무에 익숙해지고 수주량이 늘어 영업 수지도 흑자 전망을 보이기 시작한 1920년 3월 15일, 느닷없이 일본 산업계에 전후 경기의 반동反動이 찾아왔다. 주식, 곡물, 비단, 날실 시장이 미증유의 대폭락을 겪었고, 16, 17일에는 동서의 주식 거래소가 입회 정지되었다.

4월에 들어서도 주식 폭락은 계속되었고, 전국 은행에는 돈을 찾으러 오는 예금주들도 붐볐다.

4월 16일, 정부는 재계 구제 성명을 발표했고, 4월 23일에는 일본은행이 1억 2천만 엔의 구제救濟 융자를 결정했다. 또한 주식시장 구제를 목적으로 신디게이트 은행단이 결성됐지만 4월 중에 일곱 곳의 은행이 휴업했으며, 파탄 은행은 연말까지 스물한 곳이나 되었다. 그리고 예금주들이 예금 대부분을 빼는 사태가 발생한 은행은 예순한 곳이나 되는 대참사가 벌어졌다.

이런 상황에서 야마토 운수는 4월 30일 제1기 결산에서 약간이기는 하나 흑자를 보이면서 건투했다. 그리고 제2기 결산에서는 1할 배당이 실시되었다. 하지만 같은 시기에 쓰인 영업 보고서에는 '극도로

번성했던 재계도 3월 이후 주식 대폭락을 통해 와해됨. 대공황을 우려하는 목소리가 커지는 가운데, 금융 핍박의 암운이 드리워지며 운수업계에 막대한 영향을 끼쳤고, 그것이 누란의 위기로 이어지고 있다……'라는 문장을 통해 당시의 긴박한 정세를 표현하고 있다.

제3기에는 적자 결산이 되었다. 전기 이월금을 계산에 넣어, 총 102엔의 손해를 기록했다.

1920년의 매상은 3만 2817엔, 경영 이익은 2956엔이었다.

5

다음 해인 1921년에도 악전고투는 계속되었다.

납입자본금인 2만 5천 엔은 대부분 설비와 차량 구입비용으로 쓴 탓에 운전 자금이 부족했을 뿐만 아니라 종업원 급료 지불이 힘들 때도 있었다.

이해 2월, 야스오미는 이토에게 상담했다.

"이대로 가다간 종업원들에게 이달 급료를 주지 못할 거야. 시미즈志水 상점에서 외상대금을 거치해달라고 부탁할까 하는데……."

원래라면 차량 담당인 이토와 상담할 사안이 아니지만, 당시 야스오미는 이토에게 상당히 의지하고 있었다.

"외상대금이 얼마나 됩니까?"

"3천 엔 정도야. 사원들 급료 지급이 늦어지는 것만은 피하고 싶어."

시미즈 상점은 야마토 운수의 최대 매입처이며, 그곳을 통해 유지

류와 자동차 부품 등을 조달했다.

"저희는 한두 달 정도라면 참을 수 있습니다. 그리고 시미즈 상점이 순순히 그렇게 해줄 것 같지는 않군요."

"급료 지급이 늦어지면 사원들이 동요할 거야. 일단 시도라도 해봐야겠지."

"전무님이 고개를 숙이면 상대도 완전히 무시하지는 못하겠지만, 그래도 너무 무리하지는 마십시오."

야스오미는 시바芝 구 사쿠라다후시미초桜田伏見町에 있는 시미즈 상점에 가서, 시미즈에게 부탁했다.

"염치없는 소리라는 것은 알고 있습니다만, 3천 엔의 외상대금을 10개월 무이자로 거치해주실 수는 없으시겠습니까. 그 대신이라기는 뭐하지만, 앞으로의 매입대금은 반드시 전전달에 지불하겠습니다."

"빚을 진 쪽에서 이런 조건을 제시할 거라고는 꿈에도 생각 못했습니다. 정말 어이가 없군요."

말에는 날이 서 있지만, 눈은 웃고 있었다.

"빚을 지고 도망 다니는 것보다는 이러는 편이 나은 방법일지도 모르겠군요."

"사원들의 급료만은 제때 주고 싶습니다. 골똘히 생각한 끝에 나온 뻔뻔한 부탁입니다."

"좋습니다. 당신을 믿도록 하죠. 사원들을 생각하는 오구라 씨 마음은 충분히 이해가 됩니다. 저희도 상황이 좋지만은 않지만, 앞으로도 계속 거래를 해나갈 상대이니 그 정도는 해드려야겠지요."

시미즈의 말을 들은 순간, 야스오미는 눈시울이 뜨거워졌다.

12월까지 어떻게든 영업 실적을 만회해서 빚을 전부 갚고 싶다고 야스오미는 생각했지만, 매달 늦지 않게 매입대금을 지급하는 것도 힘들었다.

약속한 기일이 두 달밖에 남지 않은 10월 초, 야스오미는 궁여지책을 내놓았다.

아사카와 역과 다카오 산 기슭을 잇는 버스를 영업권을 포함해 매각하기로 한 것이다.

버스라고 해도 승용차로 유람객을 옮기는 일에 불과하지만, 야마토 운수는 포드 두 대를 배정해 한 사람당 30전의 운임으로 운영하고 있었다. 그것을 5300엔에 매각한 것이다.

그 덕분에 약속한 기일보다 한 달 일찍, 3천 엔에 답례품까지 더해 시미즈 상점에 전달하자, 시미즈는 이전보다 더 야마토 운수를 신용하게 되었다.

야스오미가 시미즈 상점을 찾았을 때, 시미즈는 딱딱하게 굳은 얼굴로 그를 맞았다.

선물을 들고 있는 야스오미를 본 시미즈는 그가 기한을 늘려달라는 말을 하러 왔다고 생각했던 것이다.

"덕분에 약속을 지킬 수 있었습니다."

"뭐라고요?! 아직 12월이 되지 않았습니다만……."

"하루라도 빨리 갚고 싶다는 생각이 머리에서 떠나지 않아서요."

"이렇게 힘든 시기에 돈을 마련하느라 수고가 많으셨겠군요."

"사원들이 정말 열심히 일해주었습니다. 급료를 체임하지 않고 주는 저에게 감격한 사원들이 몸이 부서지도록 일해준 덕분이죠."

야스오미는 사원들 덕이라고만 말했을 뿐, '다카오 산 버스'를 매각했다는 이야기는 하지 않았다. 이 사실은 시미즈와의 교우 관계가 더 깊어진 후에 밝혔다.

6

하지만 불경기로 인한 화물 수송의 둔화는 여전히 지속되었다.

야스오미는 화물 수송 의뢰를 따내기 위해 분주히 뛰어다녔지만, 비교적 운임이 비싼 트럭을 이용하려는 곳은 나타나지 않았다. 궁지에 몰린 그는 분뇨 운반을 시작하기로 했다.

우에노上野 사쿠라기초桜木町에서 모은 거름통을 사이타마埼玉 현 고시가야越谷에 있는 비료 저장소까지 옮기는 일이었다.

5월말부터 6월말까지 이 일을 하기로 했는데, 더운 날씨 때문에 부패 가스로 차 안이 가득 차고, 험한 길 때문에 통에서 분뇨가 흘러나온 탓에 운전사와 조수는 완전히 질릴 대로 질리고 말았다. 하지만 이 업무를 맡은 이상 기한 동안은 계속해야만 했다.

결국 이토가 운전사를 자청하고 나섰다. 조수석에는 야스오미가 조수복을 입고 탔다. 두 사람은 사쿠라기초와 고시가야를 몇 번이나 왕복했다. 코를 막고 싶어지는 악취를 견디며 두 사람은 최선을 다했다.

"이런 일을 따와서 정말 죄송합니다."

"아니, 그렇지 않아. 이것도 엄연한 일이지."

"그래도 다음에는 맡지 말죠."

"응. 내년에 또 의뢰가 들어와도 사양해야겠군."

두 사람은 이런 대화를 수도 없이 나눴다.

1921년 6월, 생선 배송에 처음으로 트럭이 이용되었다. 그즈음, 도쿄에서는 소매상이 니혼바시에 있는 어시장에서 시내에 있는 점포로 생선을 운반했다. 특수한 용수철이 달린 소형 짐수레를 이용했지만 짐수레의 앞뒤에 젊은이가 세 명씩 붙어서 힘찬 고함을 지르며 달리는 모습은 에도江戸의 정서를 느끼게 하는 명물이었다.

야스오미는 이 일을 트럭으로 하자는 생각을 했다.

야스오미는 어시장에 매일같이 들르면서 소매상들을 설득했지만 '이용료가 비싼 트럭으로 생선을 옮긴다니, 당치도 않다'면서 손사래를 쳤다.

하지만 한 소매상이 조건을 달면서 야스오미의 제안에 응했다.

"오구라 씨가 말한 대로 되지 않아 저희가 피해를 보게 된다면, 야마토 운수에서 책임을 지는 겁니까?"

"물론입니다. 만약 실패한다면 생선을 저희가 전부 사겠습니다. 그리고 운임도 받지 않을 겁니다."

테스트 결과, 니혼바시—오모리大森는 40분, 니혼바시—아오야마는 30분 만에 짐을 옮길 수 있었다. 지금까지는 최소한 세 시간은 걸렸으니, 소요 시간이 6분의 1밖에 안 되는 것이다. 냉동용 얼음도 녹지 않으니 생선의 신선도도 유지할 수 있었다.

소매상들은 앞다퉈 야마토 운수에 발주를 넣었다.

"이제 야마토 운수의 미래는 밝아. 커다란 수입원이 되는 획기적인 수송 방식을 개발했으니까 말이야."

야스오미는 득의만만한 얼굴로 사원들에게 그렇게 말했지만, 그것은 한순간의 꿈으로 끝났다.

시내 생선 가게가 공동으로 트럭을 구입해 직접 수송을 하게 되었기 때문이다.

7

이해, 야스오미에게 있어 가장 가슴 아팠던 일은 이토 하치로베가 퇴직한 것이었다.

10월의 어느 날, 이토는 심각한 표정으로 야스오미에게 면담을 요청했다.

"회사를 그만두겠습니다."

"자네 지금 무슨 소리를 하는 거야. 내 오른팔이자 왼팔인 자네가 지금 관두면 우리 회사가 얼마나 곤란해지는지 알고 있잖아. 우선 이유를 말해줘."

"저는 사원이면서도 가장 많은 급료를 받고 있지만, 그런 대우를 받을 자격이 없습니다."

"왜 그런 소리를 하는 거야. 가장 일을 많이 하는 자네라면 그 정도 급료를 받을 자격이 있어. 아니, 가능하다면 더 많이 주고 싶을 정도야. 자네는 우리 회사의 일등공신이라고. 아무도 그 점을 부정하지 못할 거야."

"영업 실적 부진의 책임을 지게 해주십시오."

"그 책임을 져야 할 사람은 나야. 야마토 운수의 경영자는 바로 나니까 말이야."

"분뇨 운반의 책임은 저에게 있습니다."

"아니, 그렇지 않아. 백 보 양보해서 자네의 주장을 인정하더라도 그건 회사를 관둘 정도의 일은 아냐. 아무튼 하루 정도 더 생각해봐주지 않겠나?"

이토는 아무 말 없이 고개를 숙인 후, 밖으로 나갔다.

하지만 다음 날에도 이토의 마음은 변하지 않았다.

"자네, 설마 나와 야마토 운수를 버리겠다는 건가?"

무심코 언성을 높인 야스오미는 필사적으로 마음을 진정시키면서 말을 이었다.

"확실히 지금은 힘든 상황이야. 야마토 운수의 앞날은 험난할지도 모르지. 하지만 우리라면 운송업계에서 성공할 수 있어. 그러니 한 번 더 생각해봐주지 않겠어?"

"밤새도록 잠도 안 자고 생각했지만, 제 역할은 이미 끝났다고 생각합니다. 저는 회사와 전무님을 위해 최선을 다했습니다만, 전부 결과가 좋지 못하거나 헛수고로 끝나고 말았습니다. 오랫동안 신세 많이 졌습니다. 전무님이 베풀어주신 은혜는 결코 잊지 않겠습니다."

이토는 뜻을 꺾는 것은 남자답지 못한 짓이라고 생각하면서 사직 의

사를 꺾지 않았다. 한번 자신이 정한 뜻을 굽히지 않는 남자였다.

야스오미는 크게 낙담했지만 지금은 창업자다운 모습을 보일 수밖에 없었다.

이토 한 명을 계속 신경 쓰고 있어선 사원들의 사기가 떨어질 것이라고 마음속으로 생각하며 사표를 받아들였다.

하지만 이토가 떠난 후 가슴에 구멍이 뚫린 것 같은 적막감을 느낀 야스오미는 과음을 하게 되었다.

이럴 때는 일에 몰두하는 것이 최고였다.

야스오미는 아직도 받지 못한 분뇨 운반비를 받아낼 방법을 생각해냈다.

연말의 어느 날, 야스오미는 젊은 운전사 두 명과 함께 트럭을 타고 우에노 사쿠라기초에 사는 분뇨 운반 관리인의 집으로 향했다.

식량인 팥빵, 그리고 추위에 대비하기 위한 모포와 숯을 트럭에 실은 그는 관리인의 집으로 쳐들어간 것이다.

"그렇게 힘든 일을 시켜놓고 운임을 떼어먹으려고 하다니, 너무한 거 아닙니까."

야스오미는 화가 날 대로 나 있었다.

"돈이 없는데 어쩌겠나. 자네들이 일 좀 달라고 하도 사정해서 어쩔 수 없이 줬던 거라네."

"운임 700엔을 줄 때까지 돌아가지 않겠습니다. 식량도 준비해왔고, 모포와 숯도 챙겨왔죠. 경찰을 부를 거면 얼마든지 불러보시죠."

"멋대로 하게."

눈빛이 험악한 그 관리인은 처음에는 집 안에 틀어박힌 채 야스오미를 무시했다. 하지만 야스오미가 '운임을 줄 때까지 꼼짝도 안 할 거다. 너희도 각오는 됐겠지?' 하고 부하들에게 말하면서 현관 앞에 자리를 깔았다.

"10일, 20일쯤, 아니, 이렇게 되면 정월이고 뭐고 없습니다. 줄 때까지 있어보죠."

운전사인 나루미鳴海도 큰 목소리로 그렇게 외쳤다.

이 농성 전술에는 악덕 관리인도 항복할 수밖에 없었다.

농성 닷새째, 밀린 운임을 전부 받아낼 수 있었다.

그 관리인은 야스오미의 기백 앞에 무릎을 꿇고 만 것이다.

8

이토의 퇴직 후 터진 어떤 사건이 야스오미의 마음을 더욱 어둡게 만들었다.

1920년 4월 28일에 있었던 일이다.

가와무라 시로河村四郎라는 야마토 운수의 운전사가 시바 다카나와미나미초高輪南町를 운행하던 중, 긴 목재를 실은 짐수레와 스쳐지나간 순간 목재 끝부분이 트럭에 닿았다.

사고 원인은 트럭이 스쳐지나간 직후 짐수레가 갑자기 방향을 변경한 탓에 목재가 트럭에 닿은 것으로 보였다.

짐수레를 끌던 이는 이마다 사키치今田佐吉라는 39세의 남자였다. 쓰러진 이마다는 뼈가 부러지는 중상을 입었다.

가와무라는 근처 병원으로 이마다를 옮겼지만, 몇 시간 후 그는 숨을 거뒀다. '유감이야. 유감이야'라는 헛소리 같은 유언을 남겼다고 한다.

이 사건이 후에 '유감 사건'이라고 불리게 된 것도 이런 연유에서였다.

이마다는 독신이며, 친형인 야나기 다로柳太郎가 군마 현 시모니타下仁田에 살고 있지만, 상해배상이나 위자료 청구를 할 피부양가족은 없었다.

그래서 야나기 다로가 상속인이라고 판단한 야스오미는 그와 위문금 협상을 하려 했다. 하지만 야나기 다로는 사회주의 변호사로 알려진 후세다 다츠오布施田 辰男를 대리인으로 세우더니, 가와무라가 소속된 야마토 운수를 상대로 9000엔의 위자료를 청구하는 소송을 했다.

청구 내용은 원고는 피부양자는 아니지만, 피해자 본인이 부상을 입고 받은 고통에 대한 위자료 청구권를 상속받았기 때문이라고 한다.

당시 시대상에 비춰 볼 때 말도 안 되는 억지였다. 야마토 운수는 바로 맞고소를 했고, 법정 투쟁에 들어갔다.

이 당시의 도로는 좁을 뿐만 아니라 험했기 때문에, 트럭이나 버스가 다니면 그 진동으로 주위 건물의 기와가 떨어지거나 벽시계가 떨어졌다며 불평불만을 해댔다.

보행자나 마차에 법규 위반 혹은 과실이 있어도 자동차가 가해자 취급을 당했던 것이다.

자동차 운송업자는 변상을 비롯한 막대한 경제적 위협에 항상 노출되어 있었다. 사고 배상을 위해 폐업을 하게 되는 업자도 있었다.

도쿄지법은 야마토 운수의 손을 들어줬다.

고통에 대한 위자료 청구권은 부상자 본인에게만 인정되는 것이며, 본인이 청구 의사를 표시하지 않고 죽은 경우, 상속인이 멋대로 청구권을 행사할 수는 없다——. 이것이 판결 이유였다.

하지만 원고는 바로 고등법원에 공소控訴했고, 그 후 9년간 법정 투쟁이 벌어졌다. 그리고 대법원의 최종 판결은 원고의 승소로 끝났으며, 야마토 운수는 2천 엔을 지불하게 되었다.

"유감이야, 유감이야, 라는 말은 피해자가 가해자에게 재산상의 위자료를 청구하는 의사를 표시한 것으로 해석할 수도 있으며……"라는 항소심의 판결을 대법원이 지지한 것이다.

1927년 5월에 내려진 판결이다.

즉, 죽기 직전 '유감이야, 유감이야' 하고 외친 것이 이 판결의 결정적 근거가 된 것이다.

그 후, 이 판결에 관해 법조계에서 논의가 이루어졌다. '유감이라는 말조차 하지 못한 채 즉사한 경우에는 어떻게 되는가. 말도 안 되는 억지다' 하고 말하면서 비난하는 사람이 있는 한편, '상식적인 사람이라면 당연히 위자료를 청구할 테니, 의사 표시의 유무에 관계없이 그 권리는 상속되어야 한다'라고 논한 학자도 있었다.

야스오미는 2천 엔이라는 고액의 위자료에 납득하지 않았다. 사업에 매진해야만 하는 창업 초기에 재판에 에너지를 쏟아야 했던 것까지 포함해, 말 그대로 유감스럽기 그지없는 일이었다.

9

야마토 운수의 창업 초기에 오구라 야스오미가 겪은 잊을 수 없는 일 중에서 '간토 대지진'은 가장 으뜸가는 것이었다.

1923년 9월 1일 정오, 야스오미는 우시고메牛込 이치가야市ヶ谷에 있는 병원에 입원한 하나의 병문안을 갔다.

몸 상태가 나빠진 하나는 병원에 입원 중이었다.

바로 그때, 엄청난 굉음이 들리면서 바닥이 붕 떠오르는 듯한 느낌마저 들 만큼 대단한 진동이 느껴지더니, 나룻배를 탄 채 파도에 흔들리는 것 같은 느낌이 한동안 계속됐다.

"이거 엄청나군. 대지진이야!"

"당신!"

야스오미는 비명을 지르는 하나의 두 팔을 잡았다.

다행히 병원은 무너지지 않았다. 우시고메 지구 일대의 피해는 경미한 수준이었다.

"이곳은 괜찮으니 걱정하지 마. 어머니가 걱정되니 하쓰다이에 갔다 올게."

지진이 가라앉을 때까지 기다린 후, 야스오미는 차를 타고 집으로 향했다.

집은 무사했다. 어머니 또한 다친 곳 하나 없었다. 그 사실을 확인한 야스오미는 도요타마에 있는 본사로 향했다.

시내 곳곳의 벽과 창고, 벽돌 건물은 무너졌고, 굴뚝은 쓰러졌으며, 전차 선로에는 끊어진 전선이 굴러다니고 있고, 곳곳에서 화재도 발생한 것 같았다. 그야말로 참상 그 자체였다.

피난하는 사람들로 길이 막힌 탓에 속도를 낼 수는 없었지만, 겨우겨우 본사에 도착한 야스오미는 본사 건물이 무사하다는 사실을 자신의 두 눈으로 확인했다.

하지만 여진이 계속되고 있었다.

오후 두 시경, 미츠코시 업무를 담당하는 마쓰키 이치로松木一郎가 돌아왔다.

"차는 어떻게 됐지?"

"여덟 대 전부 미츠코시 본점 주차장에 세워뒀습니다. 미츠코시라면 안전할 겁니다."

당시, 야마토 운수는 미츠코시 측의 업무에 박스형 신차를 여덟 대 배치했다.

야스오미는 가슴이 뛰면서 불길한 예감이 계속 들었다.

"마쓰키 군. 미츠코시에 있는 차를 전부 이쪽으로 옮기세. 곳곳에서 화재도 난 것 같으니 좀 불안해."

야스오미는 빚을 내서 구입한 차는 목숨 다음으로 소중하게 여겼다.

그가 운전사를 총동원해, 미츠코시 별관에 있는 차를 도요타마에 있는 본사 근처로 이동시킨 것은 오후 네 시경의 일이었다.

하지만 바람의 방향이 바뀌면서 불길이 긴자 방면으로 향하고 있다는 사실을 알았다.

피난장소에 있던 야스오미는 망설인 끝에 결단을 내렸다.

"좋아. 차량을 메이지 신궁神宮 뒤편에 있는 요요기 들판으로 옮기세. 회사의 중요서류나 집기들도 전부 트럭에 싣도록."

바로 그때, 마쓰키는 보고를 하러 왔다.

"근처 주민들이 자신들의 짐을 옮겨줄 수는 없는지 묻습니다."

"가능한 한 도와주도록 하게."

숙련된 운전사인 와타나베 우시마쓰가渡辺丑松 야스오미에게 말했다.

"오사키大崎의 수리공장에서 수리 중인 덴비 차량을 가지러 가도 되겠습니까?"

"음. 부탁하지."

오사키도 불길에 뒤덮여 있었다. 수리공장은 반파된 상태였지만 미국 덴비 사에서 만든 대형 2톤 트럭은 무사했다.

와타나베는 고장 부위에 응급처치를 한 후, 낮은 속도로 차를 몰면서 긴자 오와리초尾張町에 겨우 도착했다. 하지만 덴비 차량의 엔진이 멎은 탓에 이러지도 저러지도 못했다. 와타나베가 필사적으로 고장 부위를 점검하는 사이, 불길이 그의 눈앞까지 들이닥쳤다.

"거기, 운전사! 빨리 대피하세요!"

경찰관이 그를 향해 고함을 질렀다.

오후 다섯 시 즈음, 눈 깜짝할 사이에 덴비 차가 불길에 휩싸였기에, 와타나베는 차에서 내릴 수밖에 없었다. 숨을 삼키면서 덴비 차가 불타는 모습을 보던 와타나베는 겨우 정신을 차린 후, 회사를 향해 뛰어갔다.

불길은 근처까지 밀려왔지만, 본사 건물은 아직 원래 형태를 유지하고 있었다. 하지만 불길에 휩싸이는 것도 시간문제였다.

와타나베는 맨발로 2층에 뛰어 올라가 자신과 동료들의 옷가지가 들어있는 버들고리에 돌을 달아서 건물 뒤편에 있는 강에 집어던졌다. 휘발유 다섯 캔 중 두 캔도 마찬가지로 강에 던진 후, 일곱 시 즈음에 요요기 들판으로 향했다.

야스오미가 이웃사람들과 그들의 짐을 잔뜩 실은 트럭과 박스형 차량 열 대를 이끌고 도요타마에서 출발한 것은 다섯 시 반 즈음이었다.

그들은 신바시에서 우다가와초宇田川町를 오른쪽으로 돌아, 시바야마초芝山町에 들어간 후, 이이쿠라飯倉로 나와, 마미아나狸穴를 지나, 롯폰기六本木에서 아오야마 1초메를 경유한 후, 요요기에 도착했다. 시바야마를 지나면서 들은 매미 소리가 묘하게 야스오미의 귀에 남았다.

본사가 타버린 것은 2일 오전 한 시 즈음이라는 것은 나중에 알았다.

야마토 운수의 보유 차량은 열두 대지만 트럭 한 대가 행방불명이 되고 말았다.

야스오미는 한 숨도 자지 않고 그 트럭이 돌아오기를 기다렸지만, 다음 날에도 트럭은 돌아오지 않았다.

10

2일 아침, 야스오미는 와타나베와 함께 트럭을 타고 도요타마로 향했다.

본사 건물은 다 타버렸다.

주위는 잿더미가 되었고, 도요타마 다리도 기노쿠니紀伊國 다리도 타버렸으며, 곳곳에 타죽은 시체가 굴러다니고 있었다. 무참하기 그지없는 광경을 본 두 사람은 구역질이 날 정도였다.

"불타버린 덴비 차량이 보고 싶네."

야스오미는 낮은 목소리로 말했다.

와타나베는 고개를 푹 숙였다.

"죄송합니다. 제가 쓸데없는 짓을 하는 바람에……."

"자네 책임이 아니야. 오사키의 수리 공장에 뒀더라도 타버리고 말았겠지. 그런 상황에서 오와리초까지 몰고 와줘서 정말 고맙네."

오와리초로 향한 두 사람은 트럭에서 내린 후, 덴비 차의 잔해를 쳐다보았다.

입을 꾹 다문 야스오미의 얼굴에는 원통함이 어려 있었다.

그들이 보고 있는 덴비 차량은 회사를 설립한 1919년에 처음으로 구입한 트럭 두 대 중 한 대인 만큼, 야스오미도 자신의 몸이 잘려나간 듯한 느낌일 것이다.

책망을 받는 듯한 느낌이 든 와타나베는 야스오미에게서 두세 걸음 떨어졌다.

"우시고메로 가시겠습니까?"

"음."

야스오미는 하나를 까맣게 잊고 있었다.

다행히 병원과 하나는 무사했다. 정오 직전에 첫 지진이 발생한 순간부터 한밤중까지 221회의 여진이 끊임없이 발생했으니, 하나는 병실 침대에서 공포에 떨며 제대로 눈을 붙이지 못했을 것이다. 하지만 야스오미는 트럭에 정신이 팔린 탓에 거기까지는 생각하지 못했다.

"회사는 무사한가요?"

하나는 걱정스러운 목소리로 물었다.

"흔적도 남기지 않고 전부 타 버렸어. 하지만 트럭은 두 대 빼고 무사해. 요요기의 들판으로 피난시킨 덕분이야. 두 대 중 한 대는 소실됐고, 한 대는 행방불명 상태지."

"사원 분들은……."

"대부분 무사해. 하지만 행방불명된 사원이 두 명 있어."

"저는 괜찮으니 가보세요. 할 일이 산더미처럼 있죠?"

"그래."

"당신이 무사해서 안심했어요."

"너도 무사해서 다행이야. 그럼 또 올게."

야스오미는 병원에 10분도 채 있지 않았다.

야스오미와 와타나베는 요요기에 있는 벌판으로 돌아왔다.

메이지도오리 뒷문 근처에 텐트를 치고 책상을 세 개 놓은 후, 야마토 운수의 임시 본사로 삼았다.

메이지 신궁에서 갓 만든 주먹밥을 내주자 야스오미와 와타나베는 아침과 점심을 겸한 그 주먹밥을 허겁지겁 먹었다.

2일 저녁, 행방불명이 된 두 사원이 트럭을 타고 요요기 벌판에 나타나자 야스오미는 진심으로 안도했다.

젊은 운전사는 지칠 대로 지친 얼굴로 야스오미에게 보고했다.

"간다神田 지역에 있는 고서점의 의뢰로, 헌책을 짐칸에 가득 싣고 배달을 하던 중 지진이 일어났습니다. 배달 장소를 필사적으로 찾아다녔습니다만 화재 때문에 위치를 파악할 수 없어 일단 간다로 돌아갔습니다. 배송 의뢰를 한 고서점도 화재로 불타버려 의뢰인과 연락이 안 됩니다. 어쩔 수 없이 밤에 도요타마에 있는 본사로 향했습니다만 아무도 없더군요. 이곳저곳 찾아다니다 겨우 이곳에 도착했습니다."

"무사해서 다행이네. 뜬눈으로 밤을 지새우며 걱정했어."

야스오미가 운전사와 조수를 반기면서 짐칸을 보니, 여전히 책이 쌓여 있었다.

"이 책은 어떻게 하죠?"

"일단 이곳에서 보관하는 수밖에 없겠지."

텐트 구석에 책이 가득 쌓였다.

책을 다 옮긴 후, 야스오미는 그 운전사에게 물었다.

"그런데 미츠코시 쪽에는 가봤나?"

"물론 가봤습니다."

"본점의 안뜰은 어떻던가?"

"불바다더군요."

"그래. 그때 불현듯 가슴이 뛰어서 차를 이동시키기로 마음먹었던 건데, 옳은 판단이었군. 차 여덟 대를 잃었다면 야마토 운수는 치명적인 타격을 입었을 거야."

야스오미는 하늘에 감사하고 싶어졌다.

며칠 후, 야스오미는 텐트 구석에 쌓아둔 책이 줄어들었다는 사실을 눈치챘다.

종업원들이 한두 권씩 집에 들고 가서 읽고 있는 것 같았다.

그 사실을 안 야스오미는 분노를 터뜨렸다.

"이 자식들, 대체 무슨 생각을 하는 거냐. 여기 있는 책은 의뢰인에게서 맡은 소중한 운송품이란 말이다. 운송업자의 사명을 잊은 것이냐. 게다가 책을 집에 가지고 가다니, 정말 제정신이 아니구나. 잠시 빌린다는 생각으로 그런 짓을 한 거라 해도, 이건 도둑질이나 다름없어. 부끄러운 줄 알아라. 빨리 가져간 책들을 다 가지고 와라."

책을 집에 가져간 사람들 중에는 간부사원도 포함되어 있었기에, 야스오미의 분노는 더욱 컸다.

단 하루 만에 없어진 책들이 전부 돌아왔다.

담당 운전사와 조수가 시간이 날 때마다 의뢰인을 찾으러 돌아다닌 결과, 약 두 달 후에 의뢰인의 소재가 판명됐다.

"전부 타버렸을 줄 알았는데……."

의뢰인도 크게 기뻐했다. 그리고 책임감과 사명감을 가지고 의뢰인을 찾아낸 종업원을 본 야스오미 또한 진심으로 기뻐했다.

11

9월 4일부터 자동차 징용이 시작되었다. 야마토 운수는 일시적으로 도쿄 시청과 내무성에 자동차를 제공했다.

운임은 선불로 제공되는 연료비를 포함해 하루 50엔이었다. 게다가 운전사와 조수에게 식사까지 제공되는 파격적인 대우였다. 당시 일반적인 비용이 하루 15~16엔이었다는 점에 비춰보면 상당히 과감한 긴급조치였다.

고토 신페이後藤新平 내무대신이 서둘러 추진한 정책이었다.

1923년 9월 1일 오전 11시 58분 44초에 발생한 대지진(간토 대지진)은 진도 7.8~8.2로 추정되며, 피해 지역은 도쿄, 가나가와神奈川, 지바千葉, 사이타마, 시즈오카静岡, 야마나시山梨, 이바라기茨城에 이르렀다. 이재민은 340만 명 이상 되었다.

그중에서도 도쿄 시와 요코하마 시는 화재에 의해 수많은 사망자가 발생했으며, 도쿄 시는 5만 8104명, 요코하마 시는 2만 1384명이나 되었다. 전체 사망자 중 87%가 이 두 시에서 나온 것이다.

철도도 극심한 피해를 입었다. 그리고 신바시, 유라쿠초有楽町를 비롯한 열여덟 개의 역이 소실되었고, 대파大破 32역, 이재차량은 소실燒失 1475대, 파손 423대나 되었다.

그리고 천 대 이상의 자동차가 소실된 것으로 추정되었다.

야스오미 덕분에 차를 한 대밖에 잃지 않은 야마토 운수는 정말 운이 좋았다. 경영자에게 있어 운도 실력이라는 말이 있지만, 이 운은 야스오미가 직접 쟁취한 것이나 다름없었다. 한순간의 불안감에 따라 차량을 전부 이동시킨다는 과감한 선택을 했으니까 말이다.

요요기 벌판에 세운 가설 본사는 9월 10일에 정리한 후, 11일부터는 요쓰야四谷 출장소로 본사를 옮겼고, 요쓰야 미쓰케의 도랑가를 주차장으로 삼았다.

지진 발생 후 종업원들은 쉬지도 않고 열심히 일했다. 야스오미의 진두지휘도 돋보였다.

방이 네 개밖에 안 되는 하쓰다이의 집에서 이재민이 된 스무 명 이상의 종업원들과 동거를 했기 때문에 하루에 예닐곱 번이나 밥을 해야만 했다.

몸 상태가 좋아져서 퇴원한 하나의 고생은 이루 말할 수가 없었다.

지진 후, 부흥 작업용 물품 수송을 도맡아 한 야마토 운수는 두 달 후에 빚을 전부 변제했을 뿐만 아니라, 납입자본금에 가까운 2만 엔 이상의 현금을 마련할 수 있었던 것도 소실된 차량이 하나뿐이었기 때문이다.

지진 후, 자동차 부품과 타이어, 휘발유 가격이 상승했고, 현금거래가 아니면 팔지 않게 되었다. 하지만 야스오미는 원래 매달 7일이었던 구매품의 월례 지불일을 9월에는 하루 늦췄을 뿐이었기에, 지진 전 가격으로 전부 거래할 수 있었다.

이 시점에서 정부는 모라토리엄비상시의 지불 유예을 공표했기에, 거래처로서는 야마토 운수가 금액을 지불했다는 것이 꽤나 의외였다.

이 결과, 야마토 운수는 그 후의 거래도 외상매입이 가능했을 뿐만 아니라, 지진 발생 전 가격으로 거래가 가능했기에 터무니없는 가격으로 물건을 구입하지 않았다.

그해 12월, 야스오미는 교바시 구 고비키초 1초메 7번지현재 긴자 1초메에 25평 정도 되는 토지를 매입해 2층 사무소와 차고를 신축했다. 야마토 운수가 소유한 첫 번째 건물인 이곳은 1929년까지 본사 사옥으로 쓰이게 된다.

급한 응급 수송이 어느 정도 완료된 후에도 복구 자재 수송 업무가 쇄도했기 때문에, 야마토 운수는 2할 배당을 이어갈 수 있었다. 1923년은 야마토 운수에 있어 경영 기반을 확립하고 새로운 단계에 접어든 해였다.

간토 대지진의 피해는 상상을 초월할 정도였지만, 그와 동시에 이 재해를 계기로 자동차, 특히 트럭의 효용에 대한 세간의 인식이 높아지면서 자동차의 보급 발전이 가속됐다. 1923년 말의 트럭 전국 보유수(소형 제외)는 2099대였지만, 1924년 말에는 8263대로 약 네 배가량 증가했으며, 전체 자동차 대수 안에서 트럭이 차지하는 점유율 또한 16%에서 27%로 상승했다.

사치스러운 운송 수단으로 여겨졌던 트럭이 폐자재 운반, 구호물자 운송, 요코하마—시바우라芝浦 간의 선박 운송(철도 대행)의 긴급 수배 등에서 높은 효율과 기동성을 발휘하자, 트럭 운송업이 재평가받게 된 것이다.

12

오구라 야스오미가 진취적이고 선견지명이 있는 뛰어난 경영자라는 사실을 증명하는 사례를 구체적으로 들어볼까 한다.

그중 하나는 1923년부터 신문 모집을 통해 대학 졸업생을 채용한 것이다.

회사 발전의 성패가 매니지먼트에 의해 정해질 것이라는 신념에 기초해, 관리 부문에 일반교양을 갖춘 인재를 등용하고, 장래에 경영진 중추에서 활약할 사람을 기를 생각 끝에 나온 결과이다.

1923년에 마쓰모토 마쓰오松本松男와 마쓰다 유타카松田豊, 그리고 1924년에는 야쿠시마루 요스케薬師丸 洋介와 오쿠라 마사오大倉正夫, 1925년에는 나카노 미쓰오中野光男와 요시카와 세이지吉川清二, 1926년에는 히사카와 케이지久川啓二 등이 입사했다. 게이오 대학 출신이 대부분이었다.

1925년 봄까지만 해도 보유 차량 숫자가 열아홉 대에 불과했던 야마토 운수가 대학 졸업생을 채용했으니, 업계 사이에서 화제가 되지 않을 리가 없었다.

전용 전화선 가설도 야마토 운수가 업계에서 가장 먼저 했다.

업무량과 행동구역이 확대됨에 따라 영업소도 늘었기 때문에 본사를 중심으로 주요 영업소 사이에 전화선을 가설해 기동성을 증강시키고 싶었던 것이다.

1926년 10월, 야마토 운수는 도쿄 전신국에 전용전화 가설을 신청했다.

1927년 10월 20일, 본사에 교환대가 설치되면서, 본사—하마마쓰초浜松町 차고, 요쓰야 영업소, 고비키 영업소 사이에 전화선이 가설됐다.

1928년 5월에는 니혼바시 배달 영업소의 개설과 동시에 전용 전화선이 증설됐다.

당시, 야마토 운수의 경영은 야스오미가 혼자서 하고 있었다. 흔히 톱다운top—down 방식이라고 불리는 경영 방식을 취하고 있었던 것이다. 그리고 야스오미는 회사 내부 커뮤니케이션과 전 사원의 경영 참가

의욕 고취를 위해서는 월례 업무 회의를 운영해야 한다고 생각했다. 흔히 보텀업bottom-up이라 불리는 방식으로 종업원들의 의견을 듣고 싶다고 생각한 것이리라.

제1회 영업부 회의는 1925년 6월에 개최됐지만, 참가자는 사원과 준사원을 합쳐도 일곱 명밖에 되지 않았다.

회의에 처음 참가해보기에 다들 어떻게 하면 좋을지 몰라 했다. 고개를 푹 숙인 채 손가락만 꼼지락거리는 사람도 있었다.

"의견 있는 사람은 없나?", "XX군, 자네의 의견을 말해보게."

야스오미는 짜증을 느끼면서 의견을 물었지만, 아무도 의견을 말하지 않았다.

상명하달이 몸에 배어 있으니 어쩔 수 없는 것일지도 모른다. 야스오미 혼자서 훈시訓示를 늘어놓은 후, 끝났다.

하지만 회의의 명칭을 업무 회의로 바꾸고 매달 꼬박꼬박 열자, 경영의 민주화, 정보교환, 매니지먼트 훈련 등의 면에서 조금씩 효과가 나타나기 시작했다.

1925년 10월에 열린 제5회 업무 회의에서는 상표등록에 관해 의견을 내놓은 이들이 속출했다.

'벚꽃에 Y'라는 상표는 1922년 가을부터 써왔다.

"상표등록을 해야 합니다."

"동종업종 회사들은 도의적으로 봐도 우리 회사의 상표를 쓰지는 않을 겁니다."

"다른 업종 회사가 쓰면 어떻게 하죠?"

"아무튼 상표등록을 해두는 편이 좋을 것 같습니다."

"절차가 복잡하지 않을까요?"

야스오미는 히죽거리면서 사원들의 말에 귀를 기울였다.

이 업무 회의가 상표등록의 동기가 된 것은 분명하지만, 등록은 1928년 3월에야 완료되었다.

이삿짐 및 혼례 화물 운송 업무 부문을 만들자는 아이디어도 야스오미가 내놓았다.

간토 대지진이 발생한 후로 반년 정도 흘렀을 즈음, 할증 요금이 붙는 긴급수송 수요도 점차 줄어들었다.

트럭 운송업계는 화물 운송의 둔화에 따라 불황에 접어들려 했다.

운임 할인 경쟁은 야마토 운수의 경영을 압박하기 시작했다.

"회사 조직에서 다수의 종업원을 보유한 당사가 덤핑 경쟁에 휘말리면 개인 경영업자에게 이길 수 있을 리가 없어. 그러니 새로운 수요를 찾아야만 하네."

야스오미는 틈만 나면 회사 내부에서 위기감을 고조시켰다.

"같은 링 위에서 동업자와 경쟁해봤자 득될 게 없어. 야마토 운수의 높은 기술과 설비를 필요로 하는 운송, 즉 지불 능력이 높은 새롭고 창의적인 무언가를 찾아야만 하는 거지."

1925년의 정월 연휴 중, 야스오미는 아기 울음소리 때문에 잠에서 깨고 말았다.

장남인 마사오는 1924년 12월 13일에 태어났다.

바로 그때, 그는 문뜩 어떤 아이디어가 생각났다.

"이사와 혼례야. 우리 회사는 운전사들에게 전용 유니폼을 입히고 있지. 그러니 복장은 단정해. 남은 건 차량만 예쁘게 꾸미면 되겠군."

야스오미는 혼잣말하듯 그렇게 중얼거린 후…….

"당신은 어떻게 생각해?"

……하나를 바라보면서 물었다.

"좋은 생각 아닐까요. 상류사회 사람들의 혼례는 화려하고 대대적이니까요."

"우리는 조촐하게 결혼했지만, 그렇지 않은 사람들도 많지."

"조촐한 결혼식도 나쁘지는 않답니다."

"그런 건 아무래도 상관없어. 아무튼 좋은 생각이 났군."

한밤중인데도 불구하고 야스오미는 흥분했는지 큰 목소리로 외쳐댔다.

"여보, 마사오가 또 울음을 터뜨릴지도 몰라요."

기저귀를 갈고 젖을 먹인 후에야 겨우 잠이 든 마사오가 또 깰까봐, 하나는 낮은 목소리로 말했다.

야스오미의 아이디어는 완벽하게 적중했다.

이삿짐은 가구에 상처가 나지 않도록 여러모로 머리를 썼다.

안에 솜을 채운 네모난 쿠션을 만들어 모서리를 비롯한 중요 부위에 댔다.

혼례 화물은 금실로 무늬를 놓은 특제 상자를 만들고, 덩굴무늬가 들어간 '유단油單' 또한 사용했다. '유단'은 장롱 같은 가구의 덮개나 깔

개로 쓰이는 기름 먹인 두껍고 질긴 큰 종이나 천을 말한다.

'혼례와 이사는 일본 제일의 트럭 야마토 운수에게'라고 적힌 광고 전단도 만들었다.

야스오미는 운전사와 조수에게 몇 번에 걸쳐 말했다.

"경축할 일이 있는 날에 입에 담아서는 안 되는 불경한 말, 예를 들어 '돌아간다', '헤어진다', '잘린다' 같은 말은 절대 입에 담지 말게. 보자기 같은 것을 쌀 때도 꽉 묶도록. 매듭이 풀려버리면 운이 나빠진다는 속설이 있으니까 말이야."

궁내성宮內省 전속 운송업자로 임명된 야마토 운수는 한동안 왕가와 상류층의 혼례 화물 운송을 독점하기도 했다.

혼례 화물 운송 때는 팁도 두둑하게 나오기 때문에 운전사들에게도 상당한 부수입이 되었다.

당시 숙련된 운전사는 고정급 40엔에 수당과 보수를 합치면 매달 70엔 정도를 벌었다. 하지만 혼례 화물 운송을 담당하는 운전사는 한 달에 100엔 이상 벌 때도 있었다.

다음 날 운송 계획표에 '솜'이나 '솜유'라고 적혀 있으면 운전사들이 앞다퉈 그 일을 맡으려 했다.

'솜'은 말 그대로 폭신폭신한 솜을 가리키며, 이삿짐 업무를 말한다. '솜유'는 '솜'과 '유단'을 합쳐서 줄인 말로 혼례 화물을 뜻한다.

당시 혼례 화물 운송 시 운전사에게 주는 팁은 1엔에서 2엔 정도 되었다. 그러니 양가에서 팁을 받으면 2엔에서 4엔 정도였다.

야스오미는 공정을 기하기 위해 로테이션을 짜서 그런 일을 맡게 하려 했지만, 갓 입사한 신입 운전사들이 로테이션에서 빠지는 것은 어쩔 수 없었다.

받은 팁을 회사에 보고하게 한 것도 야스오미가 쓸데없는 다툼을 막기 위해서였다.

와타나베 우시마쓰가 담당한 혼례 화물만 해도 히가시 후시미노미야 가문, 기토 후작 가문, 기요우라 자작 가문, 가메이 자작 가문 등, 다수였다.

히가시 후시미노미야 가문의 혼례 화물을 옮기는 데는 차량이 스물다섯 대나 동원됐다.

와타나베에게 가장 기억에 남는 혼례 화물은 기토 후작 가문의 화물이었다. 혼례 화물을 도쿄에서 다카라즈카宝塚까지 장거리 운송을 해야 했기 때문에 수송 중에 불의의 사태가 발생할 가능성이 있었다. 와타나베는 궁내성으로부터 '이 짐은 기토 후작 가문 영애의 결혼 화물이니, 각 지역 경찰은 화물 운송에 협조할 것'이라는 내용의 증명서를 발급받았다.

와타나베는 아라이荒井, 시노지마篠島, 두 운전사를 인솔해 트럭 세 대로 도카이東海 도로를 따라 서쪽으로 향했다.

요카이치四日市에 들어섰을 때, 속도를 너무 낸 탓에 순찰 중인 경관에게 정지 명령을 받았다.

"어이, 빨리 내려."

서슬 퍼런 경관의 태도는 베테랑 운전사인 와타나베조차 공포에 질리게 했다. 하지만 그의 상의 안쪽 호주머니에는 '비장의 카드'가 들어 있었다. 그 사실을 떠올린 순간, 와타나베는 두려움이 사라졌다.

"면허증 줘봐."

"그 전에 당신의 이름부터 알려주십시오."

"본관의 이름을 왜 묻는 거지?"

"기토 후작께 보고해야만 하기 때문입니다."

와타나베가 천천히 증명서를 꺼내서 보여주자, 경관의 낯빛이 변했다.

"뭐, 뭐, 좋습니다. 빨리 가시죠."

경관은 존댓말로 와타나베에게 그렇게 말했다.

오사카에서 하루 묵을 때는 경관들이 혼례 화물이 든 트럭을 밤새도록 지켜주기까지 했다.

13

야스오미의 기업가 정신이 이삿짐과 혼례 화물 정도로 만족할 리가 없었다.

그리고 그런 그의 머릿속은 전세 운송에 대한 의문으로 가득 찼다.

전세 운송은 지방과 밀착되어 있기 때문에 기업 규모로 하기에는 한도가 있었다. 게다가 전세 운송은 숙명적으로 편도 운송인 데다 사업에 주체성이 없기 때문에 근대 사업, 근대 경영이라고 할 수 없었다.

단순히 차와 노동력을 고객에게 제공해주기만 해도 되는 것일까. 좀 더 넓은 지역에 수송 조직을 두고 직접 대중의 운송 수요와 연동할 방도는 없는 것일까——. 훗날 정기편 수송으로 이어지는 이 아이디어가 야스오미의 머릿속에서 떠올랐던 것이다.

야스오미는 선진국인 미국의 트럭업계 사정을 자신의 눈으로 보고 싶다는 욕구를 억누를 수가 없었다.

그리고 1927년 가을, 런던에서 개최된 만국 자동차 운수회의에 도쿄 자동차조합에서 대표자를 파견하게 되었다. 트럭업계와 택시업계에서도 한 명씩 대표자를 파견하게 되었다.

찬스가 온 것이다.

트럭업계는 야스오미를 대표로 추천했다. 택시업계에서는 훗날 변호사가 되는 오타키 다츠오大滝辰雄를 선출했다.

비용과 시간 문제 때문에 대표가 되려는 사람이 없기도 했다.

조합에서 제공한 경비는 2천 엔이었다. 야스오미는 미국 여행도 준비 중이었기에 회사 돈과 자비로 8천 엔을 준비했다. 여행자금으로 총 1만 엔을 준비한 것이다. 당시 집 한 채를 짓는 데 드는 비용이 천 엔 정도였다. 그러니 해외여행이 얼마나 돈이 많이 드는 일인지 상상이 될 것이다.

오구라 야스오미와 오타키 다츠오는 1927년 10월 20일 밤, 많은 업계 관계자들에게 환송을 받으면서 도쿄 역을 떠났다.

야스오미 일행을 배웅하는 사람들이 얼마나 많았는지는 알려주는 기록이 남아 있었다.

시사신보라는 일간신문에 실린 '환송에 대한 감사 광고'다.

야마토 운수의 전무이사 오구라 야스오미가 런던에서 개최

되는 만국 자동차 운수회의에 출석하기 위해 어젯밤 출발할 때 환송을 위해 먼 곳에서 많은 분들이 일부러 찾아주셨습니다. 이 자리를 빌려 와주신 분들에게 진심으로 감사 인사를 드리는 바입니다.

야마토 운수 주식회사

조선—만주—시베리아를 경유해 육로로 유럽에 간 야스오미와 오타키는 11월 7일, 독일—프랑스를 경유해 런던에 도착했다.

만국 자동차 운수회의는 11월 20일부터 사흘간, 템스 강변에 위치한 사보이 호텔에서 50개국 200여 명의 사람들이 참가한 가운데 개최됐다. 각 위원회별로 협의가 계속 되었고 최종일 총회에서 '각국 자동차 협회는 협력해 각 정부를 독려하며, 자동차 보급을 도모할 것' 등의 결의문이 채택됐다.

회의 종료 후, 야스오미 일행은 런던 교외에서 개최 중인 자동차 쇼와 지하철 등을 견학했다. 그리고 야스오미가 런던까지 온 보람이 있다고 생각한 것은 카터 패터슨 회사를 시찰했을 때였다.

카터 패터슨 사는 런던에 본사를 두고, 버밍엄, 글래스고 등에 정기편을 보내며, 그 직영 범위는 동서 150마일(240킬로미터) 남북 120마일(192킬로미터)에 이르는 본격적인 운송회사였다. 이 회사는 일관된 집하 수송 배달 시스템을 확립시켰다. 예를 들어 런던 시내에서의 집하에는 마차를 이용했다. 배송할 짐이 있는 집은 CP카터 패터슨의 약어의 표찰을 집 앞에 걸어뒀고, 정기적으로 운행하는 마차가 그 표찰이 걸린 집에 들러 짐을 받아가면서 운임 계산도 끝냈다. 즉, Door to Door문에서 문으로 배송 시스템이 확립되어 있는 것이다.

'이거야. 내가 알고 싶었던 건 바로 이런 거라고.'

야스오미는 마음속으로 쾌재를 불렀다.

런던대학에서 경제학을 공부하던 유학생 요시노 구니오吉野国雄라는 청년과 만난 것도 영국 방문을 통해 얻은 수확 중 하나였다.

야스오미와 요시노의 만남은 그야말로 우연 그 자체였다.

유학을 끝내고 귀국하게 된 요시노가 증기선 티켓을 사기 위해 토머스 쿡 여행사에 갔을 때, 그 자리에서 마주친 야스오미가 그에게 말을 건 것이다.

야스오미는 혼자서 미국에 가기 위해 티켓을 사러 왔다.

"실례합니다. 혹시 일본으로 돌아가는 길입니까?"

야스오미는 모자를 벗으면서 말을 걸었다. 외국에서 동포를 만나면 으레 말을 걸고 싶어지기 마련이라는 것은 알지만, 청년은 야스오미에게서 호감을 느꼈다.

"예."

"나는 오구라 야스오미라는 사람입니다. 자동차 운수에 관한 국제 회의에 참석하기 위해 런던에 왔죠."

"요시노 구니오라고 합니다. 런던대학에서 유학했습니다."

"서서 이야기하는 것도 좀 그러니 차라도 한잔하지 않겠습니까. 바쁘신가요?"

"아뇨."

"이 근처에 카페가 있습니까?"

"근처에 있습니다."

요시노가 가리킨 곳을 향해 고개를 돌린 야스오미의 눈에 카페가 들어왔다.

이 시절, 영국 호텔과 카페에서는 넥타이 착용이 의무화되어 있었지만 두 사람은 넥타이를 차지 않았다. 참고로 야스오미는 코밑에 멋진 수염을 길렀다.

"나는 도쿄에서 트럭 운송회사를 경영하고 있습니다."

밀크티를 주문한 후, 야스오미는 명함을 내밀었다.

"명함 감사합니다. 죄송하지만 저는 명함이 없습니다. 학생증이라면 있습니다만……."

요시노가 주머니에 손을 넣자, 야스오미는 그를 제지했다.

"혹시 괜찮으시다면 일본에 돌아가는 시기를 두 달 정도 늦출 생각은 없습니까?"

"그게 무슨 말이시죠?"

"나는 미국에 갈 생각입니다. 그리고 영어 회화 능력을 갖춘 당신에게 통역을 부탁하고 싶어요. 런던에서는 주영 일본대사관 분들에게 신세를 졌습니다만, 미국에서는 통역사를 고용할 생각입니다. 하지만 이렇게 당신과 만난 것도 인연이라는 생각이 드는군요. 귀국 여비와 미국에서의 경비는 제가 부담하는 조건으로 어떻습니까?"

"바라마지 않던 제안입니다. 미국을 여행하게 된다니, 정말 꿈만 같군요."

"그럼 당신은 오늘부터 제 비서입니다."

"예. 감사합니다."

요시노는 야스오미가 내민 손을 잡으면서 말했다.

14

야스오미는 미국에 가서 포드 사의 공장을 견학하고 싶다고 전부터 생각해왔다. 야마토 운수에서 이용하고 있는 차는 대부분 포드 자동차였기 때문이다.

디트로이트의 하이랜드 파크에 있는 포드 공장을 방문했을 때, 야스오미는 미리 준비해간 소개장을 접수처에 제시했다. 그것은 『헨리 포드 자서전』을 번역하기도 한 미츠코시의 가토 비서과장에게 부탁해서 작성한 소개장이었다.

"요시노 군. 헨리 포드 사장을 만나고 싶다고 말해주게."

"알았습니다."

요시노가 그렇게 말하자, 접수처에 있던 여사원은 바로 전화로 본사에 연락을 취했다.

비서인 시볼트가 두 사람을 마중하러 바로 뛰어왔다.

포드 자동차를 타고 본부로 향한 야스오미는 호화로운 사장집무실에서 헨리 포드와 감격적인 대면을 가졌다.

"How do you do?"

야스오미는 헨리 포드와 악수를 나눴다.

커피를 마신 후, 교외에 있는 골프장의 별장으로 초대받은 야스오미와 요시노는 오찬을 즐기면서 헨리 포드와 두 시간 동안 대화를 나눴다.

"야마토 운수가 사용하는 차량의 태반은 포드 자동차입니다. 현재 보유 차량은 스무 대가량이지만 업무 확충을 통해 더욱 늘려나갈 예정입니다."

"감사합니다. 포드는 T형에서 A형으로 모델을 체인지하고 있습니다. 부디 A형 자동차를 이용해주십시오."

"모델 체인지의 이유를 듣고 싶습니다. 실은 런던의 자동차 쇼에서 신형 차를 봤을 때부터 계속 이유를 알고 싶었습니다."

"내일 공장으로 와주겠습니까?"

"예. 꼭 가겠습니다."

"그때 동양을 담당하는 부사장을 통해 상세한 설명을 해드리겠습니다. 공장을 견학하면서 설명을 들으면 이해가 쉽게 될 것입니다."

"알았습니다."

"일본은 다른 나라에 비해 자동차 보급이 늦어지고 있는 듯하더군요."

"그렇습니다. 하지만 자동차가 수송 수단으로서 얼마나 우수한지에 대한 인식은 충분히 각인됐습니다. 미국만큼 보급되려면 아직 멀었지만, 일본은 동양에서 자동차가 가장 널리 보급된 곳이라 생각합니다. 일전에 런던에서 개최된 만국 자동차 운수회의에 일본 트럭업계를 대표해 참석했습니다. 정말 유익한 국제회의였으며, 많은 것을 보고 느겼습니다."

헨리 포드는 시종일관 미소를 띤 채 야스오미를 환대했다.

야스오미와 요시노는 디트로이트 시내의 호텔에서 6일간 묵었다. 그리고 공장 견학을 하면서 가장 놀랐던 점은 맹렬한 스피드로 조립되는 대량생산 방식이었다.

모델 체인지는 연료의 경제성과 출력 향상에 주안점을 두고 실행됐다고 한다. 동양 담당 부사장의 설명은 약간 전문적이었지만, 자동차에 관한 야스오미의 지식수준은 상당했기에 충분히 이해할 수 있었다.

포드 본사 공장을 견학한 야스오미는 느닷없이 신문기자에게 인터뷰 요청을 받았다.

야스오미는 요시노의 통역을 통해 인터뷰에 응했다.

——공장 견학 후의 감상을 말해 주시겠습니까.

"멋지다는 말밖에 나오지 않을 만큼 좋은 공장이었습니다."

——헨리 포드 씨와 회견을 가졌다고 들었습니다.

"스케일이 큰 경영자시더군요. 게다가 정말 빈틈이 없는 사람이었습니다. 역시 자동차 왕이라 불릴 만한 인물이었습니다."

——A형 자동차로의 모델 체인지에 대해서는 어떻게 생각하십니까.

"동양 담당 부사장님의 설명을 듣고 납득했습니다. 일본에 돌아가자마자 바로 한 대 구입할 생각입니다."

그날의 디트로이트 타임스의 석간에 'Jap pleased Ford(일본인, 포드에 만족하다)'라는 제목으로 야스오미의 포드 공장 견학 기사가 게재됐다. 시볼트 비서가 이 인터뷰를 준비한 것으로 추측되지만, 야스오미로서는 기분이 나쁘지 않았다. 아니, 매우 만족하며 감격했다고 해도 과언이 아닐 것이다.

디트로이트의 자동차 학교에서는 젊은 일본인 연수생과 만났다.

"손 좀 보여주겠어?"

야스오미의 손을 뚫어져라 쳐다본 연수생은 어깨를 으쓱했다.

"아마추어인 당신네가 보러 와봤자 딱히 의미는 없을 것 같은데요?"

"얼마 전에 헨리 포드와 악수를 했는데, 그의 손도 딱히 크지는 않더군. 나는 도쿄에서 트럭 운송회사를 경영하는 사람일세."

야스오미의 말을 들은 그 청년은 자세를 바로 하더니, 순순히 질문에 답해줬다.

"자네는 일본인 2세인가?"

"예. 조립공이 되어서 디트로이트에서 일할 생각입니다."

"일본인은 우수한 편이지?"

"제 입으로 이런 말하기는 그렇지만, 우수하다고 믿고 있습니다."

"자네 이외에도 이곳에서 공부하고 있는 일본인은 있나?"

"예. 그렇게 많지는 않지만요."

"그렇군. 힘내게."

"감사합니다."

뉴욕과 워싱턴에 갔을 때도 AAAAmerican Automobile Association—미국 자동차협회의 신세를 졌다. 그리고 로스엔젤레스, 샌프란시스코 등의 서해안 쪽에서도 AAA 담당자가 여러모로 편의를 봐줬다.

"미국이라는 나라는 풍족할 뿐만 아니라 정말 크군. 생각했던 것보다 훨씬 엄청난 나라야. 물량의 나라라고도 할 수 있겠군."

샌프란시스코에서 슌요마루라는 증기선을 타고 일본으로 돌아오던 도중, 야스오미는 미국 합중국이라는 대국을 둘러보면서 느낀 압도감을 요시노에게 수도 없이 말했다. 야스오미의 해외여행은 약 넉 달에 걸쳤으며, 1928년 2월 초, 야스오미가 탄 여객선은 무사히 요코하마 항구에 도착했다.

15

1929년 6월, 야마토 운수는 일본에서 처음으로 트럭에 의한 정기 운수 '야마토 편便'을 시작했다. 교바시 구 고비키초 2초메 1번지에 목조 3층 건물을 지어 본사를 이전한 것은 이해 10월의 일이었다.

도쿄—요코하마, 도쿄—오다와라小田原 라인을 운영하기 시작한 후, 7년 동안 간토 일대를 잇는 정기편 망을 정비했다. 그리고 1935년 말에는 노선 연장거리를 676마일(1081.6킬로미터), 운전계통은 열네 개로 늘렸다. 그리고 종업원 숫자는 500명 이상 되었으며, 차량도 151대나 보유하게 되었다.

1937년 매상은 93만 3941엔, 경상이익은 4만 1769엔.

그리고 태평양전쟁제2차 세계대전이 발발한 1941년(12월 1일 어전회의에서 개전 결정, 8일, 미국과 영국에 선전포고)의 매상은 204만 4409엔,

경상이익 8만 1162엔이었다.

그 거대한 국가, 미국과 전쟁을 하게 되다니……. 야스오미는 개전을 알리는 라디오 임시 뉴스를 들으면서 수도 없이 한숨을 내쉬었다.

전쟁이 일어나기 바로 전년인 1940년 9월, 철도성은 소기업, 영세업자가 난립한 트럭 운송업계의 경영체질 강화를 도모하기 위해 '화물자동차 운송사업 공동요강'을 세웠다. 이것은 트럭사업의 합동 및 집약을 목표로 하는 것으로, 이 요강이 세워지기에 앞서, 우선 도쿄 지구에서는 야마토 운수를 중심으로 한 종합회사 설립 구상이 세워졌다.

당시, 야스오미는 철도성 감독국 촉탁으로 위촉되어 있었기 때문에, 육상 운송 관련으로 행정당국과 이야기를 나눌 기회가 많았다.

그러던 사이, 야스오미는 연료 유효 이용과 수송 합리화 및 증강 도모를 위해 정부 투자에 의한 강력 통합체 구축이 필요하다고 생각하게 되었다.

철도성도 야스오미의 구상에 공감했지만, 계획을 구체화하려는 단계에서 정부 출자라는 점이 발목을 잡았다.

즉, 트럭 운송사업에 국가자금을 직접 투입하는 것은 무리라고 철도성은 판단한 것이다. 그래서 착목한 것이 민관 합동의 국책회사인 일본통운, 일통이다. 철도성, 일본통운, 야마토 운송, 이 세 단체는 '야마토 운수 확대계획 평의회'를 설립했고, 협의가 진행된 결과, 1940년 4월 30일에 야마토—일본통운 간의 각서가 체결되었다. 이 결과, 야마토 운수는 일통 자금을 전면적으로 도입할 수 있게 되었고, 1935년 5월 29일에 주식양도가 완료됐다. 양도주가는 한 주당 102엔

50전(액면가 50엔)이었다.

이때 야마토 운수의 자본금은 75만 엔이었고, 종업원 수는 935명이었으며, 차량 보유 수는 201대였다.

야마토 운수는 예산, 결산, 재산의 취득, 처분 등 중요 안건은 나라의 승인을 받도록 각서에 명시되어 있었다. 일통에서 비상근 이사와 감사역이 각각 한 명씩 파견되었지만 야마토 운수의 경영 주체는 그대로 유지되었으며, 야스오미는 경영의 전권을 장악했다.

야마토 운수는 통합 주체로서 소기업, 영세기업의 매수를 진행했지만, 전쟁 직전인 1941년 8월, 육운 통제가 발동되면서 영업의 주력이었던 '야마토편' 수송 체계를 대폭 축소할 수밖에 없었다.

이 통제령에 의해 50킬로그램 이상 되는 물품 수송이 금지됨에 따라 '야마토편'은 우쓰노미야, 미토水戸, 다카사키高崎, 구마가야熊谷 등의 떨어진 지방에 있는 영업소를 폐쇄하게 됐다.

그뿐만이 아니었다. 백화점 상품 배송도 금지되었다.

'야마토편'을 군수품과 대형 물자를 주체로 한 수송으로 전환할 수밖에 없었다. 전시 하의 통제 경제 강화는 야마토 운수 경영 방식에 큰 변화를 주었다.

전황은 악화 일로를 걷게 되면서 1943년 12월에는 문과계 학생의 징병 유예가 정지되었다. 즉, 그들은 학교에 재적한 채 육해군에 입대해 전쟁에 참가하는 학도병이 된 것이다. 1944년 10월 6일, 도쿄대학 학생이었던 오구라 마사오는 특별 갑종 간부 후보생으로서 구루메久留米 육군 제1예비 사관학교에 입교했다.

어린 시절의 오구라는 책벌레에 내성적이었지만, 7년제인 구제舊制 도쿄고등학교(중학 과정은 심상과尋常科라 부름)에 입학한 후부터, 연식 테니스부에 들어가 부장까지 하게 되었다고 한다. 문무 양쪽으로 고루 뛰어난 청년이었던 것이리라.

도쿄 고교에서는 수많은 영재가 배출됐으며, 당시 다른 구제 고등학교처럼 교풍이 거칠고 품위 없지 않았다. 그런 도쿄 고교의 밝고 스마트한 교풍과 '신사가 되어라'라는 말을 그 학교를 다니면서 수도 없이 들었던 것이 오구라의 정신 형성에 많은 영향을 끼쳤을 것으로 보인다.

오구라가 군대에 있었던 기간은 10개월밖에 되지 않지만, 새 부대에 편입되어 가마고리蒲郡에 주둔했을 때, 그는 일본의 패전을 예감했다. 총검도 없을 뿐만 아니라 군화에 구멍까지 나 있었다. 병사들이 짚으로 짚신을 만들고, 소이탄의 잔해를 마을 대장간에 가져가 검을 만드는 군대가 전선에서 제대로 싸울 수 있을 리가 없었다——.

한편, 개전 당초부터 패전을 예감했던 야스오미는 1945년 8월 7일 오후, 육군의 장관련將官連의 부름으로 아사카와, 하쓰자와初沢에 있는 고조지조동종(曹洞宗) 소속의 절에 가게 됐을 때, 그 생각은 더욱 강해졌다.

고조지는 나카지마 비행기의 감독 장교들의 집합소이기도 했다.

그곳에 간 야스오미는 사루다猿田 중장, 카모다加茂田 중장에게서 경천동지할 말을 듣고 만다.

"야마토 운수를 제1항공창의 수송부로 삼겠네. 그리고 자네를 부장으로 삼고, 장교 대우를 해주지."

반박 자체를 불허하는 완벽한 명령이었다.

야마토 운수가 나카지마 비행기 공장 폭격에 대비한 이동에 도움을 준 적이 있다고는 해도 일개 트럭 운송회사를 군에 편입시키려 하다니 정말 말세였다.

그로부터 1년 전인 1944년 7월, 도라노몬虎ノ門에 있는 군수성 항공병기총국에 출두를 명받은 야스오미는 그곳의 수송부장 겸 관동군수관리부문 수송부장인 고가와 긴지로古川 金次郎 육군 대령에게 부탁을 받았다.

"오구라 씨에게 부탁드리고 싶은 일이 있습니다."

"뭐죠?"

"상부에서 항공기 생산량을 늘리라는 명령을 내린 건 오구라 씨도 알고 계실 겁니다."

"예. 잘 알고 있습니다. 신도進藤 항공기 총국장이 '주색에 빠져 살던 아들의 마지막 부탁이다. 들어다오' 하면서 운수체신성의 오노大野 자동차 국장에게 고개를 숙였다는 이야기는 들었습니다."

"그럼 괜한 설명을 할 필요는 없겠군요. 부탁드려도 되겠습니까?"

"최선을 다해보겠습니다."

나카지마 비행기의 공장은 미타카三鷹에 있었다. 폭격에 대비해 그 공장을 아사카와의 산속으로 이전하라는 중대 임무를 야스오미에게 맡긴 것이다.

야마토 운수는 총력을 기울여 '광륜송대'라 불리는 특수운송부대의 편제에 돌입했다.

1945년 2월 6일 오전 10시, '광륜송대'의 결단식이 공장 정문 앞에서 열렸다. 동원된 야마토 운수의 사원은 340명, 차량은 200대였다.

5, 6톤이나 되는 선반旋盤을 비롯해 4천 개의 기계를 아사카와의 새 공장으로 옮기는 데는 석 달이나 걸렸다. 수송 중 전투기에게 기총 사격을 받기도 했지만 기적적으로 사상자는 발생하지 않았다.

나카지마 비행기는 '제로센'을 비롯한 일본 항공기 엔진의 약 80%를 제작했지만, 공장 개설 당시 미국인 기술자에게 기술 지도를 받았기 때문에 미국 측에 공장 위치 및 구조가 훤히 알려져 있었다.

그래서 적군의 공습이 끊임없이 이뤄졌기에 공장 이전은 시급을 다퉜다.

1944년 9월, 중앙선 아사카와 역에서 약 1킬로미터 떨어진 고조지산의 중턱에 국철 공작반 약 오천 명이 동원되어 폭 2미터 50센티미터, 높이 4미터 50센티미터, 길이 300미터의 대형 터널 열 개를 만드는 대공사가 시작됐다. 원래 본토 결전, 즉 일본 내에서의 지상전에 대비해 통로 면적만으로도 5천 평방미터나 되는 대형 지하호에 본부를 옮길 계획이었지만, 지하수가 새어나오는 곳이 많았기 때문에 이 계획은 중단했다. 그 대신 나카지마 비행기의 지하공장을 만들기로 한 것이다.

1945년 5월 6일, 야마토 운수의 '광륜송대'는 자동차 국장 표창을 받았다. 당시의 야스오미는 그로부터 석 달 후에 자신이 이런 암담한 기분을 맛보게 될 것이라고는 상상조차 못했다.

8월 7일 밤, 야스오미는 사루다 중장에게 술을 대접받았다. 호화롭기 그지없는 술자리를 보고 놀라움과 어이없음, 분함 등 말로 형용하기 힘든 복잡한 감정을 맛본 그는 수저를 들 수가 없었다. 국민들에게 빈곤한 생활을 강요하면서, 높으신 분들은 이렇게 호화로운 생활을 하고 있었던 것이다.

일주일 후인 8월 14일, 라디오에서 '내일 정오에 중대 발표가 있으니 국민 여러분은 한 명도 빠짐없이 들어주십시오'라는 예고가 흘러나왔다. 그리고 8월 15일을 맞이했다.

야스오미는 정오가 되자 임원 및 사원들과 함께 본사 뒤편에 있는 술집으로 향했다.

회사 라디오의 상태가 좋지 않아 잡음만 들렸기 때문이다.

천황의 육성으로 진행된 그 방송은 눈물 없이는 들을 수 없었다. 야스오미도 어깨를 부들부들 떨면서 하염없이 눈물을 흘렸다.

허탈감에 젖은 채 회사로 돌아온 야스오미의 눈에 책상에 나이프를 꽂은 채 울부짖는 사원의 모습이 들어왔다. 승리를 확신하며 '광륜송대'의 일원으로서 있는 힘을 다해 최선을 다했던 자이기에, 심정이 어떨지는 충분히 이해가 되었다.

하지만 야스오미는 오랫동안 군과 접촉을 해오면서 패전을 예상했었기에 그들만큼 충격을 받지는 않았다.

약 25년 동안 몸과 마음을 다 바쳐 야마토 운수를 지켜온 야스오미에게는 군이 자신의 회사를 통째로 접수하겠다는 이야기가 더 충격이었다.

종전이 됐으니 그 이야기도 없었던 것이 될 것이다——. 그렇게 생각하니, 야스오미의 몸속에서 힘이 샘솟았다.

다행이 200대의 차량은 이노가시라井之頭 공원에 온존해뒀다. 지금 생각해보면 그것도 '광륜송대' 덕분이다.

이노가시라 공원장의 허가로 공장 이전 중은 공원을 차고 및 수리공장으로 사용할 수 있게 되었던 것이다.

고비키초에 있는 본사 건물이 5월 23일의 공습 때 소실되지 않은 것은 소방대원들 덕분이었다. 연료가 떨어져 움직이지 못하던 소방자동차에 야마토 운수는 보유하고 있던 휘발유를 제공해줬고, 그 덕에 소방대원들은 '야마토를 지켜라' 하고 외쳐대면서 필사적으로 소방작업을 해줬던 것이다.

"다들 모여 보십시오!"

긴장한 이, 엉엉 울고 있는 이, 입술을 깨문 이. 야스오미는 그들 한 명 한 명의 얼굴을 상냥한 눈길로 바라보았다.

"전쟁에서 진 것은 나도 분합니다. 천황 폐하의 종전 조칙을 들으면서 이렇게 괴로웠던 적은 한 번도 없습니다. 저도 여러분과 같은 마음입니다. 하지만 야마토 운수가 살아남았다는 것 또한 틀림없는 사실입니다. 패전한 일본의 내일이 어떨지는 아직 알 수 없지만 야마토 운수는 일본의 재생에 공헌할 수 있을 거라고 저는 믿습니다. 천황 폐하께서도 말씀하셨듯 참기 어려움을 참고, 견디기 어려움을 견뎌, 국체國體를 보존할 수 있도록 저 또한 미력한 힘을 다해 최선을 다할 생각입니다. 여러분도 저를 믿고 따라주십시오."

야스오미가 말을 마친 순간, 또 여기저기에서 울음소리가 흘러나왔다. 술집 앞에서 두 줄로 서서 라디오를 들은 후로 한 시간도 채 지나지 않았다.

16

종전 후, 야마토 운수의 업무 재개 스피드는 다른 동업자들과는 비교도 되지 않을 만큼 빨랐다.

패전 이틀 후인 8월 17일 오후, 오구라 야스오미는 이노가시라 공원을 기지로 한 '광륜송대'의 책임자인 마쓰모토 마쓰오 이사를 불러 현재 상황에 대한 보고를 요청했다.

마쓰모토는 1923년에 채용한 대학 졸업생 1기생이다. 1925년에 채용한 3기생인 나카노 미쓰오 이사와 함께 야스오미의 눈에 들어, 수장인 그를 보좌하는 자리에 오를 만큼 두각을 보였다.

"이노가시라는 어떤 상황이지? 트럭은 무사한가? 그리고 야마토의 사원들은 잘 있나 모르겠군. 군인들은 어쩌고 있지?"

야스오미가 질문 공세를 펼치자, 마쓰모토는 무엇부터 보고해야 할지 감이 오지 않았다. 한두 마디로 간단히 보고할 수 있는 상황이 아니었기 때문이다. 마쓰모토는 목이 말라왔다.

"200대나 되는 우리 차량은 어떻게 됐는지 묻고 있지 않나."

야스오미의 목소리가 날카로워졌다.

"대, 대부분 무사합니다."

"대부분? 수리 중인 차량은 몇 대지?"

"수리 중인 차량은 70대 정도입니다. 그리고 군인들이 저희 차량 열대에 물자를 가득 싣고 도망쳤습니다. 저희는 어떻게든 막아보려고 했지만 그들이 작당을 하고 일을 벌였기 때문에 맨손인 저희가 막을 수 없었습니다."

"군인이라는 자들이 그런 어처구니없는 짓을……."

"식용으로 기르던 돼지와 닭도 가지고 갔습니다. 현재 그곳은 혼란에 빠져 있습니다. 공문서 소각은 상부 지시니 실행하고 있습니다만, 정말 힘든 상황입니다."

"야마토의 사원 중에 그런 어처구니없는 짓을 하려고 한 사람은 없겠지?"

"물론입니다. 차량을 지키기 위해 목숨을 걸고 최선을 다하고 있습니다."

"차량을 지금 바로 되찾는 건 무리인가?"

"명령계통이 흐트러져 있기 때문에 그건 힘들 듯합니다."

"알았네. 자네는 이노가시라에 돌아가게. 나는 각 행정기관을 돌면서 허가를 받아보지."

야스오미가 동분서주한 덕분에 1주일 후 차량 회수 허가를 받을 수 있었지만, 이노가시라 공원에서 철수하는 데는 석 달이라는 시간이 필요했다.

9월 초, 피해를 입지 않은 시바우라, 다카하마초高浜町, 쓰키지築地 등의 영업소에서 전세 영업을 재개했다. 휘발유가 부족했기 때문에 휘발유를 가지고 온 의뢰인에게만 의뢰를 받았지만 그래도 의뢰 양은 적지 않았다. 의뢰의 태반은 생선, 과일, 채소 등의 식료품 수송이었다.

야스오미는 너무 바쁜 탓에 패전에서 비롯된 무력감, 탈력감 같은 것에 젖어있을 틈이 없었다.

당시 풍조인 노조 결성에도 야스오미는 동의했다. 아니, 한시라도 빨리 노조를 만들라고 사원들을 부추겼을 정도다.

1945년 10월 중순의 어느 날, 야스오미는 근로과장인 시라이 헤이시치白井平七를 불러서 이렇게 말했다.

"노동조합 결성은 연합군 총사령부에서도 장려하고 있는 일이니 우리 야마토 운수도 자주적으로 노조를 만드는 편이 좋을 것 같네."

자본가이자 회사의 수장인 야스오미에게서 그런 말을 들은 시라이는 귀를 의심했다.

"노조를 만들라는 겁니까?"

"외부 세력이 끼어들어 일을 벌이는 것보다, 야마토 운수 내부에서 독자적인 노조를 만드는 편이 회사를 위해서라도 좋을 거라고 생각하네. 우리 회사에는 오랜 시간을 들여 만들어온 전통과 사풍社風이 있지. 우리 회사의 사원들이라면 외부 선동분자들에게 휘둘리지 않을 거라고 확신하네."

"하지만 종업원들 사이에서 노조를 만들려는 움직임이 없습니다만……."

시라이는 회의적이었다.

"분명 외부에서 우리 회사원들에게 쓸데없는 바람을 넣을 걸세. 외부의 노동 세력에 침식되어 회사를 뒤흔드는 노동쟁의가 일어나면 수송산업이 부흥되기도 전에 완전히 무너져버릴지도 모르네. 지금은 내 판단에 따라주지 않겠나."

"다른 관리직 사원들과 상의해 보겠습니다."

"아니, 지금은 시간 끌 때가 아니네. 나는 젊었던 시절의 경험을 통해 일의 소중함을 잘 알고 있네. 육체노동자는 청 · 장년기를 지나면 쇠약해져 가지. 그렇기 때문에 사무원들보다 수입을 많이 받는 제도를 실행해온 걸세. 소년 배달원, 운전조수, 운전사, 사무원 같은 코스가 우리 야마토 운수 노동자의 표준적인 승진 코스지. 그래서 사원들 중에는 우리 회사에서 어릴 적부터 일해온 사람들이 많아. 그리고 우리가 일본 제일의 트럭회사라는 긍지도 가지고 있지. 그러니 현실적인 노조 운동과 민주화 운동을 해줄 거라고 나는 믿어 의심치 않네. 그래서 현실적인 수단을 동원해 노조 결성을 서두르고 싶은 거라네. 관리직이 노조에 참가해도 전혀 상관없네."

야스오미가 이렇게까지 말한 이상, 따를 수밖에 없다.

시라이는 오쿠야마奧山 근로계장과 상담하면서 노조 결성 관련으로 리더십을 발휘했다.

1946년 1월 2일, 야스오미는 신춘 휘호로 '시간에 지지마라'라고 썼다. 이 말을 새로운 해의 모토로 삼겠다는 뜻을 모든 사원들 앞에서 밝힌 것은 노조 결성을 염두에 둔 결과로 보인다.

노동 세력은 한때의 붐이지만, 경영자로서 그것을 피하지 않고 받아들인 후, 거기에 맞서려 하는 기백을 '시간에 지지마라'라는 표현에 담은 것이다.

1월 15일 오전 10시에 개최된 '야마토 운수 종업원 조합' 결성대회에는 과장 이하의 모든 종업원이 참가했다. 오쿠야마가 조합장으로 선출됐고, 부조합장이 두 명, 실행위원이 열세 명, 위원이 열세 명으로 구성됐다. 실행위원 안에 시라이 근로과장을 비롯해 두 명(둘 다 회계 담당)의 간부사원이 포함된 점 때문에 '위에서 만들어준 조직', '껍데기 노조' 등의 비판을 받기도 했다. 하지만 1월 18일에 회사 측에 제출한 여덟 개의 항목으로 된 요구 사항은 상당히 과격했다.

一. 노조 및 단체 교섭권 승인

二. 노조의 경영 참가

三. 임금 인상

四. 유급주휴 제도 실시

五. 노동시간 8시간 제도 실시

六. 운전사 수당 제도 확립

七. 낙하산 인사 절대 반대

八. 월동자금의 즉시 지급

이 당시 긴급소집 사원의 복귀가 계속 되었기 때문에 야마토 운수의 사원은 패전 직후 380명에서 약 500명으로 늘었다.

노조의 요구 사항을 본 야스오미는 1, 2, 5, 6, 8은 승인했다. 4, 7은 '노조의 의향을 존중하겠다'라고 말하면서 보류했다.

특히 7의 낙하산 인사 절대 반대는 운수성 OB인 야마무라 류조山村龍藏의 입사에 사원들이 알레르기 반응을 보였다는 사실을 단적으로 보여주었다. 하지만 경영진을 강화하기 위해서도 이 인사만은 양보할 수 없다고 판단한 야스오미는 그것을 강행했다.

3의 임금 인상 요구는 회사의 제시안과 노조 제시안이 너무 차이가 났기 때문에 몇 번의 단체교섭이 이뤄졌다.

야스오미는 24일, 최종적으로 회사 측의 대답을 노조에게 제시했다.

일전의 회사 제시안은 예산상의 위험을 내포하고 있으며, 재고의 여지가 없다. 그리고 2월, 3월 두 달간 시험적 실시로서 ①사무부 급여는 현행 기준급 중 150엔까지는 5배, 그 이상은 4배 ②운전사 급여 및 화물 담당 급여는 현행 기준의 5배로 하며, 보수는 현행대로 지급한다. 단, 실시 후 실적이 오르지 않아 지급이 곤란하다는 사실이 확실히 되었을 경우, 어쩔 수 없이 제1차 대답안에 따른 금액으로 되돌릴 것을 서약하는 바이다.

노조가 회사의 대답을 받아들이지 않았을 리가 없었다.

게다가 당시 일본에서 엄청난 인플레이션이 일어나고 있다고 해도, 현행기준 네다섯 배의 임금 인상은 과감하다는 말로는 부족할 정도였다.

사원들은 '하타요의 타라니, 정말 대단하다. 회사가 호기를 부렸다' 하고 입 모아 말하며 기뻐했다.

야마토 운수에서는 창업 당시부터 운임 결정에 은어를 사용했다.

'하야쿠아타마오츠카요'라는 말이 그대로 1, 2, 3, 4, 5, 6, 7, 8, 9, 0을 의미했다. 그러니 '하타요의 타'라는 말은 '150엔의 다섯 배'라는 의미였다.

이 은어를 고안한 사람은 바로 야스오미였다. 종래의 트럭사업은 영업소에 저울이 없었기 때문에 의뢰인에게 짐을 받을 때, 짐의 크기와 손에 든 감촉으로 운임을 정하곤 했다. 이런 방식이었는데도 의뢰인에게서 불만이 나오지 않은 것은 '프로의 감'이 그만큼 신뢰받고 있었다는 것을 뜻했다.

17

1946년 여름, 의뢰인들이 개인적으로 보유한 휘발유도 바닥을 드러냈기 때문에 휘발유 자동차를 이용한 일반민 의뢰 수요가 급감했다. 결국 야스오미는 주둔군에서 들어오는 연료가 할당되는 수송 업무에 힘을 실어야 한다고 생각했다.

때마침, 토건회사인 하자마구미間組로부터 귀가 솔깃해지는 의뢰가 야마토 운수에 들어왔다.

하자마구미는 주둔군의 명령으로 요코하마 시 스기타杉田에서 가나자와 하케이金沢八景까지의 6킬로미터를 잇는 도로 포장 공사에 종사하고 있었는데, 야마토 운수에 수송 협력을 한 것이다.

하자마구미와의 교섭 때 창구가 된 영업담당 과장은 이렇게 말했다.

"하자마구미에서는 출장 인원 전원에게 세끼 식사를 제공하겠답니다."

식량부족이 심각화되고 있는 시대인 만큼, 야마모토山本라는 이름의 이 담낭과장은 세끼 식사를 제공한다는 제안부터 야스오미에게 보고했다.

그 말을 들은 야스오미는 감이 왔다.

"주둔군 관련 일이군."

"그렇습니다."

"그럼 휘발유 지급도 조건에 포함되어 있을 게야."

"예. 요코하마—가나자와 하케이 간의 도로 포장 공사에서 수송 업무를 맡아달라는 의뢰이며, 약 50명을 동원하게 될 것으로 보입니다. 제공차량은 최대 40대 정도 될 것으로 예상됩니다."

"기간은?"

"반년 이상이라고 합니다."

"바라마지 않던 이야기군. 다카하마초, 무카이시마向島, 쓰키지에 있는 세 영업소에서 우수한 운전사와 조수를 뽑아 보내도록."

야스오미는 그 자리에서 바로 OK를 했다.

업무 내용은 공사 지역으로부터 가장 가까운 역에서 모래와 자갈을 공사현장으로 옮기는 것이었다. 그 외에도 트럭에 전용 장치를 설치해 콘크리트를 운반하는 업무도 했다. 밤낮 가리지 않고 진행한 이 공사가 완료되는 데는 8개월이나 걸렸으며, 일을 완료한 야마토 운수 팀은 1947년 봄이 되어서야 도쿄로 돌아왔다.

이해, 야스오미가 내건 모토는 '화합단결'이었다. 그리고 그는 정월 연휴가 끝난 직후, 본사 기구機構 개혁을 단행했다.

전체 매니지먼트를 담당하던 근로과를 총무과와 통합하고 부장대리로 시라이 헤이시치를 기용했다. 그리고 경리부장에는 사사모토 마사히사笹本正久, 영업부장에는 야마무라 류조를 배치했다.

3월에는 1932년에 무라타니 하시지로가 퇴임한 후부터 공석이었던 사장 자리에는 오구라 야스오미 자신이 취임했고, 상무이사 자리에는 나카노 미쓰오와 세가와 나오지瀬川直治를 등용했다.

일통 소유주식 반환 매입 교섭이 성사된 것은 1947년 9월의 일이다.

1946년 11월, 야스오미는 이 어려운 교섭을 나카노에게 명했다.

"전시체제 하에서 우리 회사의 자본을 일본통운에게 맡긴 것은 꽤 의미가 있었지만 지금은 필연성이 없어졌어. 주식 반환 매입 교섭을 자네에게 맡기지."

"알았습니다. 지금 바로 일통의 소에다副田 이사와 접촉해보겠습니다."

나카노는 긴장한 표정으로 그렇게 대답했다. 야마토 운수의 증자 문제가 얽힌 만큼 이 교섭에는 상당한 시간이 걸렸고, 1947년 9월에 이르러 신주新株 공개를 전제로 일통 소유 주식의 반환 매입을 하기로 양쪽은 합의를 봤다.

야마토 운수는 10월 10일에 열린 임시 주주총회에서, 종래의 자본금 184만 5000엔을 500만 엔으로 증자하기로 결정했다. 그리고 그에 앞서 신주 인수권을 전부 일통에서 전 주주들이 양도받은 후, 공개주로 하기로 했다.

1948년 2월 5일의 교섭에서 일통 소유 주식을 한 주당 70엔에 매입하기로 합의함으로써, 야마토 운수는 8년 만에 명실공히 일통 산하에서 빠져나오는 데 성공했다.

같은 해 11월 18일, 야마토 운수는 임시 주주총회를 개최해, 자본금을 1000만 엔으로 증자하기로 결정했다. 그리고 1949년 3월 12일, 도쿄 증권 거래소에 20만 주(1000만 엔)의 상장등록신청서를 제출하고, 같은 해 5월 11일에 허가를 받아 같은 달 16일에 상장되었다.

제5장 시련의 순간

1

1948년 9월, 도쿄대학 경제학부를 졸업한 오구라 마사오는 바로 야마토 운수에 입사했다. 취업난이 심각한 시기이기는 하지만, 도쿄대학 출신이라면 대기업에 취직할 찬스가 없지는 않았을 것이다.

"야마토 운수는 좋은 회사야. 운송사업은 발전 가능성이 높은 산업이지. 우리 회사는 1923년의 혼란기 때부터 대학 졸업생을 신문 모집할 만큼, 어느 시대에나 인재 확보에 힘을 실어 왔지. 너도 야마토 운수의 간부 후보생으로서 회사 장래를 짊어져줬으면 좋겠구나."

"저도 그럴 생각입니다."

부자 사이인 두 사람의 대화는 시종일관 차분했다.

이 시대의 자수성가한 창업자들은 대학 졸업생을 먹물만 먹었지 쓸모없는 놈으로 보곤 했지만, 야스오미는 그러지 않았다.

게다가 야스오미는 학생 시절의 오구라를 꽤 높이 평가했다.

그것은 대학에 복학한 오구라가 친구들과 사카린을 몰래 만들어 큰돈을 벌었다는 것을 눈치챘기 때문이다. 그가 사카린을 만들어 판 것은 도쿄 고교 연식 테니스부를 재건하기 위해서였을 뿐, 다른 불순한

의도는 없었다.

오구라는 황폐한 캠퍼스가 싫었는지 대학보다는 고등학교에 갈 때가 많았다.

테니스를 통해 도쿄 고교의 스마트한 전통을 후배에게 전수해주고 싶었고, 테니스를 하면서 느끼는 상쾌함이 잊히지 않았다.

테니스 코트는 밭으로 변해 있었기 때문에 그는 코트부터 만들어야 했다. 식량 부족에 허덕이느라 테니스에는 관심이 없는 후배들을 끌어들이기 위해서는 식량으로 그들을 낚을 수밖에 없었다.

오구라, 그리고 그와 뜻을 함께하는 친구들은 식량 조달 자금을 마련하기 위해 사카린을 만들어 팔기로 했다.

한 선배의 집 창고에서 시작한 사카린 밀조密造는 겨우 1년 후, 스기나미杉並에 30평가량의 땅을 확보해 회사 조직을 구성하고 본격적으로 제조하기에 이르렀다. 사카린은 설탕 대용품으로 날개 돋친 듯이 팔렸다.

대학 졸업과 동시에 오구라는 사카린 회사를 관뒀다. 하지만 부동산 매매와 회사 설립, 그리고 사람을 부리는 법 등, 이때 배운 살아있는 경제, 즉 실체 경제는 나중에 크게 도움이 되었다.

야스오미의 눈에 오구라가 먹물만 먹은 쓸모없는 놈으로 보이지 않았던 것은 친자식이어서가 아니었던 것이다.

9월 1일, 오구라는 에치젠보리越前掘 작업소에 사무원으로 배속됐다.

야스오미의 측근은 오구라를 본사에서 일하게 해야 한다고 주장했지만 '현장에서 고생을 해보는 편이 좋다'라는 사장의 한마디 때문에,

당시 가장 일이 많아 바쁜 에치젠보리 작업소에 배치됐다.

1년 전, 야마토 운수가 스미노에 창고의 일부를 빌려 에치젠보리 작업소를 설치한 후, 미국 군인 및 군 관계자들이 가재도구를 포장 수송하기 시작했다.

임무를 마친 주둔군 관계자들이 요요기 연병장 자리의 워싱턴하이츠, 나리마스成增의 비행장 자리의 그랜트하이츠 등의 주일 미군 시설로 돌아갈 때, 야마토 운수가 짐 운송을 맡은 것이다.

야마토 운수가 주둔군 관련 일에 종사하게 된 계기는 1946년 봄, 연합군 총사령부GHQ 소속 히팅 섹션에 트럭을 제공한 덕분이었다.

주둔군의 가족을 수용하기 위해 워싱턴하이츠와 그랜트하이츠에 주택단지가 건설됐고, 주택단지의 난방에 온수방식이 채용됐다. 그 난방을 설치 및 관리하는 곳이 바로 히팅 섹션이다.

이 작업을 맡은 일본인 업자는 간토 배전, 도토東都 가스, 간토 배관 공사 공동조합, 그리고 수송부문을 담당한 도쿄트럭 컴퍼니였다.

도쿄트럭 컴퍼니는 주둔군 측의 페이퍼 컴퍼니에 불과했다. 그 실체는 바로 야마토 운수와 야마시치山七 운수, 이 두 회사였다.

주둔군 관련 물자 조달 및 업무 발주는 당초 GHQ에서 다무라초田村町 일산관日産館 안에 있는 외무성 CLO중앙종전연락사무국에 내리게 되어 있었다. CLO의 선택에 따라 시공업자가 정해지는 것이다.

이 점은 전후 혼란기에 경쟁 입찰을 벌일 여유가 없다는 사실을 가리키고 있었다.

CLO 병영 설치부 담당관인 다카하타高畑 외무사무관이 히팅 섹션에서 야마토 운수의 작업 실적을 높이 평가한 것이 에치젠보리 작업소의 개설로 이어졌다.

야마토 운수는 다카하타에게서 주둔군 군인과 군 관계자들의 가재도구 포장수송 작업을 맡아보는 것은 어떻겠냐고 교시를 받았다.

당시 야마토 운수는 아직 포장 보관 업무의 경험이 없었다. 그래서 간다 이즈미초和泉町에 야마토大和 포장이라는 회사가 있다는 사실을 알고는 회사명이 비슷하니 일단 접촉해보기로 했다.

야스오미는 야마토 포장의 이시카와 도모조石川友蔵 사장을 직접 만났다.

"CLO를 아십니까?"

"물론이죠. 저희는 스미노에 창고와 함께 세이와清和 포장이라는 회사를 세워 주둔군의 자재 관련 일을 하고 있습니다."

"실은 CLO에서 워싱턴하이츠와 그랜트하이츠의 주둔군 군인 및 군 관계자의 가재도구 포장 수송 작업을 해보지 않겠냐고 타진해왔습니다."

"맡아보시는 것이 어떻겠습니까. 저희도 협력을 아끼지 않겠습니다. 스미노에 창고 측에도 제가 이야기를 해두죠."

스미노에 창고의 간부도 '야마토 운수라면 잘 안다. 신뢰할 수 있는 회사다' 하고 말하면서 흔쾌히 승낙했다.

그 결과, 포장은 세이와 포장에서 담당하고, 스미노에 창고의 도쿄지점이 보관 창고를 제공하는 형식의 업무제휴가 이뤄졌다.

1947년 9월, 에치젠보리 작업소는 개설 당초 에치젠보리 출장소라 불렸다. 야마토 운수가 가져다 놓은 것은 낡은 책상과 의자, 그리고 목이 부러지기 일보 직전인 선풍기 하나뿐이었다. 포트리프트와 타자기, 그리고 용지까지 주둔군에게서 빌렸다. 일본인은 타자기 용지조차도 조달할 수 없을 만큼 빈곤한 시대였다. 출장소라고 부르는 것조차 부끄러울 지경이었다.

에치젠보리 출장소에는 가마다蒲田(소장), 요시오카吉岡(업무담당), 오카지마岡島(섭외담당), 이렇게 세 명이 배치됐다. 개설 당초의 업무는 하루 한 건 정도였으며, 노무원도 세 명으로 충분했다. 하지만 작업량이 하루가 멀다 하고 늘어나면서 창고도 확장되고, 하루 28평방미터나 되는 목재를 소비하며, 연간 수입이 1700만 엔을 기록할 때도 있었다.

운임은 작업원 몇 명, 트럭 사용량 및 사용 시간, 사용 자재 등과 적산 방식에 따라 계산되었으며, 전부 현금거래였다. 휘발유도 듬뿍 지급되기 때문에 이렇게 이득이 많은 일은 찾아보기 힘들었다.

압권이었던 것은 차량 열여덟 대로 사흘간 치러진 맥아더 원수 귀국 작업이었다. 일본 관민들의 헌납품을 옮기는 데만도 트럭 한두 대로는 부족할 정도였다.

맥아더가 트루먼 대통령에 의해 유엔군 최고사령관 자리에서 해임된 것은 1951년 4월 11일의 일이다.

맥아더는 일본 국민에게 있어 절대적 지배자로 군림했기에 일본 국민에게 그는 두려움의 대상 그 자체였다.

야스오미는 에치젠보리 작업소에 가서 맥아더 귀국 작업을 감독했다. 야마토 운수가 주둔군 관련 업무에 종사해온 덕분에, 이 구름 위에 사는 듯한 사람에게 친근감을 느낀 것이리라.

패전한 일본이 재생할 수 있었던 것도 맥아더 덕분이라는 생각도 있어서였을지도 모른다.

2

한편, 오구라 마사오는 에치젠보리 작업소에서 근무한 기간이 7개월밖에 되지 않았기에 맥아더 귀국 작업에 관여하지 못했다.

폐결핵으로 쓰러진 후, 1949년 4월까지 투병생활을 해야 했기 때문이다.

몸이 노곤하고, 헛기침이 계속 났으며, 식욕이 없었다. 이런 폐결핵 특유의 증상은 2월 즈음부터 나타났으며, 스루가다이駿河台에 있는 결핵 전문병원의 의사는 그가 중증 폐결핵에 걸렸으며, 절대 안정을 취해야 한다고 말했다.

'자면서 몸을 뒤척여도 안 된다'라는 의사의 말을 들은 순간, 오구라는 삶을 포기했다. 이대로 죽고 마는 것일까——.

당시 폐결핵은 난치병 중의 난치병이며, 사망률도 높았던 시절이었기에 오구라가 절망하는 것도 무리는 아니었다.

"군대에도 다녀왔고, 테니스도 꾸준히 해온 녀석이 폐병에 걸리다니……."

야스오미의 한탄 또한 상상을 초월할 만큼 컸다.

도쿄 고교 연식 테니스부의 선배이자, 도쿄 대학병원의 근무의가 병문안을 온 것은 발병 후 반년 정도가 지났을 즈음이었다.

"수술을 받아 보는 건 어때? 일단 도쿄 대학병원으로 옮기도록 해."

선배의 충고에 따라 도쿄 대학병원으로 옮긴 오구라는 기흉요법을 통한 수술을 받았다.

그 수술은 성공했지만, 퇴원 허가는 좀처럼 내려지지 않았다.

오구라의 입원 생활이 만 2년에 접어드는 4월 16일 아침, 맥아더는 일본을 떠났다.

이날 오전 7시 23분, 맥아더, 아내인 진, 아들인 아서, 그리고 휘트니 소장小將 등의 측근을 비롯한 여덟 명의 일행이 탑승한 바탄호號는 후임인 리지웨이 최고 사령관, 요시다吉田 수상을 비롯한 각료들에게 환송을 받으면서 하네다羽田 공항에서 이륙했다.

NHK 라디오의 중계방송을 오구라는 병실에서 들었다.

오구라의 폐결핵이 치유된 것은 스트렙토마이신 덕분이었다. 당시 일본에서는 상당한 고가인 탓에 입수하기가 힘들었지만 야스오미는 주둔군을 통해 손을 써서 그 약을 입수한 것이다.

스트렙토마이신은 결핵 특효약으로 이 약이 개발된 덕분에 결핵에 의한 사망률이 급감했다.

"스트렙토마이신이 없었다면 목숨을 잃었을 게야."

장성한 오구라는 몇 번이나 그렇게 말했다.

그리고 그때마다 이 말을 덧붙였다.

"그 전의 나는 좌절이라는 걸 몰랐어. 마음만 먹으면 뭐든지 할 수 있다고 생각했지. 하지만 4년간의 투병생활은 내 인생관을 바꿨어. 지인의 추천으로 읽은 성서도 내 마음의 버팀목이 됐지. 운명은 신이 내려주는 것이며, 그것을 거스를 수는 없어. 인간이 얼마나 무력한 존재인지 통감한 적도 있어."

야스오미는 퇴원한 오구라에게 말했다.

"한 번 죽었던 목숨이라 생각하면 무서울 게 없겠지. 건강을 되찾으면 남들보다 몇 배는 더 열심히 일해야 한다. 그렇다고 너무 서두를 필요는 없어. 체력이 회복되고, 자신감을 되찾을 때까지 집에서 느긋하게 쉬도록."

"한 달 정도면 충분히 복귀할 수 있어요."

"흐음, 과연 그럴까. 사선死線을 몇 번이나 헤맸을 뿐만 아니라 4년 동안 병원에서 지냈지 않느냐. 아마 다리가 네 마음대로 움직여지지 않을 거다."

야스오미의 말이 옳았다. 체력과 기력이 떨어진 오구라는 하루에 10미터도 채 걸을 수 없었다.

1953년 11월, 몸이 완벽하게 회복된 오구라는 야마토 운수에 복직했다. 4년 7개월 만의 일이었다. 이렇게 장기간 병상에 있다 보면 세상이 덧없어져 자살을 할 수도 있겠지만, 오구라는 강인한 정신력으로 그것을 극복했고, 큰 병에 걸려 생사를 오락가락했던 것을 삶의 영양분으로 삼았다.

11월 1일, 총무부 노무과에 배속된 그는 노무 관리 일을 담당하게 되었다.

3

1944년 6월 중순의 어느 날, 총무부장인 운노海野가 오구라를 불렀다.

"사장님에게서 무슨 이야기를 들었습니까?"

"아뇨."

"7월 1일부로 시즈오카 운수로 파견 근무를 가게 되었습니다. 총무부장으로서 관리 부문 전체를 둘러보라는 뜻에서 파견을 보내는 겁니다. 즉, 사실상 경영자의 입장에서 나루세成瀨 전무를 보좌해달라는 것이 사장님의 의향입니다."

오구라는 미간을 찌푸렸다. 복직한 후 1년도 채 안 되었는데 시즈오카로 보내는 것은 좀 너무하다는 생각이 들었다. 야스오미로서는 아들에게도 엄격한 모습을 보여주고 싶었던 것이겠지만 병상에서 일어난 지 얼마 안 된 아들에게 좀 상냥하게 대해줘도 되지 않을까——.

하지만 거절할 수는 없었다.

"알았습니다."

오구라는 퉁명한 표정을 지으면서 대답했다.

시즈오카 운수는 1951년 2월에 야마토 운수가 전액출자(자본금 500만 엔)해서 설립한 자회사다.

1950년 12월 하순의 어느 날, 후지富士은행 긴자 지점장인 야스다 마사요시保田正義가 야스오미를 찾았다.

"시즈오카 화물자동차의 재건을 도와주실 수 없겠습니까?"

후지은행 긴자지점은 야마토 운수와 거래 관계였다. 그리고 시즈오카 화물자동차의 메인뱅크이기도 했다.

전시 중, 시즈오카 현의 운송업자가 통합해서 발족한 시즈오카 화물자동차는 당시 백 수십여 대의 트럭을 보유했다. 전쟁이 끝난 후에도 빨리 재기한 시즈오카 화물자동차는 도쿄— 나고야 간 트럭편의 창시자적 존재였다.

하지만 1949년 즈음부터 동업자 간의 과다 경쟁이 격화됐고, 1950년 후반부터 경영난에 직면했다.

"시즈오카 화물은 노조에 문제가 있지 않을까요. 계급투쟁에 빠져 사는 노조니까요."

"야마토 운수에서 경영을 맡아준다면 재건이 가능할 거라고 생각합니다."

"이런 큰일은 제 독단으로 결정할 수 없습니다. 일주일 정도 시간을 주십시오."

"잘 부탁드립니다."

고개를 깊게 숙이면서 부탁하는 야스다를 본 순간, 거절할 생각이었던 야스오미의 마음이 변했다.

야스오미는 나카노, 세가와, 두 상무를 사장실로 불렀다.

나카노는 총무 및 경리를 담당하는 관리부문, 세가와는 업무 및 운송 등의 영업부문을 담당하고 있었다.

야스오미에게 이야기를 들은 두 사람은 시즈오카 화물의 재건은 야마토 운수에게 벅찬 일이라고 주장했다.

"노조 문제는 확실히 쉽지 않겠지만, 장래에 야마토 운수가 나고야를 넘어 서쪽 지방까지 장거리 노선을 운영하게 될 때 도움이 되지 않겠나. 별개 회사 방식으로 재건을 해보는 것도 나쁘지 않은 방법이라고 생각하네."

야스오미는 문뜩 고가와 긴지로의 위엄에 찬 얼굴을 떠올렸다.

전 육군 대령인 고가와는 군수성 항공병기 총국 수송부장 겸 간토 군수관리부 수송부장이었던 1944년 7월, '광륜송대'의 결성을 야스오미에게 요청했다. 야마토 운수는 '광륜송대'를 결성한 덕분에 200대의 차량을 이노가시라 공원 안에 온존할 수 있었다.

고가와는 야스오미에게 있어 은인 중 한 명이었다. 사심이 없는 고가와라면 신뢰할 수 있다. 고가와에게 시즈오카 화물의 재건을 맡겨 보자고 야스오미는 결론을 내렸다.

야스오미는 시즈오카 화물자동차의 트럭사업을 야마토 운수에서 계승하기로 방침을 정한 후, 시즈오카 운수를 1월 23일에 설립했다. 고가와는 초대 사장에 취임하는 것을 승낙했다.

시즈오카 화물자동차의 운영자산을 양도받고, 채권자 및 주주들과 절충한 후, 6월에는 일반노선 화물자동차 운송사업을 비롯한 모든 사업의 양도 계약을 체결했다.

1951년 11월에 감독관청에서 인가가 났다. 수속하는 데만 다섯 달이나 걸린 것이다.

오구라가 시즈오카 시내의 시즈오카 운수 본사에 부임한 1954년 11월 상순에는 원래 이 회사의 사장이었던 고가와가 퇴임(1953년 11월)했기 때문에 야스오미가 사장직을 겸임하고 있었다. 노조 때문에 두손 두발 들고 만 고가와가 다 내팽개친 것으로 보이기도 했다. 결국 야마토 운수에서 부장급인 나루세 도시오가 사장대행 전무로서 파견됐다.

갓 서른 살이 된 오구라는 관리부문을 맡아야만 했다.

시즈오카 운수에 부임한 오구라를 놀라게 한 것은 사원들의 낮은 사기와 도덕심 결여였다. 회사 자체가 굴러가고 있지 않다고 해도 과언이 아니었다.

일주일 동안 철저하게 관찰한 덕분에 이 회사는 노동의 질 자체가 나쁘다는 사실을 통감할 수 있었다.

운임을 속이는 운전사, 계급투쟁에 빠진 사원, 사소한 일로 싸움을 벌이는 종업원. 일은 내팽개치고 아침부터 술만 마셔대는 주정뱅이. 그런 자들로 가득 차 있었다. 회사가 망하지 않은 것이 이상하다는 생각마저 들 정도였다.

운임을 속인 운전사에게 그 자리에서 증거를 보여주자, '헷갈렸나 보네' 하고 말하면서 시치미를 뗐다. 그중에는 날붙이를 꺼내면서 협박을 하는 이도 있었다.

"여기는 전쟁터를 방불케 하는 현장입니다. 대학 물 먹은 좋은 집 도련님이 올 곳이 아니라고요. 빨리 도쿄로 돌아가는 게 어때요?"

운전사와 조수들은 오구라에게 엄청난 반감을 느끼고 있었다. 회사를 빼앗겼다는 피해의식도 강했다. 사실은 다른데도 말이다. 야마토 운수는 구제정책을 통한 회사 재건에 필사적으로 임하고 있을 뿐이었다.

오구라는 키가 크고 말랐을 뿐만 아니라 약간 새우등이었다. 폐결핵 수술 탓에 쇠약해져 있어 그렇게 보인 것이지만, 그들은 병상에서 갓 일어난 것 같은 놈에게 얕보일 수는 없다는 듯이 오구라를 향해 적의를 드러내며 도발을 해댔다.

오구라는 관리부문을 맡고 있지만, 부하라고는 정년을 앞둔 나이 지긋한 사원과 젊은 여종업원뿐이기에 도움이 되지 않았다.

오구라는 혼자서 적진에 쳐들어온 것 같은 착각에 사로잡혔다. 아니, 착각이 아니었다. 실제로 그러했다.

오구라는 야스오미를 원망하고 싶었다. 사자는 자기 새끼를 절벽 밑으로 밀어서 떨어뜨린다——. 야스오미는 그런 생각으로 오구라를 시즈오카 운수에 보낸 것이겠지만, 그래도 이것은 너무 심했다.

하지만 오구라는 아버지를 닮아 지기 싫어하는 성격이었다. 이 정도로 약한 소리를 했다간 남자라 할 수 없다, 자기 자신을 향해 수도 없이 그렇게 말했다.

오구라는 우선 종업원 복무규정(취업 규칙)의 정리부터 시작했다.

우선 ①허위 신고 혹은 부정행위를 통해 임금 및 각 수당 및 여타 금전 혹은 물품을 받은 경우 ②다른 종업원에게 불법적으로 퇴직을 강요하거나 폭행, 협박을 가하는 등의 행위로 종업원의 업무를 방해한 경우 ③고의로 작업 능률을 저하시키거나 방해한 경우 ④정당한 이유 없이 5일 이상 무단결근 혹은 연간 무단결근일이 10일 이상일 경우 ⑤형벌에 저촉되는 행위를 한 경우—— 는 직위 강등 혹은 징계해고에 처한다는 복무규정을 세웠다.

예상대로 노조는 반발했지만, 전부 상식적으로 볼 때 옳은 규정이었기에 파업을 통해 반대할 근거로서는 약했다.

오구라는 노조의 간부와도 속내를 털어놓고 이야기를 나눴다.

"시즈오카 운수를 살리는 것도 죽이는 것도 여러분들 하기 나름입니다. 시즈오카 화물자동차에서 물려받은 부채는 후지은행 등의 거래금융기관의 지원으로 장기 융자 조치가 되었다고는 하나, 그 부채는 회사를 압박하고 있습니다. 지금은 파업을 하거나 작업 능률을 저하시킬 때가 아니라는 것은 여러분도 알고 계실 겁니다. 운송업, 트럭 회사는 힘들고 땀내 나는 존재이지만, 경제 활동, 산업 활동에 있어서 결코 없어서는 안 되는 존재입니다. 시즈오카 운수는 그런 중요한 업무를 담당하고 있는 것입니다. 그래서 은행도 회사를 무너뜨리지 않고 야마토 운수에 구제를 통한 재건을 의뢰하는 방식을 선택한 것이 아닐까요. 그 편이 시즈오카 화물자동차, 즉 시즈오카 운수의 재건이라는 목표를 조기에 달성할 수 있다고 판단한 것입니다. 야마토 운수는 시즈오카 운수와 한 몸이라 생각하고 있습니다. 그래서 급여체계를 뜯어고치고, 야마토 운수 수준까지 가급적 빨리 끌어올릴 수 있도록 저희는 노력을 아끼지 않고 있습니다. 그러기 위해서는 운행 관리도 엄격하게 해야만 하며, 운임을 속이는 등의 행위는 철저하게 배제되어야만 합니다. 그런 옳지 않은 짓을 한 이들을 벌하는 것은 당연한 일이며, 복무규정에 저촉된 이들에게는 회사 또한 단호한 자세로 대처할 것입니다. 종업원들을 이끄는 노조 간부 분들 사이에 그런 이는 없을 거라고 믿습니다. 시즈오카 운수를 여러분 손으로 재건해 야마토 운수의 콧대를 꺾어주지 않겠습니까. 저는 이 회사가 조금이라도 근대적인 경영을 할 수 있도록 미력한 힘이나마 보탤 겁니다. 여러분도 저에게 힘을 빌려주십시오."

"어이, 부장 형씨. 당신이 그렇게 어려운 말을 늘어놔도 우리처럼 머리 나쁜 인간들은 이해 못 한다고. 딱 하나 이해한 것은 급여수준을 야마토 운수 수준으로 맞춰주겠다는 말뿐이지. 대체 언제쯤 그렇게 해줄 건데?"

젊은 노조 간부는 오구라를 비웃는 듯한 목소리로 물었다.

"결과를 보여주면 사장님도 OK할 거라고 생각합니다. 결과를 보여준다는 것은 바로 영업 실적을 올린다는 거죠. 여러분이 의욕을 가지고 일에 임하고, 고객을 상대로 투철한 서비스 정신을 발휘한다면 머지않아 그렇게 될 거라고 생각합니다."

"일도 제대로 하지 않으면서 요구만 해봤자 들어줄 수 없다는 소리군."

다른 노조 간부가 오구라를 지지했다.

노조 간부들은 오구라가 두세 달 안에 꼬리를 말고 도망칠 거라고 생각했다. 하지만 반년이 지나고, 1년이 지났는데도 이곳을 떠나지 않는 오구라를 보면서, 그가 평범한 엘리트가 아니라는 사실을 눈치챘다. 약간 이론을 중시하는 경향이 있기는 하지만, 사장 아들치고는 간이 크고 일을 제대로 하는 남자였다.

상습적으로 운임을 속여 착복한 젊은 운전사를 회의실로 불러 꾸짖은 일 또한 운전사들에게 알려지면서 상당한 파급효과를 낳았다.

오구라는 그때 이런 식으로 말했다고 한다.

"당신이 한 일을 그냥 넘어갈 수는 없어. 부정행위를 저지른 자에게는 단호하게 처벌하겠다는 뜻을 노조에 통보해뒀고, 조합도 그것을 승낙했다는 건 알고 있겠지?"

"……."

"징계해고를 하기 전에 우선 당신의 이야기를 들어보지."

"그딴 거 묻지 말고 빨리 해고하라고."

운전사가 언짢은 기색을 감추지 않으면서 그렇게 투덜대자, 오구라는 머리끝까지 피가 치솟았다. 그가 마음을 가라앉히는 데는 십여 초가 걸렸다.

"징계해고는 당연하고, 회사 측은 당신을 경찰에 넘길 생각도 하고 있어. 형사 처벌감이니까 말이야."

그 말을 들은 순간, 운전사의 낯빛이 변하더니 말을 더듬기 시작했다.

"회, 회사가 멋대로 그, 그딴 짓을 해도 되는 거냐?"

"일벌백계의 의미를 담아 나는 그렇게 할 생각이야. 참고로 노조를 찾아가 애걸복걸해도 소용없어. 당신의 부정행위는 도가 지나쳤다고 노조도 생각하고 있으니까 말이야."

그 운전사는 오구라를 올려다보면서 애원했다.

"벼, 변상하면 용서해줄 겁니까?"

오구라는 눈을 감은 채 천장을 향해 고개를 들었다.

'경찰에게 넘긴다'라는 말은 흥분한 나머지 아무 생각 없이 한 말이지만 심정 같아서는 그러고 싶었다. 하지만 지금은 그렇게 감정적으로 행동할 때가 아니었다.

이 운전사보다 질이 나쁜 이도 몇 명이나 있었다. 본보기 삼아 형사

고소를 하는 것도 방법이지만, 그렇게 했다간 다른 운전사들에게 원한을 사게 될 테고, 이 남자의 장래도 짓밟아버리는 것이 된다. 그의 생활능력마저 빼앗게 될지도 모른다. 경찰 사태를 일으키는 것은 옳지 않다고 오구라는 판단했다.

시즈오카 운수에서 해고를 당해도 트럭 운전면허증을 가지고 있으니 일할 곳은 얼마든지 있을 것이다.

징계해고를 할지 말지는 오구라의 마음이지만 그렇게 하면 입맛이 씁쓸할 것 같았다. '경찰'이라는 단어가 나오자마자 부들부들 떨기 시작할 만큼 눈앞에 있는 남자는 소심했으며, 악당 같아 보이지는 않았다. 오구라는 이 남자가 안됐다는 생각이 들었다.

그가 26세에 아내와 자식이 있다는 사실도 알고 있었다.

"시즈오카 운수에서 계속 일할 생각은 있나?"

의외의 질문을 들은 그는 미심쩍은 표정을 지으면서 오구라를 쳐다보았다.

"좀 전에 변상하겠다고 했는데, 그럴 능력은 있나? 자네의 석 달치 봉급에 버금가는 금액인데……."

"있습니다."

"무리할 필요는 없어. 급료를 깎아서 갚는 건 어떻지? 원래 급료에서 1/3을 제하는 건 부담이 큰가? 그렇게 하면 1년 안에 변제할 수 있을 것 같은데 말이야."

"그렇게 해주시면 감사하겠습니다."

"그리고 시말서를 써줘야겠어. 내가 내린 처분이 무른 만큼, 정상참

작을 해주는 건 이번뿐이야. 또 이런 일이 있으면 절대 용서하지 않겠어. 집에 있는 아내와 자식을 생각해서라도 이런 짓을 두 번 다시 하지 말도록. 그리고 이 기회에 도박도 그만두도록 해."

"그러겠습니다."

그는 눈물을 흘리면서 말했다.

"당신이 다시 일어설 수 있기를 진심으로 빌지."

멋쩍은 기분을 느끼면서 그렇게 말한 오구라는 이 일을 노조위원장에게 보고해야겠다고 생각했다.

4

시즈오카 운수에 부임하고 1년 정도 지났을 즈음, 오구라에게 혼담이 들어왔다.

나루세가 지인의 딸과 맞선을 보지 않겠냐는 말을 꺼낸 것이다.

"간바라초蒲原町에서 시즈오카 시내에 차도와 꽃꽂이를 배우러 오는 아가씨가 있는데 한번 만나볼 생각은 없나. 나이는 자네보다 열 살 정도 어리지만 예쁘고 심성이 고운 아가씨라네."

"맞선을 보라는 건가요. 그러고 보니 아버지도 도쿄에 있을 적에 저보고 맞선을 보라고 했었죠."

오구라는 그다지 관심이 없는 듯한 목소리로 말했다.

"사장님도 자네를 걱정하고 있다네. 마음에 둔 여성은 없나?"

"아직 괜찮은 여자를 찾는 중입니다. 만약 결혼할 여자가 있었다면 아버지가 예전에 결혼을 시켰겠죠. 저도 이제 서른이고 계속 혼자 있을 수는 없겠지만, 제 아내 될 사람은 제가 정하고 싶습니다."

"좋아하는 사람은 있나?"

"아뇨."

"그럼 한번 만나라도 보지그러나. 이름은 모치즈키 레이코望月玲子라고 하네. 독실한 크리스천이지."

크리스천이라는 말을 들은 순간, 오구라는 호기심이 생겼다.

투병 중, 성서를 읽고 용기를 얻었던 것이 생각났기 때문이다.

"맞선이 아니라 가볍게 만나서 차 한잔 같이 마시는 정도라면 좋습니다."

그 말을 들은 나루세는 날을 골라, 오구라와 레이코를 시내의 한 호텔에서 만나게 했다.

"그럼 이만 실례하지. 다른 볼일이 있거든."

나루세는 두 사람을 서로에게 소개한 후, 자리에서 일어났다.

레이코는 반소매 흰색 블라우스와 검은색 치마를 입고 있었다. 오구라는 과도하게 꾸미지 않은 그녀의 모습이 마음에 들었다. 참고로 오구라는 여름 양복을 입었다.

가녀린 체구를 지닌 그녀에게서는 청초함과 고귀한 기품이 느껴졌다.

"크리스천이라고 들었습니다. 기독교신지요?"

"아뇨. 천주교예요."

"그렇군요. 저는 몇 년 전까지 폐결핵으로 병원에 입원해 있었습니다. 스트렙토마이신 덕택에 완치가 되기는 했지만 사는 게 힘들어서 자살을 생각한 적도 있었죠. 하지만 친구가 권해준 성서를 읽은 덕분에 죽음을 두려워하지 않게 되었습니다."

오구라는 시선을 내리깔면서 말했다. 레이코는 눈을 반짝이면서 오구라를 쳐다보았다.

"세례를 받을 생각은 없으신가요?"

"그 정도로 독실하지는 않아서요. 부모님께서도 크리스천이십니까?"

"예. 그래서 태어나고 얼마 지나지 않아서 세례를 받았다고 들었답니다."

"아버지는 매년 다카오 산에 신년 첫 참배를 가시는 분이니 크리스천을 반기지 않을지도 모르겠군요."

레이코는 미간을 살짝 찌푸린 후, 곧 미소를 지었다.

"그럼 오구라 씨도 크리스천인 저와 사귀실 수는 없으시겠군요."

"그렇지 않습니다. 아버지는 아버지, 저는 저니까요. 종교의 자유는 헌법으로도 보장되고 있죠. 그러니 설령 제가 크리스천이 되더라도 아버지에게는 뭐라 할 자격이 없다고 생각합니다."

반쯤 고개를 숙인 채 이야기를 하던 오구라는 고개를 들면서 단호한 어조로 말했다.

오구라는 처음 만난 레이코에게서 호의를 느꼈다.

몇 번 더 만나고 편지를 주고받는 사이, 자신의 반려자가 될 사람은 레이코밖에 없다고 생각했다. 레이코의 부모님을 직접 만나 그분들의 인품이 뛰어나다는 사실을 알고는 그런 생각이 더욱 강해졌다.

남은 문제는 야스오미에게서 허락을 받는 것뿐이다.

오구라는 도쿄에 출장을 갔을 때, 야스오미에게 자신의 결의를 밝혔다.

"결혼하고 싶은 여성이 시즈오카에 있습니다. 모치즈키 레이코라는 이름의 여성입니다. 한번 만나봐 주십시오."

"너, 바쁠 텐데 연애할 시간은 잘도 있었구나."

"맞선을 통해 만났습니다."

"누가 그 맞선을 주선했지?"

"나루세 씨입니다."

야스오미는 인상을 썼다.

"그 녀석, 쓸데없는 짓을 하기는. 나도 너랑 이어주려고 봐둔 여자가 몇 명 있다. 너는 도쿄 사람이니까 도쿄 여자가 좋을 것 같은데 말이야."

"이미 그녀와 결혼하기로 결심했습니다. 정식으로 프러포즈도 했고요. 이제 와서 다른 여성과 맞선을 볼 생각은 없습니다."

"이 아버지의 뜻을 무시하는 거냐?"

"미리 말씀을 드리지 않은 건 사과드리겠습니다. 하지만 이 일만은 절대 아버지의 뜻에 따를 수 없어요. 제 행복은 제가 직접 찾고 싶다고 전부터 생각했습니다."

"이 아버지 앞에서 잘난 척하는 거냐!"

야스오미는 분노를 터뜨렸다.

하지만 오구라는 물러서지 않았다.

"회사 업무에 관한 것이라면 사장인 아버지의 명령에 따르겠습니다. 하지만 결혼은 제가 정한 사람과 하고 싶습니다."

"내가 끝까지 반대한다면 어떻게 할 거냐?"

"아버지가 그 정도로 말이 안 통하는 사람이라고는 생각하지 않습니다. 일단 레이코, 그리고 레이코의 부모님과 한번 만나봐 주십시오."

야스오미에게 압도당한 오구라는 레이코가 크리스천이라는 사실을 말하지 못했다.

얼마 후, 야스오미가 시즈오카를 찾았다.

레이코와 만난 야스오미는 어쩔 수 없지, 하고 마음속으로 생각했다. 아들에게 배신당한 듯한 기분이 들지 않는 것은 아니지만, 오구라의 마음을 존중해줄 수밖에 없었다——.

야스오미는 귀경 직전, 나루세를 회의실로 불렀다.

"자네, 괜한 짓을 했더군."

"죄송합니다."

나루세는 오들오들 떨었다. 야스오미의 역린을 건드렸으니 목이 달아날지도 모른다고 진심으로 생각했다.

"자네에게 한마디 해주지 않으면 마음이 안 풀릴 것 같아서 말이야."

야스오미는 표정을 풀면서 말을 이었다.

"괘 괜찮은 여식이더군. 자네에게는 감사해야 할지도 모르겠는걸. 그러니 방금 내가 한 말을 잊어주게."

그 말을 들은 나루세는 진심으로 안도했다.

"어차피 결혼할 거라면 서두르는 편이 좋겠지. 식은 도쿄에서 올리는 게 좋겠군. 자네가 사실상의 중매인이니 마사오를 끝까지 도와주게."

“송구스럽습니다. 최선을 다하겠습니다.”

오구라는 1955년 가을에 레이코와 결혼했다.

오구라의 시즈오카 운수 시절의 추억 중에는 ‘사내신문’이 있었다. 그가 부임한 직후, 사내신문을 발행할 생각을 했던 것이다.

타자기로 작성한 글을 공판인쇄기로 인쇄해서 만든 조악한 신문이었지만, 처음에는 원고 및 편집을 혼자서 다했다.

그리고 신문 발행을 계속해 나가는 사이, 사기 고양과 사원 교육 및 계몽에 이 사내신문이 적게나마 도움이 되고 있다는 것을 실감할 수 있었다.

사내신문은 사원들에게 보내는 오구라의 메시지이기도 했기에 원고를 쓰면서 꽤 즐거웠다. 노조나 사원들에게 느낀 분노를 담아 원고를 작성한 적도 한두 번이 아니었다.

오구라는 이른 아침에 출근해 매일같이 잔업을 했고, 일요일 출근도 밥 먹듯이 했다. 시즈오카 운수 재직 시절, 오구라는 평생 중에 가장 많이 일하지 않았을까.

4년 7개월간의 휴직기간 동안 하지 않았던 일을 이때 다 했다고 생각하는 것도 무리는 아닐 것이다.

5

2년 3개월 만에 시즈오카 운수에서의 파견이 끝난 오구라는 1956년

9월 20일에 야마토 운수 본사 경리부로 배속되었다. 과장 대우였다.

경리부는 경리과, 서무과, 영선과營繕課로 구성되어 있었지만 오구라는 그중 한 곳의 과장이 아니었기 때문에 경리부 전체를 둘러볼 수 있었다. 어느 기업에서나 경리부는 돈의 흐름을 파악하고, 회사가 처한 상황 및 실적을 가장 잘 파악할 수 있는 부서였다.

당시의 야마토 운수는 자본금 8천만 엔, 연간 매상 약 14억 엔, 경상이익 약 5천만 엔, 종업원 수 약 1500명, 보유 차량 수 약 250대나 되는 규모까지 성장했다.

경리부 소속 과장으로 재직했던 기간은 석 달밖에 안 되지만 그 시간 동안 배운 것은 적지 않았다. 그 덕분에 야마토 운수의 재무체질이 약하다는 사실을 절실하게 깨달을 수 있었다.

1956년 말, 오구라는 야스오미에게 면회를 요청했다.

"경리부에서 많은 것을 배웠습니다. 재무체질을 강화하는 것이 야마토 운수가 당면한 과제라고 생각합니다. 그러기 위해서는 영업부문을 강화해야만 한다고 생각합니다."

"그건 네가 말 안 해도 안다."

야스오미는 굳은 목소리로 그렇게 말했다.

시즈오카 운수에서 돌아왔을 때도, 야스오미는 아들에게 '수고했다'라는 말 한마디 하지 않았다. 오구라는 야스오미에게 칭찬을 받고 싶은 것은 아니지만 자신이 시즈오카 운수에서 나름 성과를 보였다고 자부하고 있었기에 기분이 좋지만은 않았다.

"너는 시즈오카 운수에서 나쁘지 않은 실적을 보였지만, 경리부에서 배울 게 아직 많을 게야. 특히 자금조달 쪽을 좀 더 공부해줬으면 좋겠구나."

"저는 영업을 해보고 싶습니다."

"영업……."

"예. 영업만 할 수 있다면 어느 부서라도 상관없습니다."

"흐음."

야스오미는 팔짱을 끼면서 잠시 동안 생각에 잠겼다.

"그렇게 우리 회사의 영업이 걱정된다면 백화점 쪽을 맡겨주마. 연말 성수기가 끝난 후, 연초에 거래처에 인사를 하러 가면 되겠군."

1956년 12월 31일, 오구라는 백화점부의 차장으로 임명되었다.

미츠코시와의 거래는 1941년 8월 육운 통제령에 의해 정지되었지만 1949년 12월, 8년 만에 재개됐다. 미츠코시 별관 일부를 빌려 미츠코시 출장소를 개설하고, 사무원 한 명, 배달원 열 명을 배치하면서 새롭게 시작했으며, 백화점 배송업무는 순조롭게 늘어났다. 한편, 1954년 10월에는 다이마루大丸 백화점, 1956년 5월에는 한큐阪急 백화점이 도쿄에 진출했다. 소고 백화점이 도쿄에 진출한 것은 1957년 5월의 일이었다.

신주쿠, 이케부쿠로 등에 사설철도 계통의 터미널 데파트의 개설계획도 진행되었고, 각 백화점은 설비의 근대화와 무료 배달지역 확장에 힘을 실었다.

이런 정세 속에 야마토 운수의 백화점 배송 업무는 확장되었으며, 1953년 7월에 업무부 조직이 개정되면서 종래의 백화점계係가 백화점과課로 승격되었고, 업무부 제2부장이 '야마토편'을 통괄하게 되었다.

하지만 증가된 백화점 배송 업무량을 하나의 과에서 전부 처리하는 것이 불가능해지자, 1954년 9월에 조직개정 때 제2업무부에서 독립되어 백화점부를 설치하게 되었다. 이 부는 미츠코시과와 백화점과, 이렇게 두 개의 과로 이루어졌으며, 업무 제1부(전세 관련)와 업무 제2부(야마토편 관련)를 합병해 영업부가 되었다.

그리고 1956년 10월에는 배송관리업무를 개편하면서 미츠코시과와 백화점과를 폐지하고, 백화점부는 서무과와 업무과로 구성됐다.

백화점부가 독립된 1954년 9월말 시점에서 소속 종업원 수는 152명이었다.

야스오미가 오구라를 백화점부 차장으로 앉힌 것은 주력인 미츠코시가 아니라 다이마루나 이세탄伊勢丹 같은 다른 백화점도 담당하게 하고 싶었기 때문이다.

그에 따라 1957년 초, 오구라는 사장, 담당 임원과 함께 각 백화점에 인사를 하러 가게 되었다.

야스오미는 각 백화점의 담당 임원, 부장, 과장들에게 '차장인 오구라 마사오입니다. 막 이 부서에 와 모르는 점이 많으니 지도 편달 부탁드립니다' 하고 판에 박힌 것처럼 똑같은 인사말로 오구라를 소개했다.

"아드님이군요."

대부분의 사람들은 외모와 성을 통해 그 사실을 눈치채고는 그렇게 물었다.

"예, 그렇습니다."

야스오미는 약간 겸연쩍어 하면서 대답했다.

"오구라 씨는 멋진 후계자를 두셨군요. 정말 부럽습니다."

야스오미의 대답을 들은 이들 중에는 그런 식으로 말해주는 이들도 적지 않았다. 야스오미도 속으로는 기뻐하면서도 '제가 보기에는 아직 고생을 덜했습니다. 세상물정도 모르는 풋내기랍니다' 하고 말하면서 겸손해했다.

오구라는 1957년 10월에 부장대리로 승진했고, 1959년 9월까지 백화점부에서 일했다.

그동안, 백화점 부문의 배속종업원은 약 770명으로 늘었다. 5년 동안 인원이 다섯 배로 늘어난 것이다.

사용차량은 1954년 말에는 소형차 11대에 지나지 않았지만, 1959년 말에는 보통차량 15대, 소형차량 69대, 총 84대로 늘어났다.

1957년 10월 미츠코시 이케부쿠로 점의 개설에 맞춰 미츠코시 별관에 미츠코시 본부를 설치한 것은 미츠코시 관련 업무를 처리하는 출장소가 셋, 배송소가 열 곳으로 늘어난 것에 기인해서였다.

제6장 '쿠로네코' 삽화

1

1956년 8월 1일, 한 중년 남성이 야마토 운수에 입사했다. 1913년 4월 13일에 태어난 이 남자의 이름은 사이토 다케시斎藤武志다.

후쿠시마福島 현 소마相馬 군 출신인 사이토는 고향에 있는 구제 중학교를 나와 센다이에서 도안을 배웠다. 그리고 1935년 4월에 상경해, 간다의 서점에서 편집관련 일을 하며 전문학교에서 도안을 전공했다.

1938년 5월, 야마토 운수에 입사해 사내신문의 편집을 담당했고, 5년간 근무한 후, 1943년 5월에 소집영장이 나와 회사를 떠났다.

하지만 병역을 견뎌낼 정도의 체력이 없다는 것으로 판단된 그는 비행장 건설 등의 근로봉사 같은 후방임무에 배치되는 굴욕을 맛봐야만 했다.

전쟁이 끝난 후, 야마토 운수에 복직하지 않고 시바우라의 중앙 수산회사에 근무하면서 노동조합의 기관지를 만들다 좌익운동에 빠져들고 만다. 야마토 운수에 다니는 그의 친구가 '일본공산당의 기관지 『적기赤旗』의 편집자가 되는 것이 꿈이라고 말한 적이 있다'라고 한 것을 보면 한 때 공산당원이었을 가능성도 있었다.

1950년 9월, 폐결핵에 걸려 몇 년 동안 투병생활을 하게 되지만 기적적으로 회복되었다.

그 후, 14년 만에 야마토 운수에 복직한 것이다.

사이토는 1937년 즈음부터 사이토 사조齋藤砂上라는 아호로 일본 고유의 단시短詩인 하이쿠俳句를 짓기 시작했다. 그리고 야마토 운수에 입사한 1938년에는 시가를 다루는 잡지인 『쓰루鶴』에 작품을 발표했고, 『쓰루』를 주재主宰하던 이시다 하쿄石田波郷는 잡지에 사조에 대한 평을 아래와 같이 실었으니, 그의 실력은 범상치 않은 수준이었을 것이다.

> 사이토 사조 씨는 인상이 날카로운 사람이기에 하이쿠 또한 섬세하고 날카로울 것 같은 인상이나,
>
> 겨울 바다 위를 지나는 저것은 까마귀려나
> 펠리컨 낙조 위에 설 때 봄날도 저무는구나
>
> 겨울 바다 위를 까마귀가 날고, 펠리컨이 낙조 위에 서 있다, 즉 평상平常을 이상異常으로 느끼게 하는 표현력이 재미를 자아내고 있다. 사조의 감각기교가 발휘된 시는 매우 치밀한 신경이 작용해 만들어진 듯한 느낌이다. 하지만 신경이 가늘기만 하지는 않다는 듯이 본인의 하이쿠 성性을 통해 본인의 대범함을 드러내고 있다.

사이토가 야마토 운수에 재입사하게 된 경위는 이렇다.

1956년 7월 상순, 장마가 끝난 어느 날, 무카이시마 영업소장인 가모미쓰히데蒲生光秀를 찾은 남자가 있었다. 그가 바로 사이토 다케시였다.

노넥타이에 와이셔츠, 그리고 낡은 바지. 겨우 서 있는 것처럼 보일 만큼 기운이 없어 보이는 그의 모습은 한낮에 나타난 유령 같아 보였다.

안경 너머에 존재하는 깊게 팬 눈만이 인상 좋은 웃음기를 머금고 있었다.

"안녕하십니까. 오래간만입니다."

"오, 사이토 군이잖아."

가모는 사이토에게 의자를 권한 후 여사원에게 차를 가져오라고 지시했지만, 마침 점심시간이었기에 사원들에게 도시락을 배급한 후, 사이토와 함께 근처 국수가게로 향했다.

사이토는 튀김 메밀국수를 먹으면서 야마토 운수에 재취직을 할 수 있는지 예전 선배 사원에게 물었다.

"아내가 부업을 하는 덕분에 입에 풀칠은 하고 있지만 저도 건강이 회복됐으니 다시 일을 시작할까 합니다."

"나카노 전무님에게 이야기해두지. 자네는 회사에서 잘린 게 아니니까 말이야. 다른 사원들은 다 복직했는데 자네만 오지 않아서 좀 이상하게 생각했었네."

"항만노동자조합에서 열병에 걸린 것처럼 좌익운동을 했었습니다. 지금 생각해보면 젊은 날의 치기였어요."

"그 점은 덮어두도록 하지. 참, 혹시 사내신문 쪽 일을 맡게 된다면 해보겠나?"

"물론이죠. 그쪽 일이라면 자신 있습니다."

"하이쿠는 계속하고 있나?"

"예. 뭐……."

"자네는 이시다 하쿄 선생님, 이시즈카 도모지石塚友二 선생님이 자랑하던 문하생이었지. 자네가 복직하게 되면 우리 회사의 하이쿠부部의 리더가 되어줬으면 좋겠네만……."

가모는 생각에 잠긴 얼굴로 국수를 먹었다.

"오구라 사장님도 하이쿠를 좋아하시니 쉽게 허가해주실지도 모르겠군. 내가 자네의 보증인이 되겠네. 일단 부딪쳐보도록 하세."

"잘 부탁드립니다."

젓가락을 놓은 사이토는 양손을 무릎 위에 올려놓은 후, 고개를 깊이 숙였다.

가모의 이야기를 들은 나카노는 잠시 동안 천장을 바라보며 고민했다. 그리고 결심을 한듯한 표정으로 가모를 쳐다보았다.

"일단 사장님에게 이야기해보지. 하지만 사이토 군은 술이 들어가면 딴사람이 된 것처럼 성격이 변하지 않나. 그런 사람의 보증인이 되는 건 웬만한 각오 없이는 무리일 것 같은데 말이야."

"이미 각오했습니다. 하이쿠에 재능이 있을 뿐만 아니라 도안 쪽 센스도 뛰어나 광고지 편집에 큰 도움이 될 인재이니 회사에 있어서 큰 플러스가 될 거라고 생각합니다."

"나도 그렇게 생각하네. 사장님께서 안 된다고 하신다면 무리겠지만 말이야."

"정사원으로 재입사하는 것이 어렵다면 촉탁 형식으로 잠시 동안 데리고 있어보는 것도 괜찮은 방법이라 생각합니다만……."

"음. 나와 생각이 같군. 동감일세. 하지만 촉탁은 사원이 아니라 급료가 적지. 가능하면 사원으로 삼고 싶은걸. 생활이 힘들다니까 말이야."

"예. 자식이 둘 있다고 합니다. 하나는 초등학교 2학년인 남자아이, 다른 하나는 다섯 살 된 여자아이라고 들었습니다."

"노조에 나쁜 영향을 끼치지는 않겠지?"

"걱정하실 필요 없습니다. 본인도 젊은 날의 치기라고 했으니까요."

사이토는 국립 기요세清瀨 병원에 입원 중이었던 1952년, 이런 시를 지었다.

> 노동절을 다섯 번째 간호사와 보내는구나
> 새로 온 환자 장마에 젖은 노동복을 벗는다
> 타들어가는 해바라기, 미군 비행기는 늘어만 가네

본인이 처한 상황 때문일까, 그가 입원 중에 지은 시 중에는 좌익적 사상의 작품을 많았다.

야스오미는 그런 사실을 몰랐기에, 사이토의 재입사를 쾌히 승낙했다.

"그 남자라면 기억하네. 멋진 시를 짓던 친구였지. 가모에게 첫 아이가 생겼을 때 '국화꽃 필 무렵 한 남자가 아버지가 되도다'라는 시를 지어줬었지?"

"기억하시는군요. 그러고 보니 사장님도 하이쿠를 좋아하셨죠."

"좋아만 하지 재능은 없어서 말이야. 남에게 보여줄 게 못 돼."

"그렇지 않습니다."

나카노는 야스오미가 지었던 시를 떠올려보려고 머리를 쥐어짰지만 생각나는 것이 없었다.

"1943년 말이었나? 이시다 하쿄가 군에 들어갔을 때 지은 시도 기억하네. '멀고 가까운 때까치와 스승이 떠나가도다'였던가. 『쓰루』에 실린 걸 봤지."

"그러셨군요."

"사내신문의 편집을 맡기면 좋겠군. 사이토에게 편집과 도안을 담당하게 하면 사내신문의 수준이 올라갈 게야."

"알았습니다. 가모를 통해 본인에게 그렇게 전달하겠습니다. 그도 정말 기뻐할 겁니다."

2

사이토가 재입사한 다음 해 3월, 미국 최대 트럭회사인 얼라인드 밴 라인즈 사社의 제임스 커민스가 일본에 왔다.

야스오미는 하네다 공항에 나가 커민스 부부를 마중했다. 이때, 카메라를 목에 걸고 취재를 나온 사람이 바로 사이토였다.

커민스의 일본 방문 목적은 야마토 운수와 업무제휴 계약을 조인하기 위해서였다. 야마토 운수는 일본 주둔군인 및 군 관계자의 가재도구 포장 운송 및 선적船積 사업에 있어 얼라인드 밴 라인즈 사와 업무 제휴를 하기로 한 것이다.

이 업무제휴는 야마토 운수에게 생각지도 못한 부산물을 안겨주었다.

얼아인드 밴 라인즈 사의 캐치프레이즈는 'careful handling'이며, 부모 고양이가 새끼 고양이를 입에 문 도안을 마스코트 마크로 삼았다.

부모 고양이가 새끼 고양이를 입에 물고 옮기듯 조심스러우면서도 신중하게 운송을 한다, 즉 짐을 소중히 다룬다는 의미가 담긴 이 캐치프레이즈와 마스코트 마크가 야스오미는 매우 마음에 들었다.

"운수업자의 마음가짐을 이렇게 멋지고 적절하게 표현한 마크는 지금까지 본 적이 없습니다. 정말 감동했습니다. 이 마크를 야마토 운수에서 채용해도 괜찮겠습니까?"

"물론입니다. 얼마든지 사용하시죠. 저희와 완벽하게 똑같은 마크를 사용할 생각입니까?"

"아뇨. 어디까지나 참고만 할 생각입니다. 야마토 운수만의 느낌이 나도록 디자인을 바꿀 겁니다."

"그렇군요. 그럼 고양이 마크를 사용하시는 것은 제가 승인하겠습니다."

물론 통역을 통해 나눈 대화지만, 야스오미는 커민스에게 허락을 얻은 후, 바로 고양이 마크 디자인을 나카노 전무와 총무부장을 경유해 사이토에게 지시했다.

얼라인드 밴 라인즈 사의 고양이 마크는 사실성이 너무 강했다. 좀 더 상냥한 느낌을 살려야만 한다——.

사이토는 그렇게 생각하면서 몇 번이나 스케치를 했지만 뜻대로 되지 않았다.

뭐든 한번 시작하면 지나치게 열중하는 편인 사이토는 진짜 고양이를 관찰하기 위해 고양이를 기르는 회사 동료의 집에 찾아가기도 했다.

하지만 아무리 많은 고양이를 봐도 아이디어가 떠오르지 않았다.

결국 그는 아들인 다카시隆志에게 '아들아. 고양이 그림을 한번 그려보지 않겠니? 아주 귀여운 고양이 그림을 아버지에게 보여주렴' 하고 부탁했다.

아버지의 피를 이어받아 예술에 재능이 있는 걸까, 다카시는 겨우 10분 만에 스케치북에 고양이를 그렸다. 그것도 세 마리나 말이다. 연필로 그린 고양이는 귀가 극단적으로 컸다. 얼굴도 몸통의 세 배는 됐다.

'이거다!'

사이토의 머릿속에서 번개가 쳤다.

며칠 동안 디자인 과정을 거치면서 형태가 약간 변하기는 했지만, 오리지널은 바로 다카시의 그림이었다.

사이토는 회사 동료들에게 다카시가 그린 고양이 그림을 보여주면서 말했다.

"아들이 좋은 힌트를 줬답니다. 하지만 수염이 조금 거슬리는군요. 수염만 지우면 괜찮을 것 같습니다."

사이토는 고양이 마크 디자인에 열중한 상태에서도 사내신문 '야마토 뉴스'의 편집도 해야만 했다. 결국 일이 쌓이고 쌓인 그는 짜증이 난 나머지 술로 도피하고는 했다.

돈이 다 떨어져 회사의 고급 카메라를 전당포에 맡긴 적은 몇 번이나 있었지만, 처음으로 그런 짓을 한 것은 바로 이 고양이 마크를 디자인할 때였다.

이때는 월급날이 얼마 남지 않았기에 '집에 두고 왔다'라고 둘러댔다.

쿠로네코 마크가 완성된 것은 6월 장마 기간이었다.

사이토는 마크가 완성되자마자 무카이시마 영업소를 향해 뛰어갔다.

궁지에 처한 자신을 구해준 은인인 가모에게 자신이 디자인한 고양이 마크를 보여주고 싶었기 때문이다.

가모가 보증인이 되어주지 않았다면 아무리 사원들을 아끼는 야스오미라도 자신을 받아주지 않았을 거라고 사이토는 생각했다.

"멋지군! 완벽해!"

가모의 미소를 본 사이토는 가슴 깊은 곳이 뜨거워졌다.

"겨우 석달 만에 정말 멋진 마크를 디자인했군. 꼬투리를 잡을 부분이 없어."

"가모 씨에게 칭찬을 받으니 진심으로 기쁘군요."

"마크 완성을 축하하며 오늘 저녁에 한잔하지."

"감사합니다."

"하지만 1차만일세."

가모의 말을 들은 사이토는 겸연쩍은 표정을 지으면서 목 언저리를 매만졌다.

"백화점부 부장에게도 보여주고 의견을 들어보지. 그 사람은 감성이 뛰어난 사람이니 분명 칭찬해줄 거라고 생각하네."

가모의 의견을 들은 사이토는 백화점 부장대리인 오구라 마사오를 만났다. 오구라와는 복직 후 인사를 나눴고, 회사에서도 몇 번 마주친 적이 있었다.

하지만 친한 사이는 아니었다. 도쿄대학 출신의 수재라는 말을 들어서인지 다가가기가 힘들었다. 게다가 오구라는 타인이 다가오는 것을 막는 듯한 분위기를 지닌 것처럼 보였다.

사이토는 오구라보다 열 살 정도 많았지만 회사에서의 직책은 오구라가 위였다.

자신은 스페셜리스트이며 예술가이니, 백화점 부장보다도 내가 더 잘났다——.

그렇게 생각하니 마음이 조금 편해졌다.

사이토는 백화점부에 있는 오구라의 책상 앞에 서서 가볍게 고개를 숙였다.

"가모 씨에게서 부장님의 의견을 들어보라는 말을 듣고 찾아왔습니다."

오구라는 사이토가 왜 자신을 찾아온 것인지 이유를 몰랐기에 고개를 갸웃거렸다.

"'야마토 뉴스'에서 무슨 일로……."

"아, 취재를 하러 온 것은 아닙니다. 예의 고양이 마크가 일단 완성되었기에 부장님께서 한번 봐주셨으면 해서요."

사이토는 스케치북을 책상 위에 펼쳤다.

오구라는 스케치북에 그려진 고양이 마크를 뚫어져라 쳐다보았다.

오구라가 좀처럼 고양이 마크에서 눈을 떼지 못하자, 사이토는 약간 걱정이 되었다.

"불합격입니까?"

"무슨 소리를 하는 겁니까. 흠잡을 곳이 없다고 생각합니다. 이 그림을 보면 사장님도 기뻐하실 겁니다."

오구라가 미소를 짓자, 사이토도 표정이 밝아졌다.

"사이토 씨도 결핵으로 오랫동안 투병생활을 하셨다면서요?"

"예. 혹시 부장님도……."

"그렇습니다. 그때 한 번 잃은 목숨이라고 생각해서 그런지 웬만한 일로는 동요하지 않게 되었습니다."

"저도 마찬가지입니다. 뻔뻔해졌다고나 할까요."

"동병상련과는 좀 다르지만, 전우라고 할 수 있겠군요. 각자 맡은 자리에서 최선을 다합시다."

키가 큰 오구라가 자리에서 일어나자, 몸집이 작은 편인 사이토는 그를 올려다봐야 했다.

"정말 멋진 마크를 완성해주셔서 감사합니다."

오구라가 고개를 숙이자, 사이토는 하늘을 나는 듯한 기분을 맛봤다.

나카노에게 들은 바에 따르면, 쿠로네코 마크를 본 야스오미는 뛸 듯이 기뻐했다고 한다.

"사이토 녀석, 언젠가 한 건 할 녀석이라고 생각했지만 재입사 1년차에 이런 엄청난 일을 해낼 줄이야. 만루 홈런을 날린 거나 마찬가지군. 이 마크는 야마토 운수의 상징으로서 영원히 빛날 게야. 임원회의에서는 자네가 보고해주게. 디자인 등록도 서두르는 편이 좋겠군. 사이토를 불러주겠나?"

"예. 지금 바로 부를까요?"

"그래주게."

나카노는 사장집무실을 나와 자신의 사무실로 돌아간 후, 비서에게 사이토를 불러오라고 말했다.

점심 시각이 되려면 아직 30분이나 남았지만, 사이토는 사장실에 나타나지 않았다.

기분이 언짢아진 야스오미는 총무부에 사람을 보냈지만 사이토는 자리에 없었다.

"아무래도 취재를 하러 간 것 같아요."

사이토와 가까운 자리를 쓰는 여사원도 사이토의 행방을 몰랐다.

사이토는 본사 빌딩 근처에 있는 메밀국수집에서 혼자 자축을 하고 있었다.

사이토는 오후 한 시가 넘어서야 얼굴이 벌겋게 된 채 자리로 돌아왔다. 사이토는 한번 술을 마시기 시작하면 끝도 없이 마셔대는 데다 술버릇도 고약한 편이다. 하지만 오늘은 혼자인 데다 주머니 사정도 좋지 않았기에 맥주 한 병만 마셨다.

오늘 밤에 가모와 한잔하기로 한 약속을 잊지 않은 덕분일지도 모른다.

사장님이 찾는다는 말을 들은 순간, 사이토의 새빨간 얼굴은 시퍼렇게 질렸다. 땀도 쉴 새 없이 흘려댔다.

오후에 취재를 가야 해서 점심을 일찍 먹었다, 같은 변명을 할 수는 있지만 술 냄새는 어찌할 수가 없었다.

사이토는 화장실에서 세수를 한 후, 사장실로 향했다.

이날, 야스오미는 점심 약속이 없었기 때문에 사이토와 같이 식사를 할 생각이었지만, 그가 자리에 없어서 메밀국수를 시켜 점심을 해결하고 있었다.

"이제야 나타났군."

야스오미는 빙긋 웃으면서 사이토를 맞이한 후, 그에게 소파를 권했다.

사이토는 사장실의 소파에 처음 앉아봤다. 1년 전, 복직 인사를 하러 왔을 때는 서서 이야기를 나눴다.

"실례하겠습니다."

사이토는 소파에 깊이 눌러 앉았다. 가능한 한 야스오미와 거리를 두고 싶어서 그랬을 뿐이다. 몸집이 작은 편이어서 그렇게 앉자 소파에 묻힌 것만 같았다. 너무 긴장한 나머지 몸이 부들부들 떨렸다. 이럴 줄 알았으면 술을 두세 잔 정도 더 마시고 올 걸 그랬다는 생각마저 들었다――.

"검은 고양이 마크, 잘 봤네. 멋지더군. 아무리 칭찬해도 부족할 정도야."

사이토는 고개를 깊이 숙였다.

"그런데 캐치프레이즈 쪽은 뭐가 좋을 것 같나? 자네라면 'careful handling'을 뭐라고 번역하겠나."

사이토는 눈을 반짝였다.

방금 전에 술을 마시면서 그 생각을 계속했던 것이다.

"'맡기면 안심' 정도가 어떨는지요. careful handling을 그렇게 의역할 수도 있다고 생각합니다."

"흐음. '맡기면 안심'이라."

표정이 굳은 야스오미는 테이블에 손가락으로 '맡기면 안심'이라고 두 번 적어본 후 팔짱을 꼈다.

"검은 고양이 마크와 '맡기면 안심'의 조합인가. 나쁘지 않군. 좋아. 그걸로 가지."

사이토는 또 고개를 푹 숙였다.

"자네에게 포상을 주지. 이 날씨에 그 양복은 좀 더워 보이는걸. 여름용 양복을 하나 맞추게. 아, 다른 사람들에게는 비밀이네."

야스오미는 들고 있던 흰색 봉투를 테이블 위에 내려놓았다.

"사, 사양하겠습니다. 저는 주어진 일을 했을 뿐입니다."

"쓸데없는 소리 하지 말고 빨리 받게."

야스오미는 화를 내듯 그렇게 말한 후, 소파에서 일어났다.

사이토는 차렷 자세로 선 채, 야스오미가 자신 쪽을 바라보길 기다렸다.

"감사합니다."

사이토가 허리를 굽히면서 인사를 하자, 야스오미는 가볍게 오른손을 들면서 말했다.

"다시 한 번 말하지만 다른 사람들에게는 비밀일세."

사장실에서 나온 사이토가 화장실에서 봉투를 열어보니, 그 안에는 천 엔짜리 지폐가 서른 장이나 들어 있었다.

1957년 6월 당시, 1만 엔 지폐는 아직 없었다. 1만 엔 지폐가 발행된 것은 1958년 12월 1일부터였다.

당시의 3만 엔이라는 돈은 사이토의 월급보다도 훨씬 많은 돈이었다.

여담이지만, 야스오미가 얼마나 남들을 잘 챙겨주는 사람인지 알 수 있는 에피소드를 하나 더 거론할까 한다.

1957년 3월 초, 야스오미는 옛날부터 긴자에서 술집을 운영해온 지인의 소개로, 선술집 개업자금 조달로 힘들어 하던 스즈키 마사조鈴木真砂女에게 50만 엔 정도 자금을 융통해줬다.

1906년생인 마사조는 당시 50세였다. 구보타 만타로久保田 万太郎에게 가르침을 받은 그는 하이쿠 시인으로 활동해왔지만, 생계유지를 위해 긴자 1초메에 선술집 '우나미卯波'를 열게 되었다. 여덟 평 정도 되는 작은 가게지만 개점자금 200만 엔을 작가인 니와 후미오丹羽文雄와 함께 무이자, 무기한으로 빌려준 것이다.

대학을 나온 회사원의 첫 임금이 1만 몇 천엔 정도인 시대에 50만 엔은 적지 않은 금액이다. 그런데도 야스오미는 주저 없이 돈을 빌려주겠다고 나섰다.

1989년 5월 20일 아사히 신문(석간)의 '사람 오늘내일' 란에 '긴자에서 산다', '하이쿠 동료들, 출판 축하'라는 제목으로 아래와 같은 기사가 실렸다.

> 긴자에서 술집을 연 하이쿠 시인 스즈키 마사조 씨(82)가 쓴 자서전 『긴자에서 산다』의 출판기념회가 19일 밤 도쿄 상공회의소에서 열렸다. 하이쿠 동료들과 가게 손님을 비롯해 150여 명의 사람들이 출판을 축하하러 모였다.
>
> 찾아와준 지인들에게 일일이 인사를 건네느라 인사가 길어지고 있는 마사조 씨에게 '인사가 너무 길면 요리의 신선도가 떨어진다'라고 말한 '쿠로네코' 야마토 운수 사장 오구라 마사오 씨(64)가 건배를 제안했다. 오구라 씨의 아버지는 마사조 씨가 긴자에서 가게를 막 열었을 때의 스폰서이며, "아버지는 10년 전에 돌아가셨지만 어제 내 꿈에 나오셨습니다. '마사조의 책을 보냈는데 도착했나'라고 묻자 '택급편으로 도착했다'라고 말씀하셨죠" 하고 말해 웃음을 자아냈다.
>
> 작가 니와 후미오 씨에게서도 '나이를 먹으면 먹을수록 싱싱해지는 마사조에게 건배'라는 내용의 축전이 도착했다.

3

그날 밤, 가모는 간다의 꼬치구이집에서 사이토에게 술을 대접했다.

가모는 대범한 성격에 걸맞게 몸집도 컸고, 부하들을 잘 돌보기로 유명했다. 그래서 가모 밑에서 일을 한 사람은 누구나 그를 따랐다.

맥주로 건배를 한 후, 가모가 물었다.

"백화점부 부장은 만나봤나?"

"예. 사귀기 힘든 사람인 줄 알았는데 만나보니 그렇지도 않더군요. 안심했습니다."

"자네와 마찬가지로 폐결핵에 걸려 오랫동안 입원했었고, 시즈오카 운수에서 고생하면서 인간적으로 성장한 것이 아니겠나. 우리, 아니, 우리보다 더 젊은 세대는 그런 후계자를 둔 야마토 운수에 들어온 걸 행운이라고 생각할 거야. 후계자가 못나서 회사를 말아먹는 경우가 많으니까 말이야. 사장님이 마사오 씨를 시즈오카 운수에 보냈을 때도 사원들은 다들 경악을 금치 못했지. 마사오 씨도 사장님을 꽤 원망했을지도 몰라. 하지만 나는 그런 역경을 견뎌낸 마사오 씨에게도 놀랐지만, 아들을 그렇게 혹독하게 대하신 사장님도 정말 멋진 분이라고 생각한다네. 사장님은 인정이 많고 사원들에게 상냥하지만, 마사오 씨에게는 항상 엄격하지. 시즈오카 운수로 보내졌을 때, 마사오 씨는 아버지에게 미움받고 있다고 생각했을지도 모르네. 본사에서 파견된 사람들에게 들은 이야기로는 믿기지 않을 만큼 사원들의 질이 나빴다더군."

인정이 많다는 말을 들은 사이토는 입 다물고 있을 수 없었다.

"실은 오늘 사장님을 뵈었습니다. 나카노 전무님이 고양이 마크를 사장님에게 보고하신 것 같더군요."

"그랬군. 사장님도 정말 기뻐하셨겠지."

두 사람은 양복 상의를 벗고 와이셔츠 차림으로 카운터 자리에 앉아 있었다.

"예. 비밀이라면서 포상도 주셨습니다. 그것도 3만 엔이나요. 여름 양복이라도 하나 맞추라고 하셨습니다."

"잘됐군. 축하하네."

가모가 잔을 눈높이까지 들자, 사이토도 잔을 들었다. 두 사람은 잔을 살짝 부딪친 후, 술을 단숨에 들이켰다.

다 구겨진 양복 상의를 무릎 위에 올려놓고 한시도 몸에서 떼지 않는 이유를 안 가모는 미소를 지었다. 가모의 양복은 의자에 걸쳐둔 상태였다.

사이토는 양복 안쪽 호주머니에서 흰색 봉투를 꺼내 안에 들어있는 천 엔짜리 지폐 다발을 셌다. 그리고 그중 열 장을 뽑아 가모의 무릎 위에 올려놓았다.

"이 기회에 가모 씨에게 진 빚을 갚을까 합니다. 받아주십시오."

가모는 고개와 손을 내저었다.

"그건 자네에게 주는 입사 선물이라고 생각해줬으면 좋겠네."

사이토의 재입사가 결정됐을 때, 가모는 그에게 5천 엔을 빌려줬다. 그 후에도 2, 3천 엔씩 두세 번 돈을 빌린 적이 있었다.

"출세한 후에 갚게나. 주머니 사정에 여유가 생겼을 때 말이야. 딱히 재촉하지 않겠네."

가모는 싫은 기색 한 번 내비치지 않으면서 가능한 한 사이토의 부탁을 들어줬다.

"하지만 빌린 돈을 갚는 것은 당연한 일입니다. 야마토 운수에 입사할 수 있었던 것도, 가모 씨 덕분이지 않습니까. 그러니 이 돈의 진짜 임자는 가모 씨나 다름없어요."

"농담하지 말게. 좀 전에도 말했지만 그 5천 엔은 입사 선물이었으니 5천 엔만 받지. 그러면 자네도 마음이 덜 무겁겠지."

가모는 천 엔 지폐 다섯 장을 바지 주머니에 넣은 후, 남은 돈을 사이토의 와이셔츠 호주머니에 넣어줬다.

"여름 양복을 꼭 맞추게. 그리고 아내와 아이들에게 뭐라도 하나 사다주는 게 어떻겠나."

술이 들어가자 사이토는 수다쟁이가 되었다.

"고양이 마크는 초등학교 2학년짜리 애도 그릴 수 있는 거예요. 그러니 반은 다카시가 고안한 거나 다름없죠."

가모는 그때 처음으로 다카시의 그림이 힌트가 되었다는 사실을 알았다.

사이토는 양복 호주머니에서 수첩을 꺼내 만년필로 다카시가 그린 고양이 그림을 정확하게 재현했다.

역시 프로다, 하고 마음속으로 생각한 가모는 혀를 내둘렀다.

"얼라인드 밴 라인즈 사의 고양이 마크는 진짜 고양이죠. 그건 마스코트 마크라고 할 수 없어요."

"하지만 오리지널인 건 분명하지. 그건 그렇고, 그 짧은 시간 안에 정말 멋진 디자인을 완성했군."

"이런 거에 석 달이나 걸린 것 자체가 말도 안 됩니다. 사이토 사조의 이름이 울 거예요."

"하이쿠 짓는 것처럼 쉽게 풀리지는 않았나보군."

"얼라인드의 고양이가 머릿속에 너무 각인되어서 발상의 전환을 하지 못했습니다. 처음부터 만화 같은 느낌으로 그릴 생각이었으면 간단했을 텐데 말이죠. 그러지 못해 아들에게 도움을 받고 말았군요."

맥주가 일본주로 바뀌었다. 사이토는 술에 취하기 시작하면 안주를 잘 먹지 않았다.

"안주도 좀 먹는 게 어떤가. 두부가 참 맛있군. 이 꼬치도 식기 전에 맛 좀 보게."

가모가 걱정했던 대로, 사이토는 2차를 가자는 소리를 꺼냈다.

"오늘은 군자금이 넘치게 있으니까 걱정 마세요."

"그럴 수야 없지. 오늘은 아내와 다카시 군에게 사장님에게 포상을 받았다는 걸 보고해야 하지 않겠나. 처음부터 1차만 하기로 했었고 말이야."

"그렇게 집에 가고 싶으면 먼저 가세요. 저는 아직 술을 덜 마셨다고요. 그리고 술 먹자고 한 사람이 먼저 가버리는 건 너무하잖아요."

"정말 술버릇이 고약하군. 이건 죽을 때까지 고치지 못하겠지."

가모는 들으라는 듯이 말했지만, 사이토는 못 들은 척했다.

가모는 어쩔 수 없이 구름다리 아래에 있는 값싼 바로 사이토를 데리고 갔다. 그 가게에는 손님이 없었다. 괴물을 연상케 할 만큼 두꺼운 화장을 한 여자 셋이 담배를 피우며 노닥거리고 있었다.

세 사람은 동시에 재떨이에 담배를 눌러 끄더니 두 사람을 둘러쌌다.

가모가 이 가게에 온 것은 세 번째이고, 술도 일전에 마시던 걸 키프해뒀다.

여자들이 맥주를 사달라고 조르자, 가모는 미소를 지으면서 고개를 끄덕였다.

가모와 사이토는 여자에게 관심이 많은 편이 아니었다. 그녀들 중에서는 자신의 가슴을 두 사람의 몸에 비벼대는 여자도 있었지만, 두 사람이 관심을 가질 만큼 미인은 아니었다. 사이토와 가모가 어려운 이야기를 나누기 시작하자, 그녀들은 자기들끼리 멋대로 이야기꽃을 피웠다.

"요즘 들어 사조의 하이쿠를 보지 못했군. 좀 아쉬운걸. 고양이 마크 때문에 하이쿠를 쓸 시간이 없었다는 건 알지만, 사조는 우리 회사 하이쿠부의 에이스 격이니 모임에 얼굴을 내밀어주게."

"『쓰루』의 이시즈카 선생님도 하이쿠를 쓰라고 몇 번이나 말씀하셨지만 도저히 안 써져서 말이죠."

"『쓰루』는 1류 하이쿠지誌 아닌가. 자네는 『쓰루』의 동인 중에서도 손꼽히는 인물이자 우리의 자랑일세. 우리 하이쿠부에서 활동하면서 감을 되찾은 후, 다시 『쓰루』에 작품을 발표해줬으면 좋겠군."

"하쿄 선생님, 이시즈카 선생님의 수준에 도달하고 싶기는 하지만 역시 그 두 분은 저와 차원이 다른 것 같더군요."

"사조답지 않군. 실은 이미 그 수준에 도달했다고 생각하고 있는 것 아닌가?"

가모가 농담 삼아 한 말을 들은 사이토는 꽤 기분이 좋아졌다. 아니, 어쩌면 이미 스승들을 능가했다고 생각하는 것일지도 모른다.

"저는 유물사관唯物史觀이라 두 분과는 관점이 다르지만요."

가모는 또 술을 마시러 가자는 사이토를 말리느라 고생했다.

사이토는 당시 닛포리日暮里에 있는 아파트에서 살고 있었다.

가모는 사이토를 간다 역에서 떼어내려 했지만, 사이토는 가모의 팔을 꼭 잡고 놓지 않았다.

집에 가기 위해서는 중앙선 전철을 타야 하는 가모는 사이토를 떨쳐내고 전철에 타려 했지만, 사이토도 끈질기게 따라왔다.

"정말 어쩔 수 없는 녀석이군."

가모와 사이토는 다음 역인 오차노미즈御茶ノ水에서 내렸다. 가모는 걸음이 흐트러지지 않았지만, 사이토는 휘청거리고 있었다. 어떻게 할지 고민하던 가모는 역 개찰구에서 나와 사이토와 어깨동무를 한 채 히지리바시聖橋를 향해 걸었다.

바로 그때, 사이토가 어깨동무를 풀었다. 화장실이 급한 것 같았다.

그는 서둘러 바지에 달린 지퍼를 내렸다.

"볼일 좀 보고 가죠."

"이런 데서 그러면 안 돼."

가모가 말리는데도 불구하고 사이토는 히지리바시의 난간에 올라갔다.

몸집이 작은 사이토를 가모가 등 뒤에서 잡아주는 것은 어려운 일이 아니었지만, 방뇨를 돕게 될 줄은 꿈에도 몰랐다. 게다가 쳐다보는 사람들도 있어서 부끄럽기 그지없었다.

기모의 마음을 모르는 사이토가 기분 좋은 듯이 간다 강을 향해 싸갈긴 소변은 포물선을 그리면서 날아갔다.

"아아, 개운하다. 유쾌, 유쾌."

"뭐가, 개운하다는 거야! 이 바보 같은 녀석아!"

"가모 씨도 안 할래요?"

"헛소리하지 마."

가모는 사이토를 닛포리에 있는 아파트에 데려다주기 위해 택시를 잡아야만 했다.

사이토는 여름용 양복을 맞춘 것 같지 않았다. 전부 술값으로 써버린 것 같았다.

1962년 1월에 가모가 하이쿠집集 『역토礫土』를 출판했을 때, 사이토는 '야마토 하이쿠' 2월호에 아래와 같은 글을 실었다.

> 가모 미쓰히데 씨의 하이쿠는 트럭에 비유하자면 대형트럭이다. 7톤이나 8톤, 10톤 되는 트럭 말이다. 소형트럭이 아니기 때문에 좁은 길을 다니거나 쉽게 방향 전환은 할 수 없지만, 그 대신 웬만한 충격에는 꿈쩍도 하지 않는다.
>
> 그런 안정감은 하이쿠를 쓰는 데 있어 커다란 장점 중 하나라고 생각한다.
>
> 그리고 그는 잔재주 같은 것과도 거리가 멀다. 체중이 110킬로그램 이상 되어 보이는 그의 글러브 같은 손에 달린 손가락

은 그런 표현과는 거리가 멀어도 한참 멀었다.(중략)

아이의 무릎에 놓인 약간의 술과 꽃조개

맛있어 보이나? '약간의 술'은 술을 마시지 못한다거나 금주를 나타내는 말이 아니다.

술도 마음대로 못 먹는 시대지만, 적은 술 또한 맛있게 마실 수 있다는 것을 작가는 알고 있다.

또한 이 구절에서는 '아이'라는 표현이 나오지만 아내, 혹은 조모, 부모 등의 육친들이 나오는 구절이 있다.

한 구절 한 구절을 넘어 하이쿠집 전체에서 느낀 감상이지만 '역토'라는 명칭에 어울리지 않게 맛있음, 뜨거움, 따듯함 같은 것이 피부를 통해 묵직하게 느껴진다.

봄의 거친 바람 속에서 헤엄치는 여자의 밤
가난을 분노로 느끼는 내 곁에는 매실뿐
소나기와 오백나한은 그저 돌무더기에 불과할 뿐이구나

책의 말미에 있는 이 세 구절. 색감은 각양각색이나 하이쿠 작법과 인간에 속한 호흡과 활달함을 느낄 수 있다. 역시 가볍지 않다.

하이쿠를 꾸준히 써오지 않더라도, 20년이라는 세월은 그 세

월의 무게만으로도 사람에게 끼치는 바가 있는 것일까.

맛있고 뜨겁고 무거운 하이쿠를, 앞으로도 많이 써주길 바란다. 끝

사이토에게 있어 가모는 일생의 은인이다. 그리고 그런 두 사람의 우정이 느껴지는 문장이다.

4

술이 들어가지 않았을 때의 사이토는 조용하고 따뜻한 남자다.

후배인 이세 고지(아호 반요코), 다시마 스스무田島進(아호 스스무)에게 하이쿠를 가르친 사람도 사이토 사조였다.

평소 후배들에게 상냥하지만 술이 들어가면 나쁜 버릇이 나왔기 때문에 후배들에게 많은 폐를 끼쳤다고 한다.

가족, 특히 아내인 후미코富美子의 고생은 이루 말할 수도 없었다.

월급봉투를 온전히 받아본 적은 단 한 번도 없었다. 반 정도 들어있으면 다행이었으며, 월급날에 사이토가 술을 너무 마셔 집에 들어오지 않은 적도 있었다.

결국 후미코는 월급날에 다카시를 회사에 보내고는 했다.

후일, 야마토 운수(1982년 10월 1일 사명 변경)의 사장이 되는 미야노 고지宮野宏次는 1957년 입사해 총무부문에 배속됐는데, 다카시를 보고 오늘이 월급날이라는 사실을 깨달은 적이 있었다고 한다.

월급봉투를 아들에게 건넬 때마다 사이토는 아쉬운 표정을 지었다고 한다.

이세는 1966년 9월 중순의 어느 날 밤, 사이토와 신주쿠에 있는 술집 '폴카'에서 술을 마셨다.

이세는 당시 노조의 청년부인부 부장이며, 노조를 대표해 소련을 방문했다 돌아온 직후였다.

"사장님이 전별금으로 주신 5만 엔이 꽤 남아서 오늘은 주머니 사정이 좋습니다. 그러니 제가 한잔 사죠."

"나도 10년 정도 전에 사장님에게서 3만 엔을 받은 적이 있죠."

"호오. 물가를 생각하면 그게 훨씬 큰 금액이군요. 이유가 뭐죠?"

"내가 그린 고양이 마크가 사장님의 마음에 쏙 들었나 봅니다."

"그렇군요. 배포 크신 사장님답습니다."

"사장님이 비밀로 하라 해서 밝히지 않았지만, 이제 시효도 끝났겠죠. 오구라 사장님은 왜 나처럼 삐뚤어질 대로 삐뚤어진 떠돌이 까마귀나 노조 간부인 이세 씨에게 이렇게 잘 해주시는 걸까요? 정말 의문입니다."

"노조가 사장님을 적대시하고 있지도 않고, 당신도 그렇게 삐뚤어진 사람은 아니니까요. 사장님은 많은 고생을 해온 사람일 뿐만 아니라 말이 통하는 분입니다. 참, 그러고 보니 '맡기면 안심'이라는 캐치프레이즈 때문에 창피를 당한 운전사가 있습니다."

사이토는 고개를 갸웃거렸다.

"기름과 먼지투성이인 트럭에 적힌 '맡기면 안심'이라는 글자 앞에 누가 손가락으로 '안' 자를 적어놨더군요. 그걸 모르고 '안 맡기면 안심'이라고 적힌 상태에서 트럭을 몰고 다녔다가 나중에 상사에게 혼났다고 합니다."

"'안 맡기면 안심'인가요. 골치 아프군요."

사이토는 진지한 얼굴로 생각에 잠겼다.

"우스갯소리입니다. '맡기면 안심'은 최고의 캐치프레이즈예요."

이세가 미소를 짓자, 사이토는 안도한 표정을 지었다.

"소련은 어땠습니까?"

"모스크바는 춥더군요. 먹을 것은 풍부하지만 생활수준은 일본에 비해 꽤 낮은 것 같았습니다. 자유롭게 발언을 할 수 없는 것도 좀 그렇고요."

"러시아 제국 시절에 비하면 시민생활은 풍족해지지 않았을까요?"

"좋은 면과 나쁜 면이 다 있는 것 같더군요. 아무튼 대국인 소련과 빨리 국교 정상화를 하는 게 좋다고 생각합니다."

"당신은 노조 간부로서, 그리고 하이쿠부 소속으로서 더욱 최선을 다해줬으면 합니다."

이날 밤, 사이토의 고약한 술버릇이 나오지 않았기 때문에 즐거운 술자리를 가질 수 있었다.

그리고 석 달 후, 이세는 사이토의 부보訃報를 듣게 된다…….

12월 15일 밤, 자택에서 술을 마신 후 먹은 떡이 목에 걸려 질식사를 한 것이다.

사이토는 후미코와 싸운 후 한동안 시나가와品川에 있는 독신자 기숙사에서 지냈다. 하지만 아내에게 사과한 후 1966년 5월에 이타바시板橋구 사이와이초幸町에 있는 아파트에서 가족들과 함께 살았다.

가족이 모여 단란하게 살게 되고 약 반년 정도 지났을 때 이런 일이 터진 것이다.

이사 후, 『쓰루』의 간부인 이시즈카 도모지에게 보낸 편지에는 이런 글이 적혀 있었다고 한다.

되돌아온 제비 도쿄의 북쪽　사조

사이토의 고별식은 12월 17일 오전 11시부터 12시까지 그의 자택인 아파트에서 열렸다.

미리 와서 버스 정류소(호난 고교 앞)에서 기다리던 이시즈카는 가모 일행과 합류해 식장으로 향했다.

이시즈카는 걸음을 옮기면서 가모에게 물었다.

"너무 갑작스러운 일이라 놀랐습니다. 대체 사조 군은 어쩌다 숨을 거둔 겁니까?"

"이틀 전, 잔업 후 술을 한잔하고 집에 돌아간 그는 한밤중에 홀로 술을 마시며 떡을 구워먹었는데, 그 떡이 목에 걸려 죽었다고 합니다. 가족들은 방에서 잠을 자느라 몰랐다더군요. 여든, 아흔 된 노인이나 애도 아닌데 떡이 목에 걸려 죽다니, 정말 거짓말 같은 이야기라 믿기지가 않습니다. 사이토 사조다운 죽음이라는 생각도 듭니다만……."

가모는 슬픔을 곱씹으면서도 마지막에는 농담을 곁들여 말했다.

"3년 전, 구보타 만타로 씨가 피조개 초밥 때문에 질식사했습니다만 그분은 73세셨죠. 사조 군은 올해 몇 살이죠?"

"52세입니다."

"일 때문에 지쳐서 몸이 약해졌던 걸까요."

"그렇지는 않을 거라고 생각합니다. 하지만 그 게으름뱅이인 사조가 요즘 들어 제 시간에 출근해서 잔업도 꼬박꼬박한 것은 사실입니다. 무슨 일 있는 거냐고 놀리기도 했었죠."

"사후에 명예를 남길 생각이었다, 고 사조는 저승에서 말하고 있을지도 모르겠군요."

"그럴지도요."

갑자기 가슴 깊은 곳에서 뜨거운 무언가가 끓어오른 가모는 소리 없이 흐느꼈다.

5

4년 후인 1970년 9월, 가모의 주선으로 쓰루 총서叢書 제49편으로 '사이토 사조 하이쿠집'이 쓰루 하이쿠회會에서 발간되었다.

그 하이쿠집에는 이시즈카 도모지가 '슬픈 사조'라는 글을 기고했다.

> 1943년, 후방 배치라는 통보를 받고
> 두견새는 자신이 그렇게 될 줄 전혀 몰랐구나

라는 글이 있다. 병역을 견디지 못할 만큼 몸이 약하다고 당사자를 아는 모든 사람들이 인정하는 사조에게 전시 소집영장이 날아온 것이다. 그 결과는 당연히 후방 배치였다. 이 일을 사조는 그렇게 될 줄 전혀 몰랐구나, 라고 표현할 만큼 굴욕으로 받아들였다. 이 말이 본심인지는 알 수 없지만, 당시의 시대를 뒤덮은 기묘한 분위기가 사조에게 그런 생각을 하게 한 것일지도 모른다. 이 사실은 태평양전쟁이 시작된 후 2년이 될 때 쓴,

2년 후에도 손발이 무사한 채 맞이하는 맑은 햇살

등의 자조 섞인 구절을 통해서도 나타나고 있다. 하지만 다음 구절에서는 사조 본래의 명예를 되찾았다는 사실을 알 수 있다.

하얀 국화가 피어나는 것은 인고를 견뎠기에

여기서는 노도와 같은 시대를 차분하게 받아들여, 자신과 우리에게 전하려 하는 결의가 느껴진다. 사이토 사조는 하이쿠 작가로서는 서정파이지만 사상적으로는 유물주의를 신봉하는 입장이었다. 그에 따라 '하얀 국화가 피어나는 것은 인고를 견뎠기에'라는 말의 의미는 운명론자가 말하는 인내와는 이질적인 것이다.

전중과 전후를 막론하고, 사조는 위의 구절에 따르듯 참고 또 참았다. 도쿄가 두 번이나 불타고, 도망친 끝에 도착한 센다이조차 전화戰火에 휩싸였다. 그리고 전후에는 흉부질환에 걸려 10년 가까이 투병생활을 해야 했지만, 사조는 견뎌낸 것이다.

하지만 생각지도 못한 함정이 존재했다. 건강을 되찾은 후, 약 10년 동안 굴곡 많은 길을 걸었지만, 그 후 생활적으로, 그리고 가정적으로 안정을 찾은 50대에 이르러 호흡기관 질식이라는 자살이나 다름없는 방식으로 죽음을 맞이할 줄이야.

이 유시집遺詩集은 1939년에 시작해, 1966년에 끝났다. 전후, 주로 입원 치료 중 좌익사상에 입각한 작품이 많고, 건강이 회복된 후에는 '쓰루' 활동시절의 색깔로 돌아갔지만, 지은 하이쿠의 숫자는 매우 적다. 나름의 이유가 있기는 했겠지만, 우리로서는 아쉬움을 금할 수 없는 일이다.

1970년 8월

그리고 '후기'는 가모 자신이 썼다. 후기를 쓰면서 가모는 쉴 새 없이 눈물을 쏟았다고 한다.

1966년 12월 15일, 사조가 갑작스러운 죽음을 맞이한 후로 4년이 흐르려 한다.

슬픔에 젖은 우리는 사조의 시집을 남겨야만 한다고 결의했다. 그것은 하이쿠 시인 사조의 죽음을 애도하고, 그의 영혼이 편히 잠들기를 바라기 때문만은 아니었다. 그가 삶을 영위하기 위한 길로서 하이쿠를 선택한 후, 20하고도 7년간, 그 길을 걸으며 기뻐하고 슬퍼하고 괴로워하며, 때로는 다작多作을 하고, 때로는 절필을 한 것처럼 시를 쓰지 않으면서도 항상 하이쿠를 통해 진실을 표현하려 해왔다는 사실을 동료들이 알아야만 한다고 생각했으며, 그것을 전하는 것이 남은 동료들이 해야만 하는 일이라 믿기 때문이다.

27년간 그가 쓴 하이쿠를 모으는 것이 쉽지 않을 것이라 생각했지만, 그것은 기우에 그쳤다. 사조는 불가사의한 남자다. 아마 사회인으로서, 그리고 근로자로서 규격외의 존재인 그는 자신의 시를 다섯 번에 걸쳐 정리했던 것이다. 그것은 바로 등사판 인쇄기로 찍어낸 '미정교 구집句集', 그 후의 '사조 구고句稿', '하이쿠 수첩' 등이다. 우리는 그것을 정리하면서 하이쿠의 배치 순서를 정하는 데 난항을 겪었다. 결국 그것을 이시즈카 도모지 선생님께 부탁드렸고, 쾌히 승낙해주셨다. 그리고 지금은 돌아가신 하쿄 선생님과도 상담해 '쓰루 총서'에 포함시킨다고 하는 파격적인 말씀까지 해주셔서 감격을 금할 수 없었다.

드디어 299수의 하이쿠가 들어있는 『사이토 사조 구집』을 출판하게 되었다. 30년 동안 그와 함께 하며 쌓은 추억을 떠올리니 눈물을 금할 수가 없다.

〈봄 고드름 있어 만년이라 할지니〉 그가 죽음을 맞이한 해 봄에 읊은 하이쿠가 가장 마지막에 배치되어 있다. 오십 줄에 들어 벌써 만년을 느낀 사조는 평생 그림자와 함께 하며 사는 듯한 남자였다.

이 시집을 작성하는 과정에서 이시즈카 도모지 선생님을 비롯해 '쓰루'의 이시카와 게이로, 도가와 시코, 기요미즈 모토요시, 기시다 씨교 씨 등, 협력해주신 많은 분들에게 감사드립니다. 그리고 야마토 운수 주식회사 및 야마토 운수 노조로부터도 많은 원조를 받았습니다. 진심으로 감사드립니다. 또한, 야마토 하이쿠부에 소속된 오카모토 신이치, 후지모토 가슈, 이세 반요코, 다시마 스스무 등의 노력을 치하하고 싶습니다.

마지막으로 사조 서거 후, 이시즈카 도모지 선생님에게서 받은 시를 실으며, 이 하이쿠집을 그의 묘전에 바치며 명복을 빕니다.

쉰둘 일생이여 안개꽃과 같구나

1970년 9월 1일

가모가 '후기'에도 적은 것처럼, 이 『사이토 사조 구집』의 발행에는 회사와 노조가 자금 면으로 원조했다. 정확히 말하자면 회사라기보다 사장인 야스오미가 가모에게 이야기를 듣고 주저 없이 자비로 자금 원조를 한 것이다.

가모에게서 완성된 하이쿠집을 받고 읽던 야스오미의 눈가가 촉촉이 젖었다.

"자네들, 멋진 일을 했군. 사이토 군을 위한 최고의 공양이 될 거야."

"전부 사장님 덕분입니다. 사장님께서 사이토 군을 야마토에 채용해주지 않으셨다면 그는 예전에 이 세상을 떠났을지도 모릅니다."

"글쎄, 과연 그럴까. 다른 인생을 살았을지도 모르고, 어쩌면 더 장수했을지도 모르지. 인생이라는 건 모르는 것이니까 말이야."

"……."

"자네는 사이토 군 때문에 엄청 고생을 했겠지."

"아뇨, 그렇지 않습니다."

"숨길 필요 없네. 나카노도 여러모로 사이토 군을 신경써줬던 것 같더군……. 뭐, 아무튼 사이토 군은 정말 운 좋은 친구인 것 같군. 그렇게 말도 안 되는 짓을 해댔지만 아무에게도 미움받지 않았으니까 말이야."

가모는 아무 말 없이 눈가를 훔쳤다. 야스오미도 사이토가 했던 짓들을 알고 있는 눈치지만, 그는 사이토가 살아있을 때는 그 사실을 전혀 드러내지 않았다. 그저 따뜻한 눈으로 사이토를 지켜봐줄 뿐이었다.

"고양이 마크를 만들어준 것에 대한 답례로는 꽤 싸게 치인 편이지."

야스오미는 웃으면서 그렇게 말했고, 가모 또한 미소를 머금었다.

당시 전무 이사였던 오구라 마사오도 그 시집을 받았다.

오구라는 머뭇거리면서 고양이 마크를 보여주러 온 13년 전의 사이토를 떠올렸다.

야마토 운수 노동조합의 계간지 『고양이의 낮잠』의 1994년 하계호는 '사이토 사조' 특집이었다. 그 안에는 이세 고지가 사조를 추억하면서 남긴 글이 실렸다.

> 술 냄새를 풍기며 유치장에 있던 사조 씨를 데리러 몇 번이나 경찰서에 간 적이 있는 상사를 몇 명 알고 있다.

회사원으로서는 실격감이지만 그의 예술적, 장인적 능력을 높이 사 그를 몇 번이나 감쌌던 상사들은 분명 배포가 큰 사람들일 것이다.

그런 사이토 씨도 술을 마시지 않았을 때는 상냥하고 붙임성이 좋은 사람이었다.

당시, NHK의 재치교실로 유명했던 이시구로 케이시치 씨가 고양이 마크를 칭찬해줬다녔서 기뻐했던 것을 아직도 기억하고 있다.

하얀 국화가 피어나는 것은 인고를 견뎠기에

사이토 씨가 만년에 지은 이 하이쿠는 자신이 어찌할 수 없는 점입가경에 가까운 상황에서 드리는 기도처럼 느껴져 슬프다.

사이토 사조와 평생을 같이 한 지인을 꼽자면, 야마토 운수의 OB 사원이자 하이쿠지誌 『쓰루』의 동인이기도 한 가모 미쓰히데 씨다. 사조 씨와는 대조적으로 몸집이 크고 대범하며, 술을 마셔도 항상 밝은 사람이었다. 사조 씨의 좋은 이해자이며 물심양면으로 그에게 협력한 사람이다.

『사이토 사조 구집』이 이 세상에 나온 것은 이시다 하쿄 선생님이 돌아가시고 1년 후의 일이다.

그는 이런 구절을 남겼다.

스승의 무덤에서 제자의 유시집이 펄럭거린다
사조 잃은 미쓰히데는 서리 소리를 들으며 늙어가는구나

이 구절을 남긴 미쓰히데 씨도 1989년 설에 타계했다.

올해 첫 여행은 영구차와 함께
추운 날씨 속에서 그의 기개 또한 떠나가도다

나는 이런 하이쿠를 읊었다.

이 두 사람의 우정이 없었다면 사이토 사조는 야마토 운수에 재입사하지 못했을지도 모르며, 고양이 마크 또한 존재하지 않았을지도 모른다는 생각이 문뜩 들었다.

사이토 사조는 그가 그린 검은 고양이 마크, 즉 쿠로네코가 '택급편'의 심볼마크가 된 것을 모른 채 이 세상을 떠났지만, 그는 쿠로네코 마크와 함께 많은 이들의 가슴속에서 함께 살아갈 것이다.

제7장 택배 전쟁

1

"'택급편'은 현재 야마토운수라는 일개기업의 사업 영역을 뛰어넘어, 우편소포, 국철소화물과 어깨를 나란히 하는 공공수송기관 중 하나가 되었습니다. 그렇기에 사명감, 그리고 책임감을 가져야만 한다고 생각합니다."

1980년 11월 29일, 창립기념식전에서의 사장 연설 중, 오구라 마사오는 그렇게 말했다.

담담하고 차분한 그 목소리는 자신감으로 가득 차 있었다.

그럴 만도 했다. 1980년은 '택급편' 사업이 흑자로 전환되고, 사회적인 수송 시스템으로 정착한 년도니까 말이다.

1980년도(1981년 3월기)의 '택급편' 취급 수량은 3340만 건이며, 전년도 대비 1100만 건이 증가했다.

'택급편' 취급 수량의 경이적인 증가는 야마토 운수의 경영에 변화를 줬으며, 1980년도 수지는 이익률 5%, 전년도 대비 3.3배의 경상이익을 기록했다.

운수성의 통계에 따르면, 1980년도 노선사업 수송 중량에서는 노선사업자 중 13위인 야마토 운수가 수입 면에서는 4위, 1톤당 수입에서는 동종업계 2위를 두 배 이상의 차이로 따돌리며 1위를 기록했다. 참고로 1980년도 야마토 운수의 매상은 699억 엔, 경상이익은 39억 3천만 엔이었다.

1981년 2월 15일 아침, 오구라는 상무이사 영업본부장인 스즈키 히사히코를 사장집무실로 불렀다.

"1980년도는 3천만 건을 넘어섰지. 자네는 5년 전, '택급편'을 시작했을 때 이렇게 될 것을 예상했나?"

"당치도 않습니다. 사장님이 '택급편'을 전업화하겠다고 결단하셨을 때는 정말 놀랐습니다. 정말 걱정됐죠. 이렇게 빨리 이익이 나올 거라고는 꿈에도 생각지 못했습니다. 운이 좋았던 걸려나요……."

스즈키는 잠시 동안 입을 다문 후, 말을 이었다.

"경자동차를 소유한 쌀가게나 주류 판매점, 주유소를 집하 중개점으로 삼자고 생각했을 때, 운수성과 경찰청에서 도로교통법에 저촉된다면서 반대했지만, 사장님은 고객이 짐을 보내고 싶다고 생각했을 때 가까운 곳에 창구가 있으면 매우 편리할 것을 강조하셨죠. 저는 경찰청에 몇 번이나 가서 담당 과장과 계장에게, 당신들의 아내를 비롯한 주부의 입장에서 생각해주십시오, '택급편'은 그들을 위한 것입니다, 하고 말하면서 몇 번이나 설득했습니다. 경찰청이 교차점 근처에 있는 쌀집과 주류 판매점은 제외하지만 특례조치로서 인정해주겠다는 초법규적 OK를 한 후 운수성에도 그 뜻을 전달해줬을 때, 저는 '택급편'의 앞날이 밝다는 생각을 했습니다."

"초기 단계에서는 그런 일도 있었지. 지금 생각해보면 '택급편'이 성장하기 위한 고비였을지도 모르겠군. 대형화물 수송을 중지했을 때도 그렇지. 자네는 별말 하지 않았지만 대형화물과 '택급편'을 같이 하는 편이 좋지 않겠냐는 의견이 회사 안에서 압도적으로 강했지 않나. 하지만 나는 두 마리 토끼를 잡으려 하다간 두 마리 다 놓칠 수 있다고 주장했지. 내가 뜻을 꺾고 두 마리 토끼를 좇았다면 '택급편'은 아직 적자였을지도 모르네."

"대형화물 수송과 결별함으로써 사내의 긴장감, 위기감이 고조되어 사원들의 의욕을 이끌어낸 것은 분명합니다. 하지만 사장님도 이렇게 성공할 것이라고는 예상하지 못하셨죠?"

오구라는 차를 한 모금 마신 후, 찻잔을 테이블 위에 놓았다.

"100% 확신했냐고 묻는다면 YES라고 대답할 수 없겠지만 99%는 자신이 있었지. 다소 예상보다 빠르기는 하지만, 꼭 운이 좋아서 그렇게 된 것은 아니라고 보네. 전에도 몇 번 이야기했지만, '택급편'의 수량이 늘어나면 흑자를 볼 수 있을 거라는 것은 알고 있었지."

"저는 트럭업계에서 가장 큰 기업인 세이노西濃 운수가 본격적으로 택배를 시작하면 그대로 먹혀버리지 않을까 같은 생각을 한 적은 있습니다."

"산업화물을 통해 성장한 세이노가 대형화물을 포기하는 일은 없을 테니 그런 걱정은 하지 않아도 될 걸세."

"옳은 말씀이십니다. 그 회사의 간부에게 택배에 대해 어떻게 생각하는지 은근슬쩍 물어본 적이 있습니다. 택배는 플러스알파에 지나지 않는다고 하더군요. 그 말을 듣고 안심했습니다. 다른 일과 병행해서 운영하는 것은 불가능하니까요. 그러고 보면 세이노를 비롯한 동업자들은 저희가 대형화물에서 손을 뗐을 때, 이것으로 야마토 운수는 망할 거라고 생각한 것 같습니다. 하지만 지금은 택배를 시작할 수밖에 없을 것 같다고 생각하고 있지 않을까요."

스즈키는 먼저 운을 뗐다.

오늘 아침 신문에, 일본 운수를 비롯한 회사 일곱 곳이 공동으로 자본을 출자해 저팬 유통을 설립해 택배를 시작한다는 기사가 실렸다. 사장이 자신을 부른 것은 이 기사를 봤기 때문이라고 스즈키는 생각했다.

"음. 저팬 유통은 3월부터 영업을 시작한다더군. 아마 1, 2년 동안은 택배 러시가 시작되지 않겠나? 우리의 쿠로네코를 흉내 내 동물을 마스코트로 삼은 회사가 나올지도 모르지."

"저도 그렇게 생각합니다."

"'택급편'을 보통명사로 생각하는 경향이 있지만, 그 말은 어디까지나 우리 회사의 상품명이며, 일반 택배와는 질적 측면에서 차원이 다르지. 야마토 운수 고유의 상품이야. 선발 및 선행에 따른 메리트를 누리고 싶지만, 그러려면 높은 점유율을 유지할 필요가 있을 게야."

오구라는 소파에 기댄 상체를 스즈키를 향해 내밀면서 말을 이었다.

"'택급편'은 질적 측면에서 다른 택배와는 비교도 안 된다는 점을 부각시키고, 머지않아 시작될 택배 전쟁에 대비해, 나는 1981년도부터 '톱 3개년 계획'을 실시할까 하네."

야마토 운수는 1978년 4월에 '택급편'을 상표등록(등록번호 1377677호)했다. 그리고 유사명칭 사용 금지를 동종업계 회사에 통보한 것은 일반 소비자가 서비스 제공 회사를 혼동하는 것을 막기 위해, 그리고 그에 따른 트러블을 피하기 위해서였다.

"'톱 3개년 계획'인가요. 톱, 톱이라. 너무 스트레이트한 표현이라 다른 회사가 들으면 기분 나빠할지도 모르겠군요."

스즈키는 오구라의 착상에 감탄했는지 '톱'이라는 말을 연달아 중얼거렸다.

'택급편'을 비웃었던 동종업계 회사들이 이제는 앞다퉈 이 분야에 뛰어들려 하고 있다. '톱'이라는 말에는 그런 녀석들과 똑같은 취급을 당할 수는 없다는 오구라의 의지가 서려 있었다.

1981년 4월에 시작된 '톱 3개년 계획'의 기본적 취지는 아래와 같다.

一. 고객의 요망에 맞춘 뛰어난 서비스 제공=서비스를 제공하는 이의 입장에서가 아니라, 받는 이의 입장에서 진정으로 이용자가 만족할 수 있는 서비스를 개발 및 판매한다.

二. 시스템으로서 완성된 작업 체제 확립=고객에게 양질의 서비스를 일정하게 제공할 수 있도록 뛰어난 기술 개발 및 작업 시스템을 완성한다.

三. 전원 경영의 철저와 사기 진작=모든 사원이 '내가 바로 야마토다'라는 자각과 왕성한 기백을 가지고 직무를 완수한다.

四. 인간성 넘치는 기업 활동 전개=융통성 없고 딱딱한 태도를 버리고, 항상 인간미와 친절함을 유념해 임한다. 또한, 사고 및 공해 방지를 우선적으로 생각한다.

노조 집행부에 '톱 3개년 계획'에 대해 설명할 때, 젊은 집행위원이 오구라를 물고 늘어졌다.

"전원 경영이라는 게 대체 뭐죠? 전원이 경영자가 된다면 아무도 노조에 들어오려 하지 않을 겁니다. 노조를 박살내려고 작정한 겁니까?"

"맞아. 당신, 노조를 박살낼 생각인 거지?"

다른 집행위원도 언성을 높였다.

오구라는 양손을 가볍게 들어 보이면서 그들을 진정시켰다.

"노조를 박살낼 생각은 눈곱만큼도 없습니다. 그저 고객을 대할 때의 정신적 측면을 논하는 이야기일 뿐이죠. SD세일즈 드라이버가 양질의 서비스를 제공할지 말지를 통해 승부는 결판이 납니다. 예를 들자면, 우리 야마토 팀은 앞으로 우체국 팀이나 동종업계 팀과 시합을 해야 합니다. 승패는 포워드, 즉 SD에게 달려있죠. 포워드가 수비만 해서는 집니다. 슛을 날리며 공격을 하지 않으면 이길 수 없습니다. 패스를 돌릴지 슛을 날리지는 선수인 SD 자신이 결정해야 하죠. 제1선에서 판단하고, 자발적으로 행동할 것. 즉, 경영목적에 맞춰 판단하고 행동하는 것이니 충분히 경영자라 할 수 있지 않겠습니까. 자신이 조직의 장기말에 불과하다고 생각해서는 보람과 열의가 생기지 않겠죠. 전원 경영이라는 것은 보람 경영과 열의 경영을 말하는 겁니다."

오구라는 볼을 붉힌 채 테이블을 내려칠 듯한 기세로 말했다.

'톱 3개년 계획'은 택배 분야에 신규 참가 하려 하는 동종 업계 회사들을 견제하는 데도 큰 효과를 보였다.

1982년 가을부터 1983년 초까지, 운수성이 택배 실태 조사를 실시한 결과, 전국에 존재하는 350개의 노선 트럭회사 중 3분의 1에 해당하는 113사가 택배를 운영하며, 브랜드 숫자 또한 35종이나 된다는 사실이 판명되었다. 하지만 그중 태반은 머지않아 택배 사업을 접게 될 것이라고 오구라는 예측했다. 업무 밀도가 낮은 업자가 계속해 나갈 수 있을 만큼 쉬운 일이 아니기 때문이다. 그리고 10년 후까지 살아남은 택배업자는 몇 곳에 지나지 않았다.

그중 야마토 운수는 '톱'답게 인상 깊은 활약을 보였다.

'톱 3개년 계획'을 통해 '택급편'은 1981년도 51.5%(5061만 5천 건), 1982년도 44.2%(7298만 6천 건), 1983년도 49.7%(1억 924만 4천 건)라는 다른 회사는 따라오지 못할 정도의 높은 신장률을 보인 것이다.

그와 동시에 수익 증가율을 유지한 것은 말할 필요도 없을 것이다. 1981년도는 매상이 844억 2천만 엔, 경상이익 42억 6천만 엔, 1982년도 1061억 7천만 엔, 43억 엔, 1983년도 1340억 9천만 엔, 52억 1천만 엔이었다.

1982년도에 '택급편'은 우체국 소포를 능가했고, 해가 갈수록 격차는 벌어져만 갔다.

우정성현 일본우정이 1983년 6월에 '우편 소포의 위기를 호소하다'라는 제목의 팸플릿을 작성해 약 14만 명의 관계자 및 직원에게 배포한 것이 그들이 느낀 위기감을 드러내고 있었다.

나가시마 도시하루永島敏治 우편국장의 이름으로 서비스 향상과 직원들의 사기 진작을 요청하는 문서도 배포됐다.

이 당시, 우정성의 간부 클래스가 '우편 소포는 머지않아 택급편을 따라잡을 것이다' 하고 말했다는 신문 기사를 읽은 오구라는 측근에게 이렇게 말했다고 한다.

"확실히 지방에서는 우편국에 대한 신뢰도가 높지. 그것은 붉은색 우편 자동차가 매일 주위를 달리고 있기 때문이지만, 그 우편 자동차에 실린 짐의 신선도를 '택급편'의 짐과 비교해줬으면 좋겠군. 우편 소포가 가격을 다소 낮춰본들 요금이 100엔, 200엔 정도밖에 차이나지 않는다면 소비자는 스피드 면에서 뛰어난 '택급편'을 선택할 거야. 일본 구석구석까지 매일같이 쿠로네코 마크가 그려진 트럭을 달리게 해서, 반드시 우편 신화를 박살내주지."

오구라가 허풍을 친 것이 아니라는 사실은 그 후 2, 3년간의 실적을 통해 증명되었다.

2

오구라가 회사 안팎에서 수도 없이 한 말이 있다.

"자신이 판매하는 수송 상품은 자신이 직접 만들어낸 후, 상품 내용에 맞는 가격을 직접 설정해야 한다."

이것은 오구라의 신념이라 해도 과언이 아니었다.

"'택급편'은 단순한 소화물 배송이나 백화점 등의 택배 서비스와는 다른, 비상업화물을 중심으로 새로운 마켓을 설정해, 그것을 시스템화한 것이다. 하지만 그것을 규제하는 법률과 운임제도는 상업화물을 대상으로 한 노선사업과 마찬가지로 구태의연한 기준에 따르고 있다. 노선화물의 최소단가로 설정된 20킬로그램과 그에 맞춘 운임은 생활 수송에 적용될 수 없다."

야마토 운수는 이런 오구라의 생각에 따라 1982년 2월, 노선 운임의 개정신청에 맞춰, 노선운임과는 따로 '택급편'만을 대상으로 한 별건別件 운임을 설정하기 위해 운수성에 인가 신청을 했다.

하지만 노선 운임은 같은 해 5월에 인가가 되었지만, 별건 운임은 1년 후에도 인가가 나지 않았다.

다음 해인 1983년 3월 초의 어느 날, 오구라는 스즈키 전무와 야스이 젠자부로安井 善三郎, 미야노 고지, 다야 시게오田谷重雄, 이 세 상무를 사장집무실로 소집했다.

야마토大和 운수는 1982년 10월 1일부로 야마토ヤマト 운수로 사명을 변경했다. 그리고 1983년 2월 8일부로 스즈키를 상무에서 전무로, 야스이, 미야노, 다야를 이사에서 상무로 승진시켜, 직무 임원은 오구라를 포함해 총 다섯 명이 되었다.

"1년이나 기다렸지만 별건 운임은 인가가 나지 않는군. 이대로 있다간 몇 년을 더 기다려야 할지 알 수 없네. 이 상황을 타개하기 위해서는 여론에 호소하는 수밖에 없다고 나는 생각하네. 그리고 작년에 한 신청을 취소하고, 새롭게 '택급편' 운임을 재신청하는 게 어떨까 싶군. 새 운임 내용을 빨리 짜줬으면 하네."

"재신청 시기는 언제쯤으로 생각하고 계십니까?"

미야노의 질문을 들은 오구라는 시선을 살며시 내리까면서 대답했다.

"빠르면 빠를수록 좋겠지. 가능하면 이달 안에 내고 싶군. 여론의 지지를 얻을 수 있는 신청 내용일 것이 필수조건이네."

"즉, 가격 인하가 필요하다는 말씀이군요."

"그렇지."

오구라는 미야노를 바라보며 그렇게 말한 후, 이 자리에 있는 이들을 둘러보았다.

"원래 '택급편'의 운임은 S사이즈(10킬로그램까지)와 M사이즈(20킬로그램까지)로 나눠 정할 생각이었지만, S사이즈 이하가 있어도 괜찮지 않을까 싶군. 즉, 3단 체제로 해서 가벼울수록 싸면 좋겠다고 생각하네. 프랑스어로 쁘띠petit, 즉 작다는 말의 앞글자인 P를 붙여서 P사이즈로 하는 건 어떻겠나? 문제는 몇 킬로그램까지 P사이즈로 할 것인가, 겠군."

오구라는 별것 아니라는 투로 말했지만, 그 말을 들은 미야노는 등골이 오싹해질 정도의 흥분을 느꼈다.

우편 소포에 대한 또 한 번의 도전이라고도 할 수 있고, 동종업계 회사들과의 차별화를 위한 시책이라고도 할 수 있었다.

엄청난 아이디어를 내놓는 사람이다, 라고 이 자리에 있는 이들은 생각했다.

"거꾸로 무거운 M사이즈는 가격을 올려도 괜찮을 것 같은데…….
아무튼 서둘러 구체적인 안건을 내줬으면 좋겠네."

오구라는 이미 이 일에 착수한 것 같았다.

담당부장, 과장 클래스가 모여 '택급편'의 새 운임에 관한 내용을 조정해 내놓은 최종안을 오구라가 승인했다.

P사이즈는 2킬로그램까지이며, 운임은 700엔이다. S사이즈에 비해 200엔이나 쌌다. 배송 가능 지역은 남南 간토, 간토, 나가노, 니가타新潟, 주부中部, 호쿠리쿠北陸 지방까지였다. 북北 간토는 원래 800엔에서 100엔 내렸으며, 간사이는 800엔에서 200엔, 주고쿠中国는 900엔에서 200엔, 시코쿠四国는 1000엔에서 200엔, 홋카이도와 북北 규슈는 1100엔에서 200엔, 남南 규슈는 1200엔에서 100엔 인하했다.

S사이즈는 일부를 제외하고 가격이 그대로 유지되었으며, M사이즈는 북 도호쿠와 남 규슈는 200엔, 그 외에는 100엔씩 인상했다.

야마토 운수는 1983년 3월 30일, 운수성에 새 '택급편' 운임의 인가 신청을 했다. 그리고 그 안에는 '운임을 설정하려 하는 이유'에 관해 이렇게 서술되어 있었다.

> 폐사弊社에서는 1976년에 택급편 업무를 시작한 이후 현재에 이르기까지 일반노선 화물자동차 운성 사업에서의 인가 운임을 기준으로 택급편의 운임을 설정해 적용해왔습니다. 하지만 고객에게 적정한 운임으로 더욱 좋은 서비스를 제공하기 위

해서는 택급편에 한해 인가 운임과는 다른 운임을 설정할 필요가 있다고 판단했습니다. 그런 판단을 내린 주요한 이유는 ①일반노선 화물자동차 운송사업에 있어 수송되는 화물은 상업화물이 중심인 것에 반해, 택급편은 비상업화물이 중심이 되며, 대상으로 삼는 시장이 다르다. ②그러므로 택급편은 영업소 배치, 집배에 사용하는 차량에 있어 일반노선화물 자동차 운송사업과 다르며, 원가에서도 차이가 발생한다. ③고객은 불특정다수의 시민이기에 운임은 이용하기 쉬운 금액이어야 하며, 지대별 운임이 편리하다. 이런 이유에 따라 일반노선 화물 자동차 운송사업과는 별개의 택급편 운임을 신청하며, 빠른 인가를 부탁드립니다.

3

야마토 운수의 P사이즈 운임 신청은 일반 소비자에게 더욱 '택급편'을 이용하기 쉽게 하기 위한 것일 뿐만 아니라, 우편소포 시장으로의 진출을 노리는 것과 동시에 운수 행정의 전환에 박차를 가하는 행동이기에, 큰 반향을 불렀다.

오구라는 'P사이즈의 가격을 낮추면 일반 소포 중 반 이상이 '택급편'으로 보내질 것으로 예상한다'라고 매스컴 앞에서 공언했다.

또한 '다른 회사에서는 찻잎 등의 가벼운 화물을 받기 위해 규정 운임보다 싼 가격을 측정해 영업확대를 도모하고 있다. 택급편의 가격

인하는 기업 방위를 위한 수단이기도 하다. 운임경쟁을 먼저 시작한 것은 라이벌 회사다' 하고 밝혔으며, 이 사실을 안 라이벌 회사 및 경합 상대인 우정성은 강하게 반대했다.

운수성은 택급편의 운임은 운송 서비스에 맞춘 운임 인가 제도를 검토해야 한다는 취지의 행정관리청의 권고에 따라 4월에 '택배 운임제도 연구회'를 발족해 시간을 들여 제도 개선을 하려 한 순간, P사이즈 운임 관련 문제가 발생한 탓에 당황하고 말았다.

야마토 운수가 이 연구회에서 참고의견을 밝혀줬으면 한다, 는 운수성의 요청에 대해, 오구라는 '택급편이 이 세상에 나온 지 7년이나 되었으며, 사회적으로 정착했는데, 이제 와서 뭘 연구할 필요가 있는가' 하고 말하면서 요청을 거절했다.

5월 중순, 광고에 관해서는 별다른 의견을 내놓지 않던 오구라가 '6월 1일부터 택급편의 새 운임을 실시한다는 신문광고를 내는 것은 어떨까?' 라는 말을 꺼내 광고담당자를 놀라게 했다.

5월 17일 전국의 조간에 이런 광고가 게재됐다.

중앙에 쿠로네코 마크가 있고, 'P사이즈 택급편을 발매합니다'라는 42포인트 고딕체의 문장 아래, '택배를 이용해주시는 여러분에게', '6월 1일부터 취급 개시 예정'이라는 글이 적혔다.

하지만 운수성은 6월 1일까지 결론을 내놓지 않았다.

야마토 운수는 5월 31일 전국 각 신문에 '택급편 P사이즈 발매를 연기합니다'라는 대형 광고를 실었다.

종래의 택급편은 S사이즈(10kg까지)와 M사이즈(20kg까지)만 있었습니다만, 이용해주시는 고객님들의 편의를 위해 S사이즈보다 200엔 싼 P사이즈(2kg까지) 운임을 설정해 6월 1일부터 운영할 예정이었습니다. 하지만 운수성의 인가가 늦어진 탓에 발매를 연기할 수밖에 없게 되었습니다.

택급편을 이용해주시는 여러분에게 폐를 끼쳤습니다. 신문지면을 빌려 사죄드립니다. 운수성에서 인가를 받으면 서둘러 발매를 개시하겠습니다.

이런 광고를 통해 실력 행사를 해대는 야마토 운수 때문에, 운수성은 골머리를 썩였다.

요미우리読売신문의 5월 15일자 사설에서 '택배의 운임규제는 불필요'라고 주장하는 등, 매스컴은 야마토 운수를 지지하며 운수성의 늑장 대응을 비판했다.

오구라의 예상대로, 야마토 운수는 여론을 자기편으로 만든 것이다.

이 당시, 운수성에 간 스즈키는 담당 국장과 과장에게서 불평을 들었다.

"야마토 운수 사람은 운수성 출입금지라고."

"운수성과 전면전쟁을 벌이다니, 배짱 한번 좋군요."

"오구라 씨의 얼굴을 떠올리기만 해도 구역질이 납니다."

스즈키는 지지 않고 맞받아쳤다.

"저희 회사가 잘못된 행동을 했습니까? 처벌을 받을 만한 짓을 한 적은 없습니다만?"

"그래도 모든 책임을 운수성에 뒤집어씌우는 듯한 광고를 내면 어떻게 합니까."

"그럴 생각은 없습니다. 그저 소비자를 위한 광고에 지나지 않습니다. 운수성이 인가를 해주시면 해결될 문제입니다."

스즈키는 성격이 밝고 도량이 넓은 사람이기에 원한을 품지는 않았지만, 그래도 운수성을 다녀올 때마다 스트레스를 받았다.

7월 6일, 드디어 운수성은 인가 방침을 정했다.

NHK 오후 7시 뉴스에 오구라 사장의 담화가 나왔고, 전국 각지의 7일 조간신문에도 이 뉴스가 보도됐다.

예를 들자면, 요미우리신문은 '택배 가격 인하', '운수성, 이달 안에 인가', '업자 판단을 존중', '야마토 2킬로그램 이하 신설', '우편 소포 심각한 타격', 같은 제목으로 아래와 같은 글을 실었다.

> 야마토 운수(오구라 마사오 사장)가 신청한 택배 가격 인하가 인가되었다. 운수성이 6일 '택배 운임은 사업자의 자유 판단에 따른다'라는 견해를 밝혔으며, 오늘 7일, 운수심의회에 자문을 받은 후, 이달 중으로 인가한다. 시장의 약 4할을 차지한 야마토 운수의 이런 움직임에 다른 회사도 동참할 것으로 보이며, 격화되는 택배 전쟁에 따라, 우편 소포, 철도 소화물 등의 국가 배달기관의 입지가 점점 줄어들 것으로 보인다.

운수성의 방침은 ①30킬로그램 이하의 화물을 대상으로 하며 운임은 개당 부과 ②간토, 긴키近畿 등의 지방별 운임이며, 지방 분류는 자유 ③중량별 운임의 구분도 자유 ④일정한 요금으로 운영할 것 ⑤운임 수준은 상한과 하한을 정한 후, 그 범위 안에서라면 각 회사의 신청을 인정한다—— 등이다. 그리고 7월 27일부로 구체적인 운임액의 상한, 하한도 공표되었으며, 최저 금액은 수송거리 200킬로미터까지 개당 600엔으로, 야마토 운수의 신청(P사이즈)보다 100엔 싸게 설정되었다.

NHK뉴스에 나온 오구라의 담화의 취지는 '운수성이 과감한 판단을 내려줬다 생각합니다. 이것으로 택배만의 독자적이고 알기 쉬우며 합리적인 운임 제도가 생겨나게 되었으니 소비자 여러분도 기뻐해주실 거라 확신합니다. 저희 회사는 앞으로도 양질의 서비스를 최우선으로 생각할 것입니다'였다. 하지만 오구라는 스즈키를 비롯한 측근들 앞에서 이렇게 말했다.

"이렇게 빠른 시기에 결론이 날 줄은 몰랐군. 인가 내용도 예상했던 것보다 자유로워. 운수성은 여론에 밀리고 만 것 같군."

1983년 8월 4일, '택급편'의 새 운임은 야마토 운수의 신청대로 인가되었다. 그리고 일통, 세이노 등의 택배 회사도 야마토 운수의 뒤를 따르듯 새로운 운임을 신청했다.

4

'택급편'의 급성장 때문에 가장 위기감을 느낀 곳은 바로 우정성이다. 우편 소포가 '택급편'에 침식되었으니 그럴 만도 했다.

1983년 가을, 우정성은 '쿠로네코 야마토의 택급편'을 비롯한 택배업자에게 전국의 각 우편국을 통해 경고장을 보냈다.

도쿄 우정국이 작성한 '서신의 의미와 구체적 예'라는 제목의 팸플릿 상단에는 '납품서, 청구서, 영업보고서 등은 서신에 해당합니다', '운송영업자 분들이 각장의 운송방법을 통해 타인의 서신(화물에 첨부하는 봉투 없는 첨가 명세서 및 송장 등은 제외합니다) 배송을 한다면, 우편법 규정에 따라 처벌(의뢰주도 마찬가지입니다)되므로, 주의해주십시오'라고 적혀 있었다. 그 서신의 의미와 구체적 예는 아래와 같았다.

一. 서신의 의미

서신이란 특정인에게 보낸 통신문을 기재한 문서를 말합니다.

①특정인이란 일반인을 가리키는 개념이며, 발신자의 의사표시 혹은 사실의 통지를 받는 사람이 한정되어있을 경우를 가리킵니다. 문서 자체에 받는 이가 표시되어 있지 않더라도 객관적으로 봐서 그 내용이 특정 인물 혹은 특정 범위의 인물을 가리키는 것으로 볼 수 있을 경우, 특정 인물에게 보낸 것으로 판단됩니다. 또한 여기서 말하는 '사람'이란 민법상의 자연인, 법

인에 한정되지 않고, 법인이 아닌 단체, 조합, 그리고 그런 조직의 일개 기관도 포함되며, 개인 혹은 다수일지라도 구체적으로 확정시킬 수 있을 경우 이 경우에 해당합니다.

②통신문이란 자신의 의지를 타인에게 전하거나 어떤 사실을 통지하기 위해 문자 혹은 문자를 대신하는 기호(속기부호, 점자, 전신 부호 등)를 이용해 나타낸 것을 말합니다.

③기재 수단은 펜, 모필毛筆 등을 통해 손으로 직접 쓴 것은 물론이고, 인쇄, 타자기 등의 활자에 의한 것, 혹은 복사기, 팩시밀리 수신 장치, 라인프린터 등을 이용한 것도 포함됩니다. 또한, 기재된 것의 소재는 종이가 아닐 수도 있습니다.

④봉투의 유무는 서신의 성질과 관계없기에 엽서를 비롯한 봉투를 필요치 않는 서신일지라도 통신문을 기재한 문서는 서신으로 취급합니다.

二. 서신의 구체적 예

①서신에 해당하는 예

편지=수기, 인쇄 등의 기재 방법을 불문하고 서신에 해당합니다.

업무용 서류=납품서, 영수증, 납입고지서, 청구서, 의뢰서, 견적서, 보고서, 회의개최 안내서 등은 특정인에게 보낸 통신문입니다. 또한 수치표만으로 된 서류 또한 특정인에게 보내는 것은 서신에 해당합니다.

원서, 신청서 종류=특정인에게 보내는 통신문입니다.

허가서, 면허증 종류=특정인에 대한 허가, 면허, 승낙 등의 의시표시를 내용으로 하는 것이므로 이깃을 받는 이에게 교부할 때는 서신이라 할 수 있습니다.

신용카드, 캐시카드 종류=특정인에게 보내는 지불유예 부여 기사번호, 예금 및 저금 수납 승낙 혹은 승인의 의사표시를 내용으로 하는 것이기에 이것을 받는 이에게 교부할 때는 서신이라 할 수 있습니다.

답례(부의금에 대한 답례 등) 물품을 보낼 때의 서한 종류

통지 서류 종류=통지, 지시, 명령, 연락 등의 서류는 서신입니다.

첨가 명세서 및 송장=특정인에게 보내는 통신문입니다. 하지만 화물에 첨부되는 봉투 없는 첨가 명세서 및 송장은 그 성격상 화물을 보낼 때 필요한 것이기에 첨부 및 동시 전달이 허가됩니다.

②특정 조건에 의해 서신으로 분류되지 않는 물품 예시

입학원서, 입사원서 종류=다수의 일반인에게 보내지는 서류는 서신으로 볼 수 없습니다.

광고인쇄물, 팸플릿 종류=구매자를 대상으로 한 선전을 목표로 하는 광고인쇄물은 서신에 해당되지 않습니다.

카탈로그, 상품목록 종류=일반 구입자를 대상으로 쓰인 것은 서신에 해당하지 않습니다.

③서신에 해당하지 않는 물품 예시

서류, 잡지, 신문 종류=특정인을 대상으로 한 것이 아닙니다.

입장권, 티켓 종류=의사 혹은 사실을 전달하기 위한 것이 아닙니다.

어음, 수표, 주권株券, 채권 등 유가증권=특정인을 대상으로 한 것이 아닙니다.

사진, 그림=통신문이 기재되지 않았습니다.

레코드, 카세트테이프=문서가 아닙니다.

(注)②, ③에 해당하더라도 통신문을 첨부하거나 동봉해서 송부하면 통신문이 서신으로 인정되니 주의하십시오.

三. 첨가 명세서 및 송장의 범위

첨가 명세서란 화물을 첨부하기 위한 목록서 혹은 설명서를 말하며, 송장이란 화물을 송부한다는 안내서입니다. 하지만 첨가 명세서와 송장 사이에는 큰 차이가 없습니다. 결국, 첨가 명세서와 송장은 운송화물 종류, 중량, 크기, 개수, 기호, 가격, 보내는 이와 받는 이의 주소, 성명을 필요에 따라 기재하고, 해당 화물의 송부에 관한 사항을 기재한 것입니다. 법령 혹은 운송약관에 의거해 작성된 운송장도 포함됩니다.

(注)첨부 명세서 혹은 송장이라 할지라도 배송 후 짐의 처리 방법(예를 들어 '오늘 중에 판매해주십시오' 등), 대금의 결제 방법 등을 기재한 경우에는 일반적 관습에 따른 첨부 명세서로 볼 수 없으니 주의해주십시오.

임원회의에서 우정성 측의 서신에 관한 경고가 화제가 됐을 때, 오구라는 쓴웃음을 지으면서 말했다.

"우정성도 가만히 있다간 먹히고 만다는 걸 눈치챈 거겠지. 조금은 제대로 된 서비스를 하게 되겠군. 경쟁원리가 작용한다는 건 잘 된 일이지."

옆자리에 앉은 스즈키가 오구라를 향해 고개를 돌렸다.

"얼마 전 우정성 우무국郵務局의 국장에게 연락이 와서 헐레벌떡 가봤더니, 국장을 비롯한 서른 명 정도의 간부들이 국장실에 모여 있었습니다. 무슨 일인가 했더니 '택급편'이 어떻게 해서 성공했는지 가르쳐 달라고 하더군요."

"그래서 자네는 뭐라고 했지?"

"국장이 느닷없이 야마토 운수는 전국 네트워크를 진짜로 만들 생각인지 묻기에 당연하다. 머지않아 '택급편'의 전국 네트워크가 정비될 것이다, 라고 대답했습니다. 그러자 국장은 영리를 목적으로 한 사기업이 과소지過疎地에까지 거점을 만들 리가 없다. 현재 과소지에 있는 우체국은 전부 적자로 힘들어하고 있다. 나라라서 유지할 수 있는 것이다. 야마토가 그런 짓을 하면 망하고 말 것이다. 전국 네트워크를 만들었다간 회사가 문을 닫고 말 것이다. 그런 바보 같은 짓을 추진하려는 야마토가 이해가 안 된다. 우리는 그렇게 되길 기대하고 있다, 고 하더군요."

"흐음. 그래서 뭐라고 말해줬지?"

"그대로 받아쳐줬습니다. 망하는 건 우편 소포라고 말이죠……. 저도 흥분한 나머지 '택급편'의 성공 요인에 대해서는 이야기하지 못했습니다."

스즈키는 우정성 우무국장실에서 얼굴을 새빨갛게 붉힌 채 이렇게 말했다고 한다.

"우편국의 서비스 수준이 너무 낮기 때문에 야마토 운수는 전국적 네트워크를 만들려 하는 겁니다. 메이지 이후, 국가에서 운영해온 철도소화물과 소포는 머지않아 사라지게 될 겁니다. 왜냐하면 시민, 서민의 입장을 전혀 고려하지 않기 때문입니다. 예를 하나 들어볼까요? 속달로 보내야 할 것이 하나 있다고 칩시다. 우편국은 내일 도착하는지, 모레 도착하는지, 혹은 그 다음 날에 도착하는지도 밝히지 않은 채 특별요금만 받아가죠. 게다가 송장도 주지 않습니다. '택급편'은 반드시 송장을 고객에게 줄 뿐만 아니라, 짐이 언제 도착하는지도 알려줍니다. 철도 소화물은 언제 도착하는지 물으면 '도착할 때가 되면 도착한다'고 대답하며, '도장을 가지고 찾으러 와라'고 합니다. 이런 질 낮은 서비스로 운영이 가능하다는 것 자체가 이해가 안 됩니다. 국장님은 영리사업이라고 하셨지만, 저희에게는 '서비스가 우선이며, 이익은 나중'이라는 표어가 있습니다. 오구라 사장님은 '이익은 신경 쓰지 마라'라고 입이 마를 정도로 말씀하십니다. 실제로도 적자인 영업소에 불평을 한 적이 한 번도 없습니다. 산속에 있는 시골에도, 홋카이도의 벽지에도, '택급편'은 고객의 화물을 전달하러 갑니다. 우편국과는 서비스의 질에서 하늘과 땅만큼 차이가 나죠. 저희 회사가 망하는 걸 기대하는 건 여러분 마음이지만, 그 기대를 이뤄드리는 날은 영원히 오지 않을 겁니다. 우편 소포가 사라질 가능성이 훨씬 크다고 저는 단언합니다."

스즈키의 말을 듣고 낯빛이 변한 국장과 차장은 화를 냈다.

"어느 쪽이 먼저 망할지, 내기라도 해보자" 하고 진지한 얼굴로 말하는 사람도 있었다.

오구라는 농담기가 전혀 느껴지지 않는 목소리로 말했다.

"말이 너무 심했던 걸지도 모르겠군. '서신'은 그 일에 대한 앙갚음일지도 모르겠는걸."

"대체 우정성은 이런 걸로 뭘 할 수 있을 거라고 생각하는 걸까요."

하지만 그들이 이 일을 잊었을 즈음, '서신 사건'이 터졌다.

1984년 6월 6일, 도카이 우정감찰국 쓰津 지부국장명으로 야마토 운수 쓰 영업소장에게 경고장이 날아왔다.

> 야마토 운수 쓰 영업소장 귀하.
>
> 안녕하십니까. 평소 우정업무에 많은 이해와 양해를 해주셔 감사드립니다.
>
> 귀 영업소가 1984년 1월 5일, 미에 현 생활환경부 교통안전과에서 운송을 의뢰받아, 나고야 시 주구 마루노우치 3—2—5 도카이 우정국 인사부 보건과로 운송한 서류 중, 우편법상 서신에 해당하는 문서가 동봉되어 있었다는 사실이 판명되었습니다.

이미 아시고 계시겠지만, 그 누구도 타인의 서신 운송을 업으로 해서는 안 되며, 운송영업자, 그 대표자 혹은 대리인, 그 외 종업원은 그 운송방법에 따라, 타인을 위해 서신을 송달하는 것은 금지되어 있습니다.

또한, 운송업자 및 위법적으로 서신 송달을 업으로 하는 이에게 서신 배송 업무를 위탁해서는 안 되는 것으로 이용자 측으로부터도 규제되고 있으며, 이것을 위반하면 운송업자 및 의뢰자 전부 처벌을 받습니다.

이런 서신 배송 규제는 우편법에 규정되어 있습니다만, 규제 대상이 되는 것은 서신뿐이며, 화물 일부에 서신이 포함되어 있는 경우도 마찬가지입니다. 이번 사태는 사소한 미스에서 비롯된 것으로 보입니다만, 또 이런 일이 발생할 경우 법에 근거해 엄정히 대처할 것이오니 앞으로는 이런 일이 없도록 서신에 해당하는 물품이 배송물품에 포함되지 않도록 유의해주시길 바랍니다.

그리고 이 사태에 대한 조치 내용을 알려주시길 바랍니다.

그럼 이만 줄이겠습니다.

쓰 영업소장인 무라타 도이치村田東一는 본사 관계부서에 연락을 취해, 도카이 우정감찰국 쓰 지부장 앞으로 '서약서'를 7월 16일부로 제출했다.

야마토 운수는 이하와 같은 방식으로 '서신'을 취급해 나가도록 전 종업원 및 의뢰주, 취급점 등에 교육, 지도해 나가고 있습니다만, 연락 미비 및 불충분으로 인해 지적해주신 사태가 발생한 점 진심으로 사과드립니다. 앞으로는 이런 일이 없도록 주의를 기울이겠습니다.

이번 일에 대해 어떤 식으로 대응했는지를 보고드리는 것과 동시에, 재발 방지를 위해 최선을 다할 것을 서약합니다.

一. 조례 및 각 회의 때 지적 사항을 전달하고, 이런 일이 위법이라는 사실을 인식하겠으며, 앞으로는 이런 행위를 해서는 안 된다는 사실을 철저하게 주지시키겠습니다.

二. 이번 일은 야마토 운수 소속 드라이버가 직접 집하 작업을 했으니, 해당 드라이버 및 그룹의 장에게 엄중 주의를 주겠으며, 화물 수령 시 이런 일이 재발하지 않도록 철저하게 확인하겠습니다.

三. 쓰 영업소 전 대리점 및 전 의뢰인에게 각 지구 담당 드라이버 및 사무원이 방문해 별지別紙의 '요청' 전달 및 재발 방지를 위한 협력을 요청했으며, 6월 12일부터 6월 30일까지 실시했습니다.

'요청'이란 '손님 여러분, 택급편을 이용하실 때 화물과 함께 편지(서신)를 함께 보내는 것은 우편법상 금지되어 있으니 주의 부탁드립니다'라는 내용의 벽보를 말한다. 이 벽보는 쓰 영업소뿐만 아니라 야마토 운수의 전 영업소, 전 취급점에 붙었다.

쓰 영업소의 서약서 제출로 이 문제는 해결되었다고 생각했으나, 1984년 7월 28일부로 도카이 우정감찰국장에게서 오구라 마사오 사장 앞으로 경고장이 날아왔다.

게다가 긴키 우정감찰국장에게서 7월 21일에, 간토 우정감찰국장에게서 8월 13일에 같은 내용의 경고장이 오구라에게 보내지면서, 이 '서신 사건'은 확대되어 갔다.

5

오구라는 간토 우정감찰국장에게 10월 3일부로 아래와 같은 답변서를 보낼 것을 비서에게 명했다. 도카이, 긴키에도 같은 식으로 대응했다.

> 간토 우정감찰국장 귀하
>
> 1984년 8월 13일부로 간토 우정감찰국에서 온 경고장에 대해 답변을 할까 합니다.
>
> 1984년 2월 28일에 구마가야 지점에서 발송된 발송인 구마가야 시 호시카와의 간쓰 에이전시, 수취인 요코하마 시 미도리 구 가모이초 23—6—1 우정숙사 1—305 야나기다 후쿠지 님의 화물에 서신에 해당하는 문서가 동봉되어 있었던 것에 대해 유감의 뜻을 표합니다.

야마토 운수로서는 우편법 제5조에 따르며, 위반을 하지 않도록 항상 주의하셨으며, 이하와 같은 대책을 실행하고 있습니다.

一. 화물 수령 시, 서신이 없는지 확인한다.

二. 직영 영업소 및 취급점에 서신을 취급하지 않는다는 사실을 문서로 만들어 게재해둔다.

三. 택급편 선전용 전단에 서신을 보내지 말아달라는 내용을 넣는다.

위의 대책을 실행하고도 이와 같은 일이 발생했다는 사실을 유감스럽게 생각하며, 이 문제를 완벽하게 방지하기 위해서는 위탁된 화물의 내용물을 전부 점검할 수밖에 없습니다.

하지만 실제적으로 개봉 점검은 불가능합니다.

야마토 운수는 서신 배송을 목적으로 한 화물의 수탁, 수송은 지금까지 한 번도 한 적이 없습니다. 또한 수탁화물 안에 서신이 들어 있어 우편법을 위반하지 않도록 노력해왔습니다.

우정감찰국에서는 법에 근거해 대처하겠다고 하나, 저희는 방지 조치를 적극적으로 실시하고 있기에, 우편법에 저촉되지 않는다고 생각합니다.

이런 문제가 발생되는 것을 막기 위해서는 제5조 4항에 따라 발송인에게 경고를 해야만 한다고 판단합니다.

그리고 야마토 운수에서 우정감찰국에 요청드리고 싶은 사항이 있습니다.

제5조 3항을 위반한 경우 중, 서신을 수송하는 것을 직접 목

적으로 하는 경우와 화물 안에 들어 있을 경우가 있습니다만 양쪽은 형태는 같아도 구별해서 조치해주셨으면 합니다.

그리고 제5조 3항의 첨부 명세서 및 송장에 관해서는, 예를 들어 답례품을 보낼 때는 안에 감사의 뜻이 담긴 편지를 동봉하는 것이 관습화되어 있듯, 범위를 넓혀 해석하는 편이 국민 감정에 비춰볼 때 타당하리라 생각합니다.

우정감찰국에서 이해 및 협력을 해주실 것을 진심으로 요청 드립니다.

야마토 운수 사장 오구라 마사오

간토, 도카이, 긴키의 우정감찰국장에 답변서를 보낸 직후, 오구라는 스즈키를 사장집무실로 불렀다.

"답변서 내용이 너무 고압적이었을까?"

"그렇지 않다고 생각합니다. 우정성이야말로 고압적으로 나왔으니까 저희도 이 정도는 해줘야죠. 게다가 관례로서 묵인되고 있던 일을 이제 와서 우편법 위반이랍시고 경고를 날린 것은 '택급편'에 대미지를 주기 위해서입니다. 즉, 말도 안 되는 억지 같은 거죠. '택급편'의 기세에 우편 소포가 밀리고 있으니까, 상황을 역전시키기 위해 서신을 이용해 '택급편'을 압박하고 있는 겁니다. 이대로 당하고 있을 수는 없죠."

"자네는 걸핏하면 싸우려 드는군."

스즈키는 무슨 말을 하려다 멋쩍은 미소를 지으며 입을 다물었다.

걸핏하면 싸우려 하는 사람은 사장님이다, 하고 말하고 싶었던 것이리라. 오구라가 권력을 휘둘러대는 자를 용서하지 않는 것은 아버지의 피를 물려받았기 때문일 것이다.

"우정성이 물러서는 일은 없겠지?"

"아마 그럴 겁니다. 톱인 '택급편'을 무너뜨리기 위해 앞으로도 공세를 늦추지 않겠죠."

팔짱을 낀 오구라는 생각에 잠기며 다리를 꼬았다.

잠시 후, 오구라는 다리를 풀면서 고개를 들었다.

"우정성은 싸워볼 만한 상대지만 이런 일로 에너지를 소비하는 건 바보 같은 짓이지. 가능한 한 빨리 결판을 내고 싶네. 그러기 위해서는 과감하게 숙이고 들어가는 건 어떨까?"

"……."

"우편법 위반으로 우리를 처벌하라고 하는 거야. 그리고 재판을 하는 거지. 그러고 보니 1909년 이후로 서신 문제에 대한 판결은 내려진 적이 없군. 새로운 판례를 만들 좋은 기회야."

"숙이고 들어가는 것과는 거리가 먼 것 같습니다만? 오히려 더 고압적인 것 같군요."

"내 예상으로 볼 때, 우정성은 우리를 처벌하지 못할 거야. 아마 어정쩡하게 막을 내리겠지. 시험 삼아 간토 우정감찰국장을 만나서 이 이야기를 해보게. 만약 우편법 위반으로 야마토 운수를 처벌한다면 그건 그것대로 좋지. 재판까지 가서 판례를 남겨보는 거야. 하지만 우정성에 그런 짓을 할 만큼 간이 큰 녀석은 없을 것 같은데 말이야."

"재미있군요. 지금 바로 간토 우정감찰국장에게 연락을 취하겠습니다."

이틀 후, 스즈키는 오테마치大手町의 종합청사에 있는 간토 우정감찰국에 있는 스기야마 히로시杉山弘 국장을 찾았다.

감찰국 제1부장인 다카노 마코토高野誠가 동석한 가운데, 세 사람은 이야기를 나눴다.

"오구라 사장님의 답변서를 통해 요청을 드린 사항이 있습니다. 검토해보셨는지요?"

스기야마와 다카노는 서로를 바라본 후, 마치 짜기라도 한 것처럼 인상을 쓰면서 스즈키에게 말했다.

"아무튼 법에 저촉되지 않도록 유의해줬으면 좋겠군요. 그 누구도 타인의 서신 배송을 업으로 삼아서는 안 된다, 고 법률로 정해져 있습니다. 우정성의 경고를 가벼운 허풍으로 생각했다간 나중에 벌을 받게 될 겁니다."

"국장님이 말씀하신 벌이란 우편법 76조 위반에 따른 처벌을 말씀하시는 겁니까?"

"그렇습니다."

"감사장이 들어있지 않은 답례품이 말이 된다고 생각합니까? 국장님과 부장님이 보내는 입장이라면 어떻게 하시겠습니까?"

"감사장을 따로 보내겠습니다. 저희가 법에 저촉되는 짓을 할 리가 없지 않습니까."

디기노는 당연한 소리를 하듯 말했다.

스즈키는 보란 듯이 코웃음을 치고 싶었지만 참았다.

"저는 답례품에 감사장을 동봉해서 보냅니다. 대부분의 사람들은 그렇게 하지 않을까요. 그게 상식이라는 거죠. 국민의 대다수가 우편법을 위반한 것이 될 겁니다. 그렇다면 76조로 벌해야만 하겠군요. 그렇게 본다면 법률 쪽이 불합리하다고 할 수 없을까요?"

스즈키는 두 사람이 또 서로를 바라보는 모습을 곁눈질하면서 말을 이었다.

"실은 앞으로도 택급편에 서신이 들어갈 가능성이 존재하기에 곤란해하고 있습니다. 법에 저촉되지 않도록 가능한 방법을 전부 동원하고 있지만 포장을 뜯고 내용물을 하나하나 점검하지 않는 한 완전히 막는 것은 무리일 겁니다. 차라리 3년 이하의 징역 혹은 10만 엔 이하의 벌금형에 처한다는 76조를 적용해 처벌해주시면 어떻겠냐는 것이 오구라 사장님의 뜻입니다. 그래주시면 저희는 바로 재소하겠습니다. 법원에 판례를 달라고 하는 것이 좋을 것 같군요."

"야마토 운수의 답변서에 기재된 요청 사항에 대해서는 검토해 보겠습니다."

스기야마는 질렸다는 표정을 지으면서 그렇게 말했다.

'서신 사건'은 이렇게 끝나겠군, 하고 스즈키는 생각했다. 그리고 오구라의 예상은 적중했다. 그 후로 우정성은 '서신 사건'을 거론하지 않았던 것이다.

1984년도 '택급편' 실적은 1억 5132만 건이며, 전년도 대비 38.5% 증가했다.

1984년 3월 31일, '택급편' 연간 취급 건수 1억 건 돌파를 기념해, 특제 미카사야마 도라야키가 모든 사원에게 주어졌다.

1984년의 야마토 운수 사원수는 총 1만 3300명이었다. 자본금은 약 76억 3천만 엔. 1984년도 매상은 1628억 2500만 엔. 경상이익은 53억 5700만 엔이었다.

제8장 운수성과의 사투

1

야마토 운수는 '택배 전쟁' 중, 노선 면허를 둘러싸고 운수성을 상대로 처절한 전쟁을 벌였다. 야마토 운수라기보다 오구라 마사오와 운수성의 사투라고 표현하는 편이 적절할지도 모른다.

'택급편'의 전국 네트워크를 전개하기 위해서는 노선을 연장할 필요가 있었다. 그래서 야마토 운수는 운수성을 상대로 노선 면허 신청 수속을 진행하는 것과 동시에 기존 업자 매수 및 면허신청을 필요로 하지 않는 경차량 운송사업 신고를 통한 영업 등, 수많은 수단을 구사해 영역 확대를 도모했다.

1970년대 중반부터 1980년대 중반까지, 야마토 운수가 신청한 노선 면허는 100킬로미터 이상 되는 주요 노선만으로도 열세 건이며, 총 3438킬로미터에 이르렀다.

그 외에도 주부 운수국 등, 운수국 권한의 노선은 스물여덟 건, 1570킬로미터였다.

야마토 운수의 노선 면허 신청은 각지의 지방 업자와 알력을 일으키며 반대 운동을 일으켰다.

그 결과, 대부분의 주요노선은 '톱 3개년 계획' 기간 안에 면허를 취득하지 못해, 1984년 4월에 시작된 '신新 톱 3개년 계획'으로 이어졌다.

적재량 350킬로그램 이하의 경차량에 의한 영업은 노선 면허를 취득할 때까지의 임시 수단에 지나지 않았다. 왜냐하면 간선수송을 다른 회사에 위탁해야만 하기 때문에 수송효율 저하, 그리고 서비스 면 및 안전 면에서 문제가 많았기 때문이다.

노선 면허 취득이 늦어지면서 발생하는 문제를 커버하기 위해 어쩔 수 없이 자본 참가 형식으로 타기업을 매수하거나 노선영업권을 양도받아 전국 네트워크 구성에 착수했다.

오구라가 '운수성의 협조 따위 필요 없다'고 말하며 공공연하게 운수성을 비판하기 시작한 것은 1982년 7월부터다.

신문기자에게 '운수성은 '택급편'을 사사건건 방해하고 있다. '택급편' 서비스를 이용할 수 없는 국민은 불행하다'고 공언하기도 했다. 이 '대포'가 운수성에 도달하지 않을 리가 없었다.

오구라가 나라를 상대로 싸우기로 마음먹은 데에는 그럴 만한 이유가 있었다.

'택급편'을 시작하고 7년이 지났다. 하지만 야마나시 현은 수도권인데도 불구하고 '택급편'을 이용할 수 없었다.

1980년 8월, 야마토 운수는 도쿄 하치오지八王子 시―나가노 현 시오지리塩尻 시 사이의 노선 트럭 면허를 신청했지만 운수성은 2년 동안 방치했다.

야마토 운수는 1982년 8월, 조기처리를 부탁하는 요청서를 운수대신에게 제출했지만 야마나시 현의 지방업자 열세 곳이 반대했기 때문에 운수성에서도 조치를 취하지 못한 것도 무리는 아니었다.

더위가 맹위를 떨치는 8월 하순의 어느 날, 당시 상무였던 스즈키 히사히코는 홀로 고후甲府 시에 가 지방업자들의 대표를 만났다.

고후 시내에 있는 야마나시 현 트럭사업자협회 사무소의 회의실에서 스즈키는 차분한 목소리로 말했다.

"여러분의 회사 경영을 위협할 생각은 추호도 없습니다. '택급편'은 우편 소포와 경합하고 있습니다만, 트럭업자인 여러분과 경합할 생각은 없습니다. 공공도로인 국도 20호선을 야마토 운수의 트럭도 달리게 해주십시오."

"이건 사활문제입니다. 결국 경합하게 될 게 뻔하죠. 야마나시의 택배는 지방 업자에게 맡겨주시죠."

강경하게 반대한 이는 신슈 메이테츠信州名鉄 운수의 대표자였다.

"고객에게 '택급편'과 같은 서비스를 할 수 있을 거라고는 생각하기 힘듭니다만."

"할 수 있습니다. 저희는 이 지방과 밀착된 업자니까요."

스즈키는 고개를 갸웃거렸다. 하지만 '택급편'과 여타 택배의 차이점을 설명해본들 소귀에 경 읽기이리라.

"현재 '택급편'은 여러분이 대상으로 삼지 않는 비상업화물을 타깃으로 합니다. 노선화물과 경합하지 않는 거죠. 또한, 야마나시 현에서도 경차량을 통한 '택급편' 서비스가 실시되고 있습니다. 즉 20호 노선을 저희가 달릴 수 없기 때문에 야마나시 현에 사는 분들은 불완전한 '택급편' 서비스를 이용할 수밖에 없는 것입니다. 부디 이 점을 고려해 주십시오. 부탁드립니다."

스즈키는 수도 없이 고개를 숙였다.

하지만 지방 업자와 개별 단위로 접촉하지는 않았다. 과자 하나 지참한 적이 없었고, 점심이나 저녁을 대접한 적도 없었다.

그저 '택급편'이 노선 화물과 경합하지 않는다는 점을 반복해서 어필했을 뿐이었다.

1983년에 들어서자, 지방 업자들이 조금씩 변화하기 시작했다.

1월 13일에는 야마나시 현 트럭사업자협회 유력 멤버인 야마나시 일본운수, 가츠누마勝沼 운송, 하야카와早川 육송陸送 등의 대표자가 고후 시의 협회 사무소에서 '반대신청'을 취소하겠다는 뜻을 밝혔다.

그리고 3월 10일, 노선구역 혼합 산적 부회에 출석해 달라는 요청을 받았다. 그곳에는 신슈 메이테츠 운수를 제외한 다른 열두 회사의 대표자가 모여 있었다.

"우리는 반대 신청을 취소하겠습니다. 야마토 운수의 고후 사업소 설치를 허가할 테니 사업자협회에 가맹해주십시오."

"감사합니다. 어떻게 감사의 뜻을 표현해야 할지 모르겠습니다."

야마나시 현 트럭사업자협회의 유력 멤버들의 이야기를 들은 스즈키는 눈물이 날 것만 같았다.

"스즈키 씨의 열의에 감복하기도 했지만, 야마토 운수와 저희의 이해가 일치한다는 사실을 인식했습니다. 그리고 조건이라고 할 정도는 아닙니다만 연락 운수를 파기하고 지방 업자에게 그 일을 의뢰해주실 수는 없겠습니까?"

"그리고 경차량의 영업신고를 철회해주십시오."

다른 멤버가 그렇게 말했다.

스즈키는 정면과 좌우를 향해 고개를 숙인 후, 천천히 입을 열었다.

"문제없을 거라고 생각합니다. 오구라 사장님에게 말씀을 드린 후, 빠른 시일 안에 답을 드리겠습니다."

스즈키의 보고를 들은 오구라는 평소의 그답지 않게 '잘했다' 하고 했다.

"하지만 마지막으로 남은 한 곳이 문제군."

"예. 쉽지는 않을 거라고 생각합니다. 정치가를 이용해 운수성에 압력을 가할지도 모릅니다. 야마나시 현에는 예의 그 거물 정치가가 있으니까요."

"정치가를 이용하는 건 하책 중의 하책이지. 나중에 대가를 톡톡히 치르게 되거든."

같은 해 6월 2일, 야마나시 현 트럭사업자협회와 최종적으로 접촉해 반대 철회 각서를 썼다. 그 동안에도 스즈키는 신슈 메이테츠 운수와 절충을 계속했다.

하지만 상대는 반대 의사를 꺾을 생각이 없었다.

이 회사는 나가노 현 마쓰모토松本 시에 본사가 있었다. 자본금은 3억 3천만 엔이며, 나가노와 야마나시를 중심으로 노선화물을 운송하는 지방 최유력 업자였다.

신슈 메이테츠 운수가 정치가를 이용해 운수성에 압력을 가한 사실

여부는 확인되지 않았다. 하지만 거의 같은 시기에 노선 면허 신청을 한 사가와佐川 급편이 거물 정치가에게 고액 정치자금을 헌납하고 단시간 안에 면허를 받은 것은 사실이다.

야마토 운수는 이 정도로 운수성으로부터 차별을 받고 있었던 것이다.

스즈키는 운수성의 모든 직원, 국장부터 일반 직원까지 가리지 않고 찾아가 노선 면허 신청 통과를 위해 온힘을 쏟았다. 스즈키가 운수성 안을 쉴 새 없이 돌아다닌 덕분일까, 운수성은 1983년 9월에 해당 사업안을 운수성심의회에 자문했다. 그 결과, 다음 해인 1984년 1월 18일에 공청회를 개최하게 되었다.

이날, 오전 열 시에 가스미가세키霞が関의 운수성 대회의실에서 열린 운수심의회 공청회는 11년 만에 열리는 것이었다. 텔레비전 뉴스 카메라도 반입된 이 이례적인 공청회는 '택배 전쟁'을 상징하는 역사적 사건이라 할 수 있었다.

운수심의회의 열 명 남짓한 위원들 앞에 선 오구라는 우선 모두冒頭 진술을 했다. 즉, 총론總論이었다.

"국민 여러분은 '택급편'을 통해 전국 방방곳곳에 택배를 보내고 싶어 합니다. 그리고 다른 회사의 운송은 '택급편'에 비해 느립니다. 고객에게 양질의 서비스를 제공하는 '택급편'의 사명을 다하기 위해서는 한시라도 빨리 국도 20호선의 노선 면허를 받아야만 합니다. 1980년 8월에 신청을 한 후로 벌써 3년 이상 경과됐습니다. 당사의 노선 면허 신청에 반대하던 지방 업자 열세 곳 중 열두 곳이 찬성으로 돌아서 준 것은 '택급편'이 노선 화물과 경합하지 않는다는 사실을 이해해줬기 때문입니다. 일반소비자 중에는 야마토 운수가 해당 지역에서 '택급편' 영업을 하지 않는 것은 회사의 개인적 사정 때문이라 생각해 항의를 하는 분도 있습니다. 면허가 나오지 않아서 영업을 하지 못한다는 사실을 여론에 호소할 수밖에 없습니다. 야마나시 현 주민들을 위해서도 가급적 빨리 면허를 받고 싶습니다."

차분하고 당당한 태도로 모두진술을 하는 오구라를 본 스즈키는 감복했다. 그는 차분할 수가 없었다. 상호사문相互査問, 즉 각론各論은 스즈키의 역할이지만 예상 문답 같은 리허설 없이 바로 회의가 시작된 것이다. 무릎이 부들부들 떨릴 뿐만 아니라, 옆구리를 타고 식은땀이 흘렀다.

운수성 관계자, 신문기자, 동업자들로 회의장은 가득 차 있었다.

신슈 메이테츠 운수의 우에무라 미츠오上村満夫 사장은 '지방 업자들도 고객들이 원하는 수준의 택배 서비스를 제공할 수 있습니다. 택급편 서비스에 뒤지지 않도록 노력해나갈 것입니다. 택배업계 최대기업인 야마토 운수의 진출을 허용하는 것은 다른 회사의 경영을 악화시킬 것입니다'라고 반대론을 펼쳤다.

일반 공술인 자격으로 공청회에 초대된 마쓰모토 시의 청과물 상업공동조합의 이토 다카시 伊東隆 측은 '택급편의 메리트를 우리도 누리고 싶습니다. 택급편 레벨의 서비스를 지방 업자에게 기대하는 것은 어렵다고 봅니다' 하고 면허 찬성론을 펼쳤다.

상호사문은 세 시간 동안 계속됐다.

이해가 대립하는 야마토 운수와 신슈 메이테츠 운수가 정면에서 부덮쳤으니 격렬한 논쟁이 벌어지는 것은 피할 수 없었다.

스즈키의 상대는 아무도 신경 쓰지 않을 법한 사소한 점을 거론하면서 비아냥에 가까운 질문을 해댔다. 꽤 준비를 해온 것 같았다.

"당신은 경자동차라면 면허 없이 등록만으로 택배를 할 수 있다고 발언했습니다. 그건 야마토 운수가 도로교통법 위반을 용인한 것이나 다름없지 않습니까?"

심의회 회장은 '야마토 운수 측, 대답해주십시오' 하고 말했다.

답변을 생각할 시간은 5초도 채 되지 않았다.

"사실관계에 관해서는 검증이 필요하겠습니다만, 경차량으로 영업을 하는 것은 이용자의 요망에 대응하기 위한 것이며, 면허가 발급되면 그럴 필요가 없습니다."

"대답이 되지 않습니다. 용인 사실을 인정합니까?"

"아뇨. 인정하지 않습니다."

스즈키는 단호한 어조로 말했다.

하지만 택배업자가 도로교통법에 저촉되지 않는다고 보는 것은 힘들었다. 교차로 같은 위험한 구역이 아니라면 묵인할 수밖에 없다는 것이 당시 경찰의 입장이었다. 남 말 할 처지는 아니지 않느냐, 하고 말하고 싶지만 많은 사람들 앞이기에 스즈키는 참았다.

"고후에 영업소를 설치할 계획은 있습니까?"

이 질문도 꽤나 강렬했다. 바로 대답하지 못한 스즈키는 무심코 오구라를 쳐다보았고, '야마토 운수 측. 대답하십시오' 하고 의장이 말하자 자리에서 일어났다.

"아직은 없습니다."

"고후에 영업소를 만들지 않겠다고 약속할 수 있습니까?"

"장래의 일에 대해서는 답변할 수 없습니다. 적어도 현재는 그런 계획이 없습니다."

솔직하게 말하자면, 야마토 운수는 머지않아 고후에 영업거점을 만들 예정이었다. 하지만 솔직하게 말할 수는 없었다.

오랫동안 회사원 생활을 해온 스즈키는 이때만큼 가슴이 오그라든 적은 없었다.

공청회는 야마토 운수에게 유리하게 작용했다. 그 결과, 같은 해 5월 25일, 운수성은 '야마나시 노선'의 면허를 내줬다.

같은 해 6월 1일, 야마토 운수의 트럭이 처음으로 국도 20호선을 따라 달렸다.

그리고 공청회는 야마토 운수에 생각지도 못한 부산물을 주었다. 공청회의 질의를 통해 택배업계의 실태와 제도가 어긋나 있다는 사실이 여실히 드러난 결과, 운수성은 1985년 12월, 택배 중개점을 허가제에서 등록제로 변경함과 동시에 노선 외에서도 집배 범위 안이라면 중개점 등록을 허용하도록 제도를 개정한 것이다.

2

1986년 8월 초의 어느 날 오후, 오구라는 스즈키 전무를 사장실로 불렀다.

이마에 주름이 진 오구라는 심각한 표정을 지으면서 말했다.

"야마나시 노선은 공청회 덕분에 어떻게 됐지만, 북 도호쿠 노선 문제는 5년이 지났는데도 아직 해결될 기미가 보이지 않아. 야마토는 최선을 다해 대응하고 있는데도 말이야. 이쯤에서 결판을 내는 편이 좋을 것 같군."

북 도호쿠 노선 문제란 1981년 11월에 운수성에 면허 신청을 한 센다이—아오모리青森, 기타카미北上—아오모리 두 노선에 관한 것을 말한다.

신청 후 4년이 경과한 1985년 12월 17일부로, 야마토 운수는 운수대신에게 행정불복심사법 제3조에 의거해 이의신청을 하며 조기 처분을 요청했다.

그러자 운수성에서는 1986년 1월 22일에 운수대신의 이름으로 원原신청을 취소하고 재신청을 하라는 통지를 보냈다.

그 통지에서 운수성은 ①이해관계인 다수가 강하게 반대하고 있는 점 ②야마토 운수는 경차량 신고를 통해 일부 영업을 하고 있는 점 ③아키타秋田 현의 일부에서 노선사업 양도를 받은 점—— 등의 귀추에 주목하며 신중하게 심사를 하고 있다는 등의 이유를 댔다.

2월 7일, 야마토 운수는 설명을 요구한다는 내용의 상신서上申書를 작성해 제출하면서 신청을 취소할 뜻이 없다는 사실을 밝힌 후, 강하게 면허를 요청했다.

오구라는 반년 동안 운수성의 대답을 기다렸다. 스즈키를 부른 것은 인내심이 바닥이 났기 때문이다.

"결판을 내겠다는 말씀은……."

스즈키가 의구심 섞인 표정을 짓자, 오구라는 인상을 찌푸리면서 말했다.

"법적 조치를 취하겠다는 거네. 행정사건 소송법에 근거해 운수대신을 제소하도록 하지. 운수성의 방해 행위를 더는 두고 볼 수 없네. '부작위不作爲 위법 확인 소송'을 제기해서 법정에서 운수성의 생각을 뜯어고치세."

스즈키는 등골이 오싹해졌지만, 그와 동시에 마음속 깊은 곳에서 끓어오르는 흥분이 느껴졌다.

감독관청인 운수성을 상대로 소송을 하는 전대미문의 대사건을 오구라는 벌이려는 것이다. 스즈키가 공포와 흥분을 동시에 느끼는 것도 무리는 아니었다.

스즈키가 좀처럼 대답을 하지 않자, 오구라는 짜증이 난 듯한 목소리로 물었다.

"자네는 반대인가? 이대로 계속 기다려보자는 건가?"

"당치도 않습니다. 사장님과 같은 심정입니다. 운수성의 나태함은 이제 도가 지나칠 정도입니다. 법적 조치를 취하면 상대도 더 강경하게 나올지도 모르지만, 그래도 이제는 싸우는 수밖에 없다고 생각합니다."

"운수성 같은 썩어빠진 관청 따윈 필요 없네. 운수성 때문에 '택급편'이 얼마나 많은 손해를 봤나. 그것은 곧 양질의 서비스를 제공받지 못하는 '택급편' 이용자들이 손해를 보는 것이나 마찬가지일세."

오구라의 귀기 어린 기백이 스즈키에게도 전해졌다.

"알았습니다."

"지금 바로 준비에 착수해주게."

같은 달 28일, 야마토 운수는 당시의 운수대신인 하시모토 류타로橋本龍太郎를 상대로 제소라는 수단을 취했다.

그날, 운수성 화물유통국의 담당과장인 미즈노水野가 스즈키에게 연락을 해왔다.

"야마토 운수는 대체 무슨 생각인 겁니까. 운수성은 면허를 주지 않겠다고는 단 한 마디도 하지 않았습니다. 그런데 소송을 하다니, 제정신인 겁니까?"

노할 대로 노한 듯한 상대의 얼굴을 본 스즈키는 압도당했다. 하지만 지금은 밀어붙여야만 할 때였다.

"소송을 취하할 생각은 없습니까?"

미즈노는 억지 미소를 지었다.

스즈키도 표정을 가능한 한 풀면서 말했다.

"오구라 사장님은 운수성의 태만함을 더는 용서할 수 없다고 하셨습니다. 과장님, 생각해보십시오. 야마토 운수가 노선 면허 신청을 한 후로 5년이나 흘렀습니다. 게다가 상신서를 제출한 후로도 반년이나 흘렀는데 아직 운수성은 답변을 주지 않았습니다. 저 또한 수도 없이 운수성을 찾았습니다. 하지만 그때마다 '이해관계인의 반대가 많다', '현재 검토 중'이라는 대답만 들었죠."

스즈키는 조마조마한 심정으로 운수성에 왔지만, 상대와 이야기를 하면서 점점 단호한 마음이 들었다.

미즈노는 스즈키를 노려보면서 말했다.

"원신청을 일단 취소하고 다시 신청하라는 운수성의 행정지도를 무시한 건 야마토 운수이지 않습니까."

"그래서 그 이유를 설명해달라는 뜻이 담긴 상신서를 제출했습니다."

"간단히 말해 운수성의 행정지도에 따를 수 없다는 거군요. 게다가 운수대신을 제소하기까지 하다니 제정신이 아니군요. 다시 한 번 묻겠습니다. 제소를 취하할 생각은 없습니까?"

"오구라 사장님에게 과장님의 생각을 전하기는 하겠습니다만, 법정에서 당국의 생각을 듣고 싶다고 하셨으니 취하는 좀……."

스즈키는 말끝을 흐렸지만, 오구라가 제소를 취하할 것이라는 생각은 눈곱만큼도 들지 않았다.

"대신님도 격노하셨습니다. 저희의 대응이 미비했던 게 아니냐며 노발대발하셨죠."

하시모토 운수대신은 10번이나 당선된 실력 있는 대신이다. 1937년생이며 나이는 젊지만 자민당의 차기 리더로 주목받고 있는 사람이었다.

스즈키에게서 미즈노 과장과의 대화를 전해들은 오구라는 미간을 찌푸리면서 단호한 어조로 말했다.

"취하할 수야 없지. 칼을 뽑았으니까 말이야. 우리 쪽은 배수진을 친 각오로 임하고 있지 않나. 운수성의 비아냥이나 압력은 이미 각오했단 말일세."

하지만 9월 들어 운수성의 방침은 극적으로 변했다.

'업자 간의 조율에 성공하면 면허를 내주고, 그렇지 않으면 각하한다는 생각은 잘못'이라고 마쓰다松田 화물유통국장이 표명한 것이다.

지금까지 반대가 없을 경우에만 내줬던 면허를, 설령 반대가 있다 할지라도 심사기준에 비춰 처리하겠다는 것이니 운수성 면허행정의 역사적 전환이라고 할 수 있을 것이다.

"이걸로 이겼다고 할 수 있겠지. 제소가 운수성의 방침 전환을 이끌어낸 게야."

오구라는 스즈키에게 그렇게 말했다. 스즈키도 동감이었다.

10월 20일, 니혼게이자이日本經濟신문이 이 사건을 조간에서 다뤘다.

'노선면허 보류는 위법인가', '서비스에 지장', '야마토가 운수대신 제소' 등의 표제 아래에 이하와 같은 글이 실렸다.

> '새로운 노선의 면허 신청을 운수성이 장기간 보류하는 것은 부당'하다면서, 택배 업계 최대기업인 야마토 운수가 운수대신을 도쿄지법에 고소했다.
>
> 야마토 운수는 전국 네트워크 수송 체제를 확립하기 위해 1980년 12월, 후쿠오카福岡—쿠마모토熊本—가고시마鹿児島, 후쿠오카—오이타大分—미야자키宮崎—가고시마, 규슈 2노선의 면허를 운수성에 신청했다. 1981년 11월에는 센다이—기타카미—아오모리와 기타카미—아키타—아오모리, 도호쿠 2노선도 신청했다.
>
> 노선 신청을 받으면, 운수성은 운수심의회에서 인가를 할 것

인지 각하할 것인지 판단하도록 되어 있다.

하지만 운수성은 아무런 수속도 하지 않은 채 보류했다. 야마토 운수는 1985년 12월 '장기간에 걸쳐 아무런 처리도 하지 않는 것이 이해가 되지 않는다. 택배 서비스에 지장을 끼쳤다'는 이유로 행정불복심사법에 근거에 이의를 신청했다.

그러자 운수성은 '현 단계에서는 지방업계에 영향이 크기 때문에 신중하게 심사 중'이라고 대답했다.

운수성은 1986년 7월, 도호쿠 노선에 대해서만 운수심의회에 자문했다. 하지만 야마토 운수는 8월, 운수대신을 상대로 행정사건소송법에 근거해 '부작위 위법 확인' 소송을 도쿄지법에 했다.

부작위 위법 확인이란 행정청은 법령에 근거한 신청에는 일정 기간 안에 처분을 내려야 함에도 불구하고 그러지 않은 것이 위법이 아닌지 확인을 요청하는 것이다.

야마토 운수는 '지방 업자에게 위탁하는 현행 방법으로는 성수기에 충분한 서비스를 제공할 수 없다. 몇 번이나 운수성에 처분을 내려줄 것을 요청했으나 답이 없었기에 소송을 하게 됐다'고 설명했다.

운수성은 '몇 년간 처리하지 않은 것은 트럭 화물량이 전국적으로 하락세인 와중에서 수송 능력과 수급 밸런스를 고려했기 때문이며, 다른 악의가 있었던 것은 아니다'라고 반론했다. 공판은 10월 20일 시작된다.

운수성은 도호쿠 노선에 이어, 야마토 운수를 비롯해 일곱 곳의 트럭 회사가 신청한 규슈 지구 아홉 노선에 대해서도 운수심의회에 자문했다. 이런 일괄 자문은 최근 들어서는 그 예가 없었으며, 면허 허가에 신중한 자세를 취해왔던 노선 트럭의 인가 행정을 전환시켰다고 받아들일 수도 있었다.

하지만 이 기본 방침 변환과 지금의 소송 사이의 관련성은 부정되고 있다. 운수심의회는 10월 23일 도호쿠 노선 면허에 관한 공청회를 열었고, 연내에 결론을 냈다.

전문가의 견해 '행정에 불만을 지닌 사람은 제소할 자격이 있다. 야마토 운수의 대응은 옳다. 신규참가를 통해 서비스는 향상될 것으로 보이나, 경쟁 격화 끝에 독점 현상이 발생할 수도 있다. 이용자는 이런 폐해를 고려할 필요가 있다'(교통문제평론가인 가도다 료헤이 씨)

오구라 마사오 야마토 운수 사장의 말 '운수행정은 원래 이용자의 편의와 업계의 건전한 발전을 위해 필요한 것인데, 운수성은 이용자의 편의를 충분히 고려하지 않았다. 소송은 운수행정의 문제점을 지적하기 위한 것이다.'

마쓰다 요시히로 운수성 화물유통국장의 말 '처리가 늦어진 것은 분명하나 그것은 인가 여부를 판단하기 위해 필요한 자료를 모으는 데 시간이 걸린 것이 원인이다.'

스즈키는 운수성 직원에게서 '출입금지'를 통보받았지만, 신경이 굵은 그는 그 후에도 거리낌 없이 운수성에 출입했다.

"전에도 비슷한 말을 들은 적이 있죠."

"스즈키 씨는 대체 신경이 얼마나 굵은 겁니까?"

"글쎄요. 저는 그저 무신경한 바보일 뿐입니다."

"오구라 씨도 정말 배짱이 좋더군요. 나라를 상대로 싸움을 벌인 거나 다름없으니까요."

"그만큼 '택급편'에 목숨을 건 거죠. 대단한 사람이라고 생각합니다."

"신神 같은 사람이군요."

"옛날, 자이언츠의 가와카미 데츠하루川上哲治 선수가 타격의 신이라 불렸죠. 그렇게 본다면 오구라 사장님은 '택급편'의 신이라고 할 수 있을 겁니다. '택급편'을 향한 집념, 집착, 정열에서만큼은 그 누구도 범접하지 못할 겁니다."

"하아…… 화를 내야할지 말아야 할지 모르겠군요."

스즈키는 운수성의 젊은 담당자와 그런 대화를 나눈 적도 있었다.

10월 23일, 운수심의회의 공청회에서 오구라가 한 모두진술을 요약하자면 '연락 운수에서는 양질의 서비스를 제공할 수 없습니다. 야마토 운수는 이미 일부 경차량을 이용해 해당지역에서 택급편을 운영하고 있는 실적이 있습니다. 반대하는 지방 업자의 택배 실적은 미미한 수준이니 그들이 반대하는 이유 자체가 납득이 안 됩니다'라는 것이다.

이해관계자인 지방 업자는 '사활문제에 가까운 중대문제이기에 신중한 심의를 요청합니다' 하고 말했다.

이번 공청회의 상호사문은 스즈키가 미국에 갔기에 상무인 미야노 고지가 담당했다.

전날, 미야노는 극도로 긴장한 탓에 밤에 잠을 못 잤다.

같은 해 12월 2일, 운수심의회는 북 도호쿠 노선 문제에 관해 아키타 현에 있는 일부 운송업자는 불가, 그 외는 면허를 내어줘야 한다고 운수대신에게 답신을 보냈고, 운수대신은 그날 심의회의 답신대로 야마토 운수에게 노선 면허를 인가해줬다.

아키타 현 안의 일부 노선의 허가가 나오지 않은 것은 1985년 11월에 야마토 운수가 지방 업자에게서 요코테橫手—오다테大館 사이의 노선 사업을 양도받아 중복이 되기 때문에 면허의 필요성이 없다, 는 것이 이유였다.

간단히 말해 야마토 운수 측의 '완전 승소'라고 할 수 있는 답신 내용이었다.

3

스즈키가 미국에 간 것은 미국의 공청회에 출석해야 했기 때문이다.

후일, 스즈키가 전문지에 실은 에세이에 그 당시의 일이 실렸다.

> 미국의 공청회는 심리 방식이 일본과 전혀 다르다.
>
> 내가 증인으로 출석한 것은 UPS와 페더럴이 일본 진출을 두고 다툰 공청회였다.

일본은 몇 명의 심의관을 통해 판결이 나지만, 미국은 판사가 한 명이었다. 심리 진행 방식은 이해관계 회사와 운수성에서 의뢰받은 변호사가 주역이 되어 논의를 하고, 이해관계인은 판사와 변호사의 지명에 따라 단상에 서서 상대 변호사에게 추궁을 받는 방식이었다.

참고인으로서 상·하원의원, 지사 등이 나와 회사에 면허를 주라고 당당하게 말하는 것을 보고는 깜짝 놀랐다.

나는 5일차 밤에 진술을 하게 됐다. 우선 판사의 옆에 있는 성조기 앞에서 손을 들고 선서를 했다. 분위기 자체가 거짓말을 하지 못하게 하는 듯한 느낌이 들었다. 그날의 공청회는 21시가 되어서야 끝났다.

미국에서는 사안에 따라 3개월 넘게 공청회를 하는 경우도 있다고 한다.

UPS사는 미국에서 가장 큰 소형 화물 배송 회사다. 오구라는 '부작위 위법 확인 소송'이라는 폭탄을 떨어뜨린 직후인 9월 초에 미국에 건너가 UPS사의 로저스 회장과 회견을 가졌다.

야마토 운수의 국제 택급편의 취급량은 해마다 증가하고 있지만, 서비스 영역 확대에 따른 주요 각국의 집하, 배송을 야마토 운수의 힘만으로 커버하는 것은 너무나도 어려웠다. 특히 광대한 미국에서 자력만으로 네트워크를 구축하는 것은 불가능에 가까웠다.

"미국에서 경쟁력 있는 서비스를 하기 위해서는 미국 기업과 제휴

하는 편이 낫겠지. 그 상대는 UPS사가 적당하다고 생각하네."

오구라가 경영전략회의 등에서 그렇게 발언한 것은 1985년 6월의 일이다.

UPS사가 유럽에 네트워크를 구성하면서 일본에서의 제휴 회사를 찾던 시기와 일치했다.

야마토 운수 외에도 일통과 세이노 운수 등이 UPS사와 적극적으로 접촉하면서 '택배 전쟁'이 미국으로까지 확대되는 상황이 벌어졌다.

야마토 운수는 같은 해 7월부터 UPS사와 절충을 했고, UPS사는 '택급편'을 높게 평가하면서 야마토 운수를 교섭 상대로 정했다.

몇 차례에 걸친 교섭 끝에, 1986년 9월 4일, 야마토와 UPS사는 업무제휴계약에 대한 기본 동의서를 교환했고, 오구라와 로저스는 동의서에 사인을 했다.

기본 동의서에 기초해 두 회사가 도쿄에서 워킹 그룹에 의한 회합을 계속한 결과, 10월 3일, 도큐먼트 수송을 비롯한 소형항공화물의 업무제휴계약이 조인됐다.

'UPS택급편'은 1987년 2월 9일에 시작됐다.

'UPS택급편'의 발매처인 야마토 익스프레스 서비스 주식회사(자본금 5천만 엔, 가토 미치오加藤 美智男 사장)가 작년 12월 26일부로 설립됐다. 야마토 운수의 각 지사와 주관지점 42곳에 국제영업과가 설치되고, 각 지사에 국제항공부문의 경험자를 배치해 만전의 태세를 갖췄다.

'UPS택급편'의 대상은 중량 31.5킬로그램 이하의 소형 항공화물 및 서류이며, 스타트 당시의 서비스 영역은 일본과 미국, 푸에르토리코,

서독 등의 4개국이었다. 표준 소요시간은 일본 · 미국 양국은 집하 후 이틀, 서독은 사흘 안에 배송되는 스피드 상품이었다.

일미 양국은 날짜변경선 관련으로 일본에서 월요일에 배송된 경우, 미국에 월요일에 도착하고, 미국에서 보내진 화물을 월요일 발송 시 수요일에 일본에 도착할 만큼 빨랐다.

전 세계 네트워크망 구축을 목표로 하는 UPS의 국제 전략에 따라 'UPS택급편'의 서비스 영역은 1988년 10월에는 단숨에 41개국으로, 그리고 1989년 10월에는 175개국으로 확대됐다.

그에 따라 유고슬라비아 이외의 동유럽과 소련을 제외한 대부분의 나라를 커버할 수 있게 된 것이다.

참고로 1989년의 'UPS택급편' 취급 실적은 수출 약 31만 3천 건, 수입 약 79만 건이었다. 각각 전년도 대비 37%, 79% 증가한 것이다.

야마토 운수는 '택배 전쟁'의 국제판에서도 압승을 거두고 있었다.

4

야마토 운수는 운수성을 상대로 철저항전을 함으로써, 전국으로 에어리어를 확대했지만, 그 후 운수성 공무원들에게 호된 보복을 당한 적이 한두 번이 아니었다.

오구라가 '운수성 따위 필요 없다'고 말하면 할수록 현장 직원들이 고생을 하게 된 것이다.

감독관청인 운수성과 이렇게 전면전을 펼친 운송회사는 과거에도 미래에도 야마토 운수뿐일 것이다. 그러니 운수관료들에게 증오의 대상이 되는 것도 무리는 아니었다.

아니, 운수성을 떠나 소관 관청과 맞서 싸운 기업은 거의 없었다. 예를 들어 은행 및 생명보험 등의 금융기관이 대장성현 재무성 · 금융청의 방침을 거역하는 일은 있을 수 없다.

운수성의 공격은 오구라가 '대포'를 날려대고 스즈키가 옆에서 엄호를 하면서 겨우겨우 막아냈지만, 지방 운수국의 공격까지 그들이 막아낼 수는 없었다. 결국 감정대립으로 치닫는 케이스도 있었다.

이즈伊豆 노선 문제가 그 전형적인 예다.

야마토 운수는 이즈 지구의 수송을 지방 업자인 이즈 화물 급송과의 연락운수 협정을 통해 지속해왔다.

'택급편'이 급팽창해 스키, 골프, 'UPS택급편' 등, 새로운 서비스를 시작하게 된 것과, 서비스의 레벨 업을 꾀함에 따라, 연락운수에 의존한 상태에서는 이용자의 요망에 원활하게 대응하는 것은 곤란했다.

명확한 정보를 전달받지 못한 탓에 이용자가 클레임을 거는 사태가 줄지어 발생했던 것이다.

1982년 6월에 슈젠지修善寺에 경차량을 이용한 영업소를 설치한 것은 서비스 면을 보완하기 위해서다.

1983년에는 시모다下田에도 영업소 설치를 계획했고, 시모다까지의 노선 운행을 이즈 화물 급송에 의뢰했다.

하지만 이즈 화물 급송은 협력할 수 없다면서 거부 의사를 밝혔다. 이 단계에서 운수성 주부 운수국의 압력이 있었는지는 확실하지 않지만, 그 후의 상황을 보자면 충분히 있을 수 있는 일로 추측됐다.

즉, 1984년 11월 야마토 운수는 시모다에 영업소를 개설하고, 경차량을 통한 '택급편' 서비스, 광역 집배 서비스를 실시, 그리고 1988년 3월에는 미시마三島—시모다 간의 노선 면허를 주부 운수국에 신청했다.

그리고 이즈 화물 급송에서는 맹렬하게 반대했다.

신청 후 2년 6개월 동안 이 건이 방치되자, 야마토 운수는 오구라의 지시로 행정불복심사법 에 의거해 1987년 9월 7일부로 '심사청구서'를 하시모토 운수대신에게 제출했다. '2년 안 처리'의 방침에 반하는 주부 운수국의 직무유기 사태 때문에 오구라는 격노한 것이다.

9월 26일부로 주부 운수국장의 변명서가 운수성을 경유해 야마토 운수에 왔다.

야마토 운수는 즉각 반론서를 제출했고, 그러자 주부 운수국이 재변명서를 보내왔다.

그 사이, 스즈키는 수도 없이 주부 운수국을 방문해 야마다 담당부장과 논쟁을 벌였다. 분노가 치민 나머지 야마다의 책상을 내려친 적도 한두 번이 아니었다.

이런 격렬한 응수 끝에, 주부 운수국은 1987년 12월 6일부로 미시마—시모다 간의 노선 면허를 인가했다. 이번 또한 운수성 측의 굴욕적인 패배였다.

변명서를 통해 '수급 관계에 극명한 불균형이 발생한다'고 주장한 주부 운수국은 겨우 반년 후에 일통에도 면허를 내줬다. 마치 야마토 운수에게 보란 듯이 말이다.

독점지역에 경쟁원리를 도입해 이용자에게 양질의 서비스를 제공하게 됐지만, 한 지역에 세 회사가 들어선 결과, 공교롭게도 수급 밸런스에는 운수국 예상과는 반대급부의 불균형이 발생한 것이 아닐까.

5

1993년 3월호 종합월간지가 특집으로 다룬 '관료왕국 해체론'의 톱기사에서, 오구라는 평론가인 사타카 마코토佐高信와 대담을 했다.

'무법영업을 방조하는 「엉터리 행정을 베다!」', '사가와 사건의 공범자 「운수성의 대죄」' 등의 제목인 이 기사에서, 오구라는 운수성을 격렬하게 지탄했다.

"저는 원래 이 대담을 거절할 생각이었습니다. 이제 와서 운수성에게 미움받는 것도 싫고(웃음), 공무원의 험담을 했다간 현장에서 뛰는 직원들이 고생하게 되니까요. 하지만 얼마 전, 운수성의 자동차 교통국 화물 과장이라는 사람이 한 업계지에 써놓은 말도 안 되는 글을 우연히 읽었습니다. '사가와 급편 사건의 본질은 무엇인가' 같은 테마로 세 개의 문제점을 지적하더군요. 하나는 도쿄 사가와의 와타나베 전 사장이 저지른 거액의 채무보증에 의한 특별배임 문제. 두 번째는 폭력단과 도쿄 사가와 급편, 그리고 폭력단과 정치가가 얽힌 문제. 그리고 세 번째는 사가와 측의 정치헌납금 문제였습니다.

그 기사를 보고 제가 화가 난 건 그 과장이 '이 세 개의 문제는 운수행정과 관계없다' 같은 헛소리를 적어놨기 때문입니다. 그 부분을 본 순간, 저는 분통이 터졌습니다. 사가와 사건은 전부 운수성 때문에 벌어진 거니까요. 자신들의 책임이 아니라고 생각한다면 그건 완벽한 착각입니다. 그래서 이 점을 제대로 짚고 넘어가야겠다고 생각한 겁니다."

"사가와 급편 사건의 배후에는 두 개의 문제점이 존재합니다. 첫 번째 문제점은 운수행정과 직접적 관련이 없지만 운송업에서 번 방대한 돈을 정치가를 비롯해 연예인과 스포츠 선수들에게 마구 뿌려댄 점입니다. 이것은 모럴의 문제인 것과 동시에 정치 문제이며, 특별배임 문제이기도 합니다.

이 일련의 보도에서는 이 문제점만 추궁해 또 하나의 중대한 문제점이 주목받지 못했죠. 만약 사가와 급편이 올바르게 장사를 했다면 수많은 정치가와 연예인에게 마구 뿌려댈 만큼 거액의 돈을 벌지는 못했을 겁니다."

"사가와는 어째서 몇 천 억이나 되는 돈을 그렇게 펑펑 쓸 수 있었던 걸까요. 그 비밀은 바로 무면허로 일을 했기 때문입니다. 사가와 기요시佐川清 씨는 1957년에 교토京都에서 사가와 급편을 개업한 후, 1989년까지 30년 동안 위법영업을 해왔습니다. 운수행정은 그것을 알면서도 모른 척 했죠. 그게 바로 이 사건의 배후에 존재하는 문제점입니다."

"1989년에 법률 개정이 되기 전, 그러니까 도로운송법 시대에는 운수성에서 면허를 내줬습니다. 그리고 법률에 근거해 면허를 따지 않으면 운송업을 할 수 없으며, 저희 같은 각 사업자는 그 룰을 따라왔죠. 하지만 사가와 그룹은 그것을 무시한 채 무면허 영업을 해오면서 엄청난 이득을 챙겼습니다. 이런 위법 행위를 한 회사가 그렇게 오랫동안 할 수 있었다는 것 자체가 용서받지 못할 일이 아닐까요."

"야마토 운수한테는 입만 열었다 하면 '법률을 지켜라' 하고 떠들어댔을 뿐만 아니라, 법을 준수하면서 일을 하고 있는데도 공무원들은 면허를 주지 않았습니다. 저희는 도쿄에서 센다이까지의 면허는 있지만, 센다이에서 아오모리까지의 면허는 없죠. 그래서 정규 수속에 따라 서류를 맞춰 면허 연장을 신청했으나, 6년 동안 방치됐습니다. 어쩔 수 없이 행정소송이라는 수단을 동원하자, 상대방은 놀라서 허둥지둥 면허를 줬죠. 하지만 사가와 급편만은 언제나 간단하게 면허를 발급받았습니다. 그리고 그건 사가와 급편으로부터 정치헌납을 받은 정치가가 운수성에 압력을 가했기 때문이죠."

"운수성이 이 사실을 몰랐을 리가 없습니다. 사가와가 하고 있는 짓은 본질적으로 보면 위법이죠. 방금 전에도 말했듯 1989년에 법률개정이 되면서, 그 전까지의 도로운송법이 화물자동차 운송사업법으로 바뀌면서 규제가 완화되었습니다. 하지만 도로운송법에서는 면허가 두 종류 있었습니다. 하나는 도로면허라 불리는 것으로, 도로상에 있는 지점에서 각양각색의 소화물을 혼재해서 싣고 운송하는 것이 가능합니다. 여객으로 치자면 불특정 다수의 사람들을 태우고 옮기는 승합버스죠. 간단하게 말해 소형 화물을 모아서 장거리 운송을 하는 겁니다.

이 '노선'은 각 지역을 경유하면서 장거리 수송이 가능한 노선 면허입니다. 그리고 '전세'라는 것이 있죠. 이것은 각 구역 면허이며, 면허를 받은 구역 안에서 자동차를 전세낸 사람에게 서비스를 제공합니다. 구역 밖까지 배송을 할 수 있지만 각양각색의 화물을 실을 수는 없습니다. 예를 들어 도쿄 구역 면허를 가지고 있어도 아오모리 현 안에서 사업을 하려면 아오모리의 구역면허를 새롭게 취득해야만 합니다. 저희는 이사 관련 업무를 위해 47개 지역 전부에 면허 신청을 했죠."

"사가와는 노선 트럭처럼 각양각색의 소형 화물을 적재하면서도 노선 면허를 따지 않았습니다. 노선 면허를 따면 도쿄 터미널과 오사카 터미널 간의 운행차 숫자, 차량의 유지와 관리까지 규제를 받기 때문입니다. 한편 사가와처럼 구역면허밖에 없는 운송업자가 구역 밖에서 운송업을 하기 위해서는 구역 경계에서 다른 구역의 운송회사에게 릴레이하는 수밖에 없습니다만, 사실상 그런 것은 불가능합니다. 그래서 사가와는 완벽한 위법영업을 한 거죠. 도쿄에서 오사카까지 화물을 옮길 때도 소형트럭 회사에 값싼 수송비로 일을 넘기기 때문에 코스트가 적게 듭니다. 그런 위법적인 운송업자가 30년가량 당당하게 일본 안에서 영업을 해온 거죠. 운수성은 영업정지를 시켜야하는

데도 불구하고 묵인해왔기 때문에 사가와 그룹만이 떼돈을 벌 수 있었던 겁니다."

"1986년에서 1987년 즈음, 사회당이 운수위원회에서 사가와의 장시간 노동 문제를 추궁하자, 운수성은 트럭 몇 대의 영업정지라는 처벌을 내렸습니다. 하지만 원래라면 면허 취소를 해야 마땅한 사안입니다. 그런데 사가와는 며칠간의 면허 정지 처분만 받았습니다. 그리고 처벌을 받은 이들은 그 후 태연하게 같은 짓을 반복했죠. 1978년에는 이런 일도 있었습니다. 규슈 노선 회사가 사가와 급편의 위법 사실을 거론하며 문제시했습니다. 그때, 후쿠오카의 육운국의 과장이 그 노선 회사와 사가와 급편을 불러서 '회사 간 업무 제휴 계약을 체결하라'면서 계약서를 쓰게 했습니다. 노선 회사에게 하청을 주면 사가와의 위법성이 사라지기 때문에 그렇게 한 거죠. 이 일로 알 수 있듯, 운수성은 사가와의 위법성을 인식하고 있으면서도 무시해왔습니다. 자신들이 세간의 규탄을 받지 않도록 도망갈 구멍을 만들면서요."

"저희는 어느 시기부터 '저 회사는 우리와 다르다'고 생각하면서 포기했습니다. 건드려봤자 좋을 것이 없다고 판단한 거죠. 하지만 초기에는 지방 업자들을 중심으로 상당한 반발이 있었고, 그것을 억누르기 위해 사가와는 수많은 정치가들과 연줄을 만들었습니다. 전국 규모의 위법행위를 하기 위해 전국에 있는 의원들에게 현금을 뿌려댄 거죠. 그 현금에는 사가와가 위법적인 행위를 하더라도 적발하지 말고 눈감아달라는 뜻이 담겨 있었다고 봐야 할 겁니다."

"무면허 영업을 묵인한 운수성의 책임은 크며, 운수성에 정치가가 압력을 가해 묵인하게 했다면 그것은 큰 문제라고 생각합니다."

"운수행정 자체가 합리성과는 거리가 멀며, 극도로 불투명할 뿐만 아니라 불공정합니다. 예를 들어 도로운송법이 만들어진 것은 1951년입니다만, 당시에는 건전한 사업자를 키우겠다는 명목으로 면허제가 도입되고, 참가 규제가 이뤄졌습니다. 동시에 소비자보호라는 명목에서 인가 운임제도가 생기고, 운수성이 인가한 운임표의 금액으로 영업하게 했죠. 산업을 육성하는 과정에서는 그런 과정을 거칠 필요가 있을지도 모르지만, 업계가 어느 정도 성숙되면 그런 방식은 거꾸로 마이너스가 됩니다. 그때 '규제 완화'라는 말이 나오면서 1989년에 종래의 면허제는 허가제로 바뀌었습니다. 그리고 인가운임제도 또한 신고제로 바뀌었죠."

"면허제 시대에도 면허 기준이라는 것이 존재했지만, 누구에게 면허를 줄지는 나라에서 결정했습니다. 하지만 현재의 허가제는 객관적인 허가 기준이 있어서, 그것을 만족시키면 누구든 참가할 수 있습니다. 그렇다면 시장원리가 적용되어야 하겠지만 실상은 그렇지 않죠. 예를 들어 면허제의 원래 취지는 수급 밸런스를 맞추려는 것이었습니다. 하지만 현장의 수요를 운수성이 전혀 파악하지 못했죠. 화물 공급이라면 명확한 통계를 낼 수 있겠지만, 택배의 수요는 발송인의 의식에 따라 변하는 것이기 때문에 정확하게 알 수는 없습니다. 그래서 제가 이전에 '기본적인 데이터도 없이 어떻게 수급 밸런스를 조정합니까?' 하고 물었더니, '동업자가 반대하면 공급과잉으로 본다'고 하더군요."

"저희가 도쿄—센다이 간 면허를 신청하고 5년이나 기다려야 했던 것은 반대하는 이가 있었기 때문입니다. 택급편이라고 하는 것은 평범한 운송회사와 전혀 다른 업종이지만, 지방 업자들은 '야마토 운수가 무섭다. 그래서 반대한다'는 식으로 감정적 반대를 해서 면허를 인가받지 못했습니다. 그때, 운수성 측에서 '반대자를 설득해 반대 의사 표시를 취소하게 하면 허가를 해주겠다'고 했었죠. 노선 트럭의 1984년도 실적에서 면허 신청 107건, 면허 66건, 각하 0건, 철회 29건. 그리고 1985년도에는 면허 신청 144건, 면허 90건, 각하 0건, 철회 78건입니다. 운수성 측은 동업자가 반대하는 걸 보니 시장성이 없어, 나도 인가해줄 생각 없어, 한 번 각하되면 당분간은 신청 못 해, 일단 철회한 후 다시 신청해, 하고 떠들어댄 거죠. 하지만 실은 신청을 받고 곤란해하고 있는 것은 동업자들이 아니라 운수성입니다. 각하할 정당한 이유가 없기 때문이죠."

"규제 완화를 해서 면허제가 허가제가 된 후, '이제 신청 수는 급증할 것이다, 그러니까 직원을 늘려야만 한다'라며 인원을 늘렸습니다. 그걸 본 다른 관청 사람은 '운수성은 엄청나네. 이 시기에 인원을 더 늘리다니 말이야' 하고 말했습니다. 퍼킨슨의 법칙을 아십니까? 공무원은 자신의 부하를 늘리고 세력을 키워 상급 공무원 자리를 늘리기 위해 일을 합니다. 그래서 저는 예전부터 '운수성 무용론'을 주장해온 겁니다."

"이번 법 개정으로 운수성은 지금까지의 경제적 규제를 약화시킨 후, 수급 밸런스는 터치하지 않겠다, 시장원리에 맡기겠다, 그 대신 사회적 규제를 강화하겠다고 합니다. 규제를 완화하고 허가제가 되면 새롭게 이 업계에 뛰어드는 사람이 많아 업무를 제대로 보지 못할 수도 있습니다. 운전사가 장시간 노동을 하다 졸음운전을 하면 큰일이다. 과적 운전도 걱정된다. 그래서 이 두 가지는 철저하게 단속해야만 한다는 논리나 마찬가지죠. 문제는 이 단속을 누가 하는가, 입니다. 실은 과적 단속은 그렇게 큰 문제가 아닙니다. 중량계를 100킬로미터 간격으로 국도에 설치하면 순식간에 사라질 테니까요. 하지만 운수성은 그런 짓을 할 생각이 전혀 없습니다. '사업자단체를 지정해줄 테니까 거기서 해' 하고 명령을 내릴 뿐이죠."

"얼마 전, 운수성은 사가와 측 여섯 회사의 합병 신청을 허가했습니다. 도쿄 사가와가 엄청난 채무보증을 서서 4천 억에서 5천 억가량 되는 채무를 짊어지게 되자, 도쿄 사가와 외에 오사카 사가와, 호쿠리쿠 사가와 등의 여섯 회사가 합병 신청을 한 것입니다. 그 신청 내용을 보니, 합병 후 10년 안에 채무를 전부 변제할 수 있다. 이후 10년간 매상에 대한 경상이익률은 17%, 라고 적혀 있어서 놀랐습니다. 이것은 운송업자의 상식에 비춰 보면 말도 안 되는 수치이기 때문입니다. 운수성의 통계에서도 운송업자의 경상이익률은 4% 정도가 평균치죠. 그리고 법률상으로는 업자에게 '적정이윤 이상의 이득을 본다면 운임 변경 명령을 내린다'고 하지만, 사가와가 '경상이익 17%'라고 하자 '다행이군요. 그걸로 빚을 갚으면 되겠습니다'이죠. 앞뒤가 맞지 않습니다. 하지만 현재 국회에 나온 행정수속법에는 제가 '신고는 관청에 서류가 도착하면 효력이 발생한다'는 항목을 넣어두었습니다. 이 법이 통과된다면 운수행정의 허가제는 꽤 변할지도 모르죠. 허가기준을 구체적으로 세우고, 사무처리 기간을 1년 이내로 한다, 사무처리 기간을 명확하게 정하라, 말뿐인 행정지도는 안 된다, 요구가 있으면 문서화하라, 같은 내용입니다. 하지만 아마 공무원들이 거세게 저항할 테니 이 법률이 통과될 가능성은 극히 낮죠. 현재 일본 관청들의 작태는 최악입니다. '성익省益은 있으나 국익國益은 없다' 정도가 아니라 지금은 국익局益밖에 없죠."

그야말로 오랫동안 운수성을 상대로 싸워온 자가 아니라면 할 수 없는 말들이었다.

인터뷰를 끝낸 후, 사타카 마코토는 오구라의 이야기를 '이익행정에의 도전'이라고 찬양하면서 운수성을 지탄했다.

조선造船 스캔들, 부슈武州 철도 사건, 오사카 택시 스캔들, 록키드, 그리고 이번 사가와 급편 등, 일본에서 발생한 대부분의 오직汚職 사건에는 운수성이 관여하고 있다. 그런 의미에서 볼 때 이 사건들은 운수성 스캔들이라고 해도 과언이 아닐 것이다. 운수성이 최대 인가 관청이라는 것이 원인일 것이며, 이렇게 이권만 밝히는 운수 행정에 오구라 씨는 정면으로 도전해왔다.

'야마토에게는 정치력이 없다. 있어도 쓰고 싶지 않다'라고 말한 오구라 씨는 '운수성 따위 필요 없다'는 발언도 해서 주위 사람들의 가슴을 오그라들게 만들었다.

하지만 이번 사가와 급편 사건의 발각으로 야마토의 방식이 칭찬받아 마땅한 것이라는 사실이 밝혀졌다.

코스모스와 사가와의 '정치력' 행사 작전이 스캔들로 이어졌으며, 그것을 막기 위해서는 어떻게 해야 하는가. 오구라 씨는 단호한 어조로 위와 같이 말했다. 어쩌면 운수성 관료들은 이 일로 또 '고양이 괴롭히기'를 시작할지도 모른다. 그렇게 되면 이쪽도 집요하게 운수성 비판을 계속할 것이다. 그것이 오구라 씨의 '용기'에 답하는 길이라고 생각하기 때문이다.

제9장 유통 혁명

1

야마토 운수가 개발한 신상품은 고객의 클레임을 출발점 삼아 개발된 경우가 대부분이다. 야마토 운수 측에서 보자면 서비스의 질을 더욱 높이려는 것에 가까우리라. 즉, 무엇보다 서비스를 우선하는 것이다.

1983년에 시작한 '스키 택급편'과 1984년에 영업을 개시한 '골프 택급편'도 위에서 말한 경우의 전형적인 예다.

'스키 택급편'은 1년 전인 1982년 12월에 나가노 지점이 '빈손 스키 서비스'라는 호칭으로 스키용품 수송 서비스를 시작한 것이 발단이 되었다.

나가노 지점이 취급하는 '택급편'의 주력 상품은 특산품인 사과다. 사과 시즌은 11월부터 12월이며, 와사비와 와사비절임 등의 특산품을 포함해 1989년 시점에 월간 100만 건 이상을 취급하게 되었다. 하지만 1982년 시점에는 화물 숫자가 적었다.

이 지역 영업소 직원을 비롯해 SD세일즈 드라이버들은 어떻게 화물을 확보할 것인지 절치부심했다.

1982년 12월 초의 어느 날, 지점 앞을 지나가는 스키 버스를 본 젊은 SD가 중얼거렸다.

"스키 장비를 택배로 우리가 배달할 수는 없을까?"

동료 SD가 대답했다.

"대중교통으로 스키를 타러 가는 사람들은 스키 장비 때문에 본인도 고생이지만 다른 승객들에게도 폐가 되지. 스키 장비의 '택급편' 배송은 확실히 고려해볼 여지가 있을지도 모르겠군."

"스키 시즌은 1월부터 3월까지니까 '택급편' 성수기가 겹치지 않는 점도 좋지. 스키 인구는 늘어가고 있는 추세니까 시도해볼 가치는 충분히 있지 않을까?"

SD들은 지점장인 고시노 가즈유키越野和行에게 자신들의 아이디어를 말했다.

고시노는 소극적인 반응을 보였다.

"스키 장비의 사이즈가 문제되지 않겠나?"

"스키판은 사이즈가 일정하니 시스템화하기 쉬울 겁니다."

"눈이 많이 내리는 시즌에 차량을 모는 건 위험할 텐데."

"바퀴에 체인을 감으면 웬만큼 눈이 와도 달릴 수 있습니다. 스키인들 입장에서 보면 스키 장비를 옮기는 건 정말 고생일 테니 충분히 수요가 있을 거라고 생각합니다."

SD들은 한 걸음도 물러서지 않았다.

고시노는 결국 그들의 열의에 밀리고 말았다.

"본사와 연락을 한 후, 우선 호텔에서 스키인들의 자택까지 편도로 운영해보세. 이름은 '빈손 스키 서비스'라고 할까?"

'빈손 스키 서비스'는 여성 스키인들에게 호평을 받았다. 하지만 호텔 주차장까지 버스나 자동차로 스키 장비를 옮긴 후에도 주차장에서 호텔까지 짐들을 옮기는 것도 상당한 고역이었다. 눈 때문에 가방에 달린 바퀴도 도움이 되지 않았다.

스키인들은 왕복 택배를 SD들에게 요청했다.

고시노는 왕복 택배만큼은 좀처럼 허가해주지 않았다.

“눈보라가 치기라도 하면 어떻게 할 건가. 최악의 경우 산 위에 있는 호텔까지 인력으로 스키 장비를 옮겨야 할 수도 있네. 자네들, 거기까지는 생각해본 건가?”

“괜찮습니다. 해보죠. 편도 운행 같은 어중간한 배송을 하는 것보다는 나을 것 같아요.”

고시노는 투덜대면서도 결국 고개를 끄덕였다.

그리고 왕복 택배는 성공했다.

나가노 지점의 보고를 받은 영업추진부는 테스트 지역을 넓히기로 결정한 후, 야마가타山形, 니가타 두 지점에도 ‘빈손 스키 서비스’ 운영을 지시했다.

1982년 12월부터 1983년 4월까지 5개월간 세 지점에서 ‘택급편’에 준하는 형태로 옮긴 스키 장비는 1만 7193건에 이르렀다.

스키인들 뿐만 아니라, 호텔 측과 스키장 관광업자도 스키 장비 운송으로 골머리를 썩이고 있었기에 이 테스트는 상당한 파급력을 낳았다.

이 결과에 따라 ‘스키 택급편’이라는 이름의 새로운 서비스가 시스템화되어 영업을 개시한 것은 1983년 12월 1일부터다.

‘스키 택급편’의 서비스 지역은 ‘택급편’ 서비스 지역 안에 있는 전국

426개소의 스키장에서 스키인의 집까지와 자택에서 스키장까지이며, 요금은 스키판, 배낭 모두 '택급편' M사이즈와 같았다(커버를 씌울 시 200엔 추가).

'스키 택급편'이 전국적으로 전개된 첫해(1983년 12월~1984년 3월)의 취급 건수는 25만 4054건이었다. 예상 이상의 호조였다.

'스키 택급편' 2년차인 1984년 12월은 니가타 지방을 중심으로 기록적인 폭설이 내렸다.

이해, 기록적인 한파가 일본 열도를 덮쳤고, 도쿄 지방의 강설일수 29일은 기상청이 시작된 이래의 신기록이었다.

맹렬한 눈보라로 리프트도 작동하지 못하게 된 스키장도 적지 않았다.

'스키 택급편'도 고전을 면치 못했다.

고시노의 불안이 불행하게도 적중하고 만 것이다.

고속도로 봉쇄와 도로 제설 작업이 차질을 빚은 탓에 업무가 혼선을 빚어 스키 장비가 스키장에 늦게 도착해 고객에게 폐를 끼치는 사건이 니가타 지방을 중심으로 속출했다.

야마토 운수는 사원들에게 정월 휴가를 반납하게 한 후, 전국 규모의 지원부대를 만들어 가능한 한 이 사태에 대응하게 했다. 그리고 이 폭설을 교훈 삼아, 사무소의 증설 및 기지 신설 · 정비 등의 서비스 개선책을 실행했다.

그중에서도 오구라 사장의 지시로 개발한 특장차(설상차)는 '스키 택급편' 서비스에서 커다란 위력을 발휘했다. 설상차는 이 사업을 시작한 지 3년차에 접어드는 1985년 12월 1일에 여덟 대 도입되었다.

아무리 눈이 많이 와도 캐터필러가 달린 설상차는 무리 없이 달릴 수 있었다.

그리고 3년차 스타트에 맞춰 '스키 택급편'의 도착 정보를 각 종착점에서 사전에 확인할 수 있는 정보 시스템이 개발된 결과, 정확한 업무를 수행할 수 있었다.

또한, 1988년도에 시스템이 개선됨에 따라, 컴퓨터를 통한 스키 이용일 입력과 보관 정보가 실시되었기 때문에 고객에 대한 서비스가 크게 향상되었다.

나가노 지점이 '스키 택급편'을 위해 개발한 것 중 하나는 스키판용 비닐 포장자재다.

사철私鐵 계열 호텔이 숙박객을 대상으로 스키판을 이송해주지만, '스키 택급편'과 구별할 필요가 있었다는 것이 이 자재를 개발한 연유였다.

참고로 '스키 택급편'의 취급건수의 추이를 보자면 1984년도 40만 5870건, 1985년도 67만 4416건, 1986년도 86만 5291건, 1987년도 121만 6213건, 1988년도 155만 9620건, 1989년도 168만 4357건이었다.

1984년 4월 1일부터 영업을 시작한 '골프 택급편'도 '택급편'의 새로운 서비스로서 각 방면에서 주목받았다.

고객의 요망에 따라 본사 영업추진부가 상품화한 제품이다.

골퍼들에게 골프백 이송만큼 번거로운 일은 없다.

영업추진부의 다카다 슈이치高田修一를 비롯한 담당자들은 전국에 있는 1328개의 골프장에 앙케트 방식으로 취급을 의뢰했다. 그 결과, 취급을 거절한 골프장은 10% 정도밖에 되지 않았다.

골프백은 '택급편' 사이즈에 맞지 않을 뿐만 아니라 뉘어서 실을 수도 없다. 그래서 전용 운반차와 전용 케이스를 개발해야만 했다.

또한 집배 서비스가 골프장으로 한정되기 때문에 골프장의 요구에 맞춘 시스템을 구축해야만 했다.

영업개시 전에 이런 점들을 클리어한 후, '골프 택급편'의 내용을 아래와 같이 정했다.

▽취급품목=골프백, 보스턴백.

▽서비스 에어리어='택급편' 구역 안의 골프장과 자택

▽서비스 레벨='택급편'과 동일. 단, 골프 플레이 전날 도착.

▽요금='택급편' M사이즈 취급.

▽취급=전용 케이스 사용. 단, 케이스는 별매.

▽작업=전용 운반차 개발 및 사용.

▽정보=골프장 발송에 한해 도착 시 '골프 택급편 도착 정보'를 출력. 만일 현품이 플레이 전날까지 도착하지 않는다면 수색 태세를 취하는 시스템 확립.

TV광고 덕분인지 스타트 당초 한 달에 3만 건 정도였던 취급건수가 10월에는 10만 건을 돌파하는 대히트 상품이 되었다.

문제는 수도권 골프장을 중심으로, 주말에 쇄도하는 골프백의 산을 본 골프장 관계자들이 관리 및 대응 때문에 비명을 질렀다는 점이다.

야마토 운수와 골프장 측은 개선책을 협의한 결과, 아래와 같이 시스템을 개선했다.

①플레이 전날에 배송한다(일찍 배송된 경우, 회사에서 보관).

②시간 지정 배달, 사전 도착 연락도 가능한 한 실시한다.

③보관을 위한 전용 박스를 골프장에 제공.

④골프장 배송 건의 착불 금지.

⑤전달 후 사고를 비롯해 모든 트러블에 대한 책임은 야마토 운수가 진다.

⑥가능한 한 취급점 계약을 체결하는 등 필요에 맞는 특별한 계약을 맺는다.

'골프 택급편'은 붐을 일으켰다. 개시년도인 1984년도에 91만 4144건, 1985년도 160만 375건, 1986년도 220만 7965건, 1987년도 312만 4245건, 1988년도 383만 5515건, 1989년도 464만 3646건을 기록하며 높은 신장률을 보였다.

2

"스티로폼에 포장된 짐이 불쌍하군……."

오구라의 그 중얼거림이 '쿨 택급편' 개발의 계기가 되었다.

'택급편'을 통해 취급되는 짐의 50% 가까이가 식료품이다. 보통, 식료품의 신선도를 유지하며 배송하기 위해서는 발포 스티로폼 용기에 드라이아이스 및 보냉제와 함께 넣어 수송했다.

'프레시24', 프레시48' 등을 표방하는 야마토 운수의 서비스도 이 수준을 벗어나지 못했다. 하지만 이 방식으로는 신선도 유지에 한계가 있었다.

오구라는 1984년 여름, 도쿄의 터미널(집배 센터)을 시찰할 때, 짐의 1/3가량이 스티로폼 용기인 것을 보았다.

그리고 무심코 중얼거린 말이 1985년 4월 경영선략회의(오구라 사징, 스즈키 전무를 비롯한 도쿄 주재 임원으로 구성)에서 '택급편에 냉장기능을 추가한 운수 시스템 개발'을 테마로 한 방침 결정으로 발전한다.

경영전략회의에서 ①생산자와 상점에서 개인에게 보내는 상품을 대상으로 생각함 ②어떤 짐이라도 배송 가능한 서비스를 확립함 ③물품에 적합한 온도에서 수송함 ④출하 측에 지금까지 이상의 비용적 부담을 주거나 수고를 끼치지 않을 것 ⑤언제 어디서나 이용할 수 있는 서비스로 만들 것── 등의 기본 방침이 정해졌다.

영업추진부가 각 메이커들과 접촉을 개시한 것은 같은 해 7월경부터였다.

가장 큰 과제는 온도 체제를 어떻게 할 것인가, 였다.

5℃(냉장)와 0℃(빙온) 외에는 고려의 가치가 없다고 메이커 측은 주장했다.

영업추진부장인 요시토미 게이지吉富敬二(45세), 동일부서 택급편 과장인 가세 교加瀨享(39세)도 메이커 측의 의견에 동의했다.

당초 단계에서는 마이너스 18℃의 냉동 온도 체제는 생각지도 못한, 그야말로 꿈같은 이야기였다.

하지만 오구라는 마이너스 18℃를 포함한 3온도 체제를 고집했다. 왜 메이커 측이 시키는 대로 해야 하는 것인가, 두 온도 체제로만 운영해서는 서비스가 완벽할 수 없다, 왜 처음부터 포기해야만 하는가, 하고 오구라는 생각했다.

마이너스 18℃에 도전할 가치는 있다, 고 주장하는 오구라의 열의를 어디서 들은 것일까, 후지은행의 소개로 벤처 비즈니스인 코르코(본사 주오 구 교바시)가 영업추진부에 접촉해왔다.

코르코의 스기오카杉岡 사장은 대담한 발상으로 요시토미, 가세를 놀라게 했다.

그것은 냉기 전달 방식이 아니라 내부 냉각방식으로 불릴 방법이었다. 마이너스 18℃의 두꺼운 벽을 부술 수 있는 경이적인 제안이었던 것이다.

"한마디로 말해 발포 스티로폼 케이스에 작은 창문을 달아, 그 안에 내각된 철봉을 집어넣어 화물을 내부에서 식히는 방식입니다. 철봉을 식히는 에너지는 전기죠."

요시토미와 가세는 그 제안을 받아들였다.

경영전략회의를 통해 약 2천만 엔의 예산을 받아 코르코에 내부 냉각방식의 개발을 의뢰했다.

개발은 순조롭게 진행되는 듯했다. 단, 코스트를 무시한다면 말이다.

발포 스티로폼 케이스와 철봉 등의 장비도 포함해, 이 방식으로는 코스트가 너무 높아 적자를 볼 수밖에 없다는 무참한 결과가 요시토미와 가세를 짓눌렀다.

온도관리를 2온도 체제로 할 것인가, 3온도 체제로 할 것인가를 둔 논의는 결판이 나지 않은 채 1987년이 되었다. 그때도 오구라는 산소회사를 방문하거나, 아키하바라秋葉原 전자상가를 돌아다니면서 홀로 도전을 계속했다.

그리고 같은 해 3월, 오구라는 작업, 하드, 영업이라는 세 부서로 구성된 프로젝트 팀을 설치해야 한다고 경영전략회의에서 주장했다.

요시토미가 팀 리더로 지명되었다.

그리고 작업부는 가세, 하드부는 미야모토 마사히사宮本正久(34세), 영업부는 야마노우치 마사시山之內 雅史(26세)가 맡았다.

야마노우치는 입사 3년차인 사원이다. 평사원이면서 이런 프로젝트에 관여하게 된 것은 행운이라고 야마노우치는 생각했다.

가세를 비롯한 세 사람은 영업추진부에 소속되어 있기 때문에, 가세는 간사 역할이라고 할 수 있는 작업부의 리더로 지명된 것이다.

회사 전체를 포괄하는 프로젝트 팀의 멤버로는 현장에서도 뽑혔다.

영업부에는 구리무라 시노부栗村信夫(북 도쿄주관지점장, 40세), 우에야마 히로키上山博喜(간토 지사 영업과장, 42세), 사사자키 시로笹崎司朗(지바 특판영업소장, 29세).

하드부는 하타 야하기畑矢作(차량부 차량과장, 44세), 네모토 이치리根本一利(후카가와 공장장, 45세), 가와히라 히로시川平宏(작업개선부 작업개선과장, 52세).

그리고 작업부는 이시가키 기요시石垣清(작업개선부 운행개선과장,

37세), 기타구치 요시北口芳夫(사무개선부 시스템개발과장, 36세), 고시즈카 가즈유키越塚和行(사이타마 주관지점장, 44세).

옵저버로서 노동조합 부위원장인 스즈키 다케오鈴木武夫(54세)가 프로젝트 팀에 참가했다. 이 점은 노동조합도 '쿨 택급편' 개발에 긍정적인 반응을 보이고 있다는 사실을 시사했다.

참고로 1984년 10월 11일부로 노동조합의 위원장은 아이하라 스스무에서 이세 고지로, 서기장은 야마다 사부로에서 마쓰야마 고이치로 교대됐다. 정년퇴직에 따라 집행부 인사들이 바뀐 것이다. 이세와 마쓰야마는 자기 생각을 곧이곧대로 말하는 사람들이었다.

여담이지만 이세는 타고난 성정 때문에 뇌경색으로 쓰러진 적이 있었다.

야마토 운수는 4월과 9월을 매년 '교통사고 제로 월간'으로 정해 사고박멸운동을 추진해왔다.

하다못해 1년 중 두 달 동안만이라도 교통사고를 내고 싶지 않다, 는 것이 SD들의 공통된 생각이었고, 1987년 9월은 전국에서 교통사고가 여섯 건밖에 나지 않았다. 운송회사에 있어 사고는 항상 뒤따르는 것이기에 여섯 건 정도라면 사고가 거의 발생하지 않은 것이나 다름없었다. 이 정도라면 제로 달성을 발표하고 싶은 게 사람 마음이리라.

노사간담회에서, 경영 측 담당자가 제로 달성을 선언했다.

그리고 정의감을 주체하지 못한 이세는 '사고를 은폐했다'고 발언했다.

그 말을 들은 오구라는 분노를 터뜨렸다.

'공식석상에서 노조위원장이 한 발언을 경시할 수는 없다. 중대하게 받아들일 수밖에 없으니 사실관계를 철저하게 조사하도록'이라고 담당자에게 엄명을 내렸다.

그 결과, 처벌성 인사이동과 관계자 처분이 이루어졌고, 이세를 원망하는 사람들도 생겨났다. 정신적 고통에 시달리던 이세는 뇌경색으로 병원에 입원하게 되었다. 증세가 비교적 가벼웠기 때문에 두 달 만에 퇴원했지만, 당시 이세는 극도의 스트레스를 받았다.

운송업자가 사고 은폐를 해서는 안 된다고 이세는 생각했다. 양심의 가책을 느낄 필요는 없다고 생각하면서도 입맛은 계속 썼다.

오구라는 이 일에 대해 이렇게 말했다.

"회사에서 가장 많은 정보를 얻는 사람은 사장이 아니네. 왜냐하면 나쁜 정보는 사장에게 절대 전해지지 않기 때문이지. 나쁜 정보는 주로 노동조합으로 들어간다네. 그래서 나는 노동조합에 '자네들은 나에게 있어 신경이나 마찬가지네. 회사가 병에 걸렸을 때 고통을 통해 나에게 그 사실을 알려주는 게 자네들이지. 그러니 회사에 무슨 일이 있으면 꼭 알려주게' 하고 말했다네."

3

매주 금요일에 본사 5층 회의실에서 열리는 경영전략회의에 요시토미를 비롯한 프로젝트 팀은 몇 번이나 출석해야 했다. 그리고 가장 어린 야마노우치는 서기 역할을 맡았다.

그들이 경영전략회의에서 2온도 체제를 제안하자, 오구라는 고개를 저으면서 말했다.

"자네들. 발상을 과감하게 전환해보는 건 어떤가?"

오구라의 발언을 메모하던 야마노우치는 '사장님. 그건 아니죠' 하고 마음속으로 중얼거렸다.

사무 쪽을 담당하는 야마노우치가 그런 생각을 할 정도였으니, 기술 담당인 하타는 더욱 심각한 표정을 지었다.

오구라의 앞에서는 고개를 갸웃거리기만 하던 하타는 프로젝트 팀의 하드부에 돌아와서는 '사장님이 하는 소리는 전부 이상론이야. 불가능을 인정하지 않는 것뿐이라고' 하고 발언했다.

특히 하타는 차량과장을 겸하고 있었다. 메이커 측과 접점이 있기 때문에 냉동차에 비관적일 수밖에 없었다.

'택급편' 차량은 대부분 도요타 자동차에 의존하고 있는 관계이기에, 야마토 운수는 이 시점에서 신상품 개발을 도요타 자동차 그룹에 의뢰하기로 방침을 굳혀가고 있었다.

프로젝트 팀은 도요타 자동차 특장부의 겐야原野 부장, 시바타芝田 과장, 구니미야国宮 계장, 니토 전장日東電裝 냉방기술 제1부의 나베야마鍋山 차장, 스스키須々木 설계과장, 기노시타木下 계장, 도쿄지점 영업부의 야마베山辺 계장, 아코라 차량기획실의 이와사키岩崎 부장, 아라카와荒川 과장, 기시야마岸山 계장, 오노大野 계장, 제품 기획실의 다카무라高村 주심主審, 마쓰야마松山 계장, 후지야스藤安 실원實員 등과 자주 미팅을 가졌다. 니토 전장과 아코라는 도요타 자동차의 계열기업이다.

"어떻게든 2온도 체제로 가자."

이것이 하드부의 결론이었다.

요시토미도 거기에 동의한 후, '수송 최적 온도와 허용 온도에 관해'라는 제목의 보고서를 경영전략회의에 제출했지만, 오구라는 고개를 끄덕이지 않았다.

결국 3월 초, 경영전략회의에서 요시토미, 가세, 미야모토는 2온도 체제를 주장하기에 이르렀다.

"2온도 체제로도 고객을 만족시킬 수 있다고 생각합니다."

"3온도 체제로 하면 개발비가 비싸 채산성이 떨어집니다. 리스크가 너무 크지 않을까요."

"그 이전에 냉동식품을 취급하는 곳은 슈퍼마켓뿐이라 수요가 적은 점도 문제입니다. 전국 전개에 시간이 얼마나 걸릴지도 모릅니다."

오구라는 반쯤 고개를 숙인 채 대답했다.

"확실히 냉동 쪽의 수요는 적겠지."

프로젝트 팀 멤버들은 안도한 표정을 지었지만, 다음 순간 그들의 표정은 실망과 긴장으로 물들었다.

"요시토미의 보고서에도 냉동식품은 슈퍼마켓에만 있다고 적혀 있지만, 그건 유통 루트가 없기 때문이네. 지금은 적지만 수단이 생기면 수요 또한 그에 따라 발생하지 않을까?"

요시토미와 가세는 반박하지 못했다.

하타는 몸속 깊은 곳이 떨려 왔다.

2온도 체제로 승낙을 받아오겠다고 도요타 자동차 그룹 측에 호언장담을 했기 때문이다.

"자네들의 생각이 좀 잘못된 것 같군. 처음부터 냉동을 포기할 필요가 어디 있지? 3온도 체제로 가세."

이것이 경영회의의 결론이었다.

하타는 도요타 자동차 그룹이 낙담할 것이라고 생각했지만, 이미 주사위는 던져졌다. 마음을 독하고 먹고 그들과 접촉하자고 각오한 그는 니토 전장 도쿄지점에 전화를 걸어 야마베를 찾았다.

"2온도 체제는 부정당했습니다. 3온도 체제로 부탁드릴 수밖에 없을 듯합니다."

"그럴 수가……."

"톱의 경영결단인지라 어쩔 수 없었습니다."

"실무자들에게 어떻게 말하죠?"

"사실 그대로 전할 수밖에 없을 듯합니다."

"일단 실무자들에게 이 일을 알리겠습니다."

다음 날, 아이치愛知 현에서 도요타 자동차 그룹의 관계자들이 대거 상경했다.

겐야, 나베야마 같은 기술자들은 입을 모아 말했다.

"SD의 작업효율이 매우 나빠질 겁니다."

"3온도 체제로 가기 위해서는 종래의 1.2톤 트럭으로는 무리입니다. 탑재 캐비닛이 대형화되니 적어도 2톤 트럭은 되어야……."

"작업성 문제, 온도 관리 같은 기술적 문제, 코스트 문제 등을 고려해봐도 3온도 체제는 현명한 선택이라 할 수 없을 듯합니다."

"개발비는 100억 엔 이상 들 것으로 보입니다."

하타와 미야모토는 우물쭈물하면서도 '부디 3온도 체제로 도전해주십시오. 도요타 자동차 그룹에서 포기한다면 다른 회사에 부탁할 수밖에 없습니다' 하고 말했다.

오구라도 개발비가 100억 엔 이상 든다는 말을 듣고 심적으로 동요했다. 하지만 그는 자신의 뜻을 굽히지 않았다.

개발 그룹은 집배차에 탑재된 콜드케이스(캐비닛)를 관 형식으로 할 것인지 여닫이 방식의 라이팅 데이블 형식으로 갈 것인지에서 의견이 갈렸지만, 냉매의 효율성을 고려해 라이팅 케이블 형식으로 결정됐다.

콜드케이스의 가장 안쪽을 냉동온도대로 하고, 위쪽에 보냉제실을 설치했다. 위쪽 오른편은 냉장온도대, 왼편은 빙온도대다. 용량은 약 1000리터이며, 높이는 1미터 70센티미터(그중 보냉제실과 냉동대는 70센티미터), 폭은 보냉제실과 냉동대 부분이 55센티미터, 냉장대와 빙온대 부분은 90센티미터다.

한편, 터미널 간을 운행하는 대형 트럭에 탑재되는 냉장고 콜드박스는 높이 1미터 75센티미터, 폭은 가로세로 1미터 10센티미터이며, 용량은 1500리터다.

수많은 우여곡절을 겪기는 했지만 한 달 후인 4월 7일에는 콜드케이스와 콜드박스의 사양서가 경영전략회의에 제출됐다.

최고의 택배회사에 어울리는 속도였다.

사양서를 뚫어져라 쳐다보던 오구라는 고개를 들더니 옆자리에 있는 스즈키에게 말했다.

"드디어 끝났군. 시스템적으로는 가장 심플한 방식을 취하게 된 것 같지 않나?"

"예."

스즈키는 감개무량한 표정을 지으면서 고개를 끄덕였다.

스즈키도 그랬지만, 오구라도 3온도 체제로 추진하면서 마음이 흔들리지 않았을 리가 없다.

영업추진부 시절에도, 프로젝트 팀이 스타트된 후에도, 오구라는 마이너스 18℃를 고집했으며 그것을 포기하겠다는 말은 단 한 번도 하지 않았다. 하지만 엄청난 개발비와 채산성이 높아지는 데까지 시간이 걸린다는 점을 생각하면 아무리 오구라라고 해도 고민할 수밖에 없었을 것이다.

'쿨 택급편'의 개발에는 결과적으로 150억 엔이라는 방대한 자금이 필요했다. 만약 오구라가 경영자로서 이윤 추구만을 했다면 3온도 체제를 고집하지 않았을 것이다.

서비스가 최우선이라는 자세를 관철하기 위해 오구라가 얼마나 고뇌했을지는 충분히 상상이 될 것이다——.

택배업계에서 최고의 자리를 지키기 위해, 오구라는 집념을 불태웠고, 결단을 내린 것이다.

요시토미를 비롯한 프로젝트 팀 멤버들 전원이 같은 마음이었기에 오구라의 흔들리는 마음은 아플 정도로 이해가 되었다. 어쩌면 요시토미의 리포트가 역효과로 나타난 것일지도 모른다. 그 리포트 때문에 오구라가 마이너스 18℃(냉동온도)를 고집했던 것은 아닐까.

회의실에서 나서려 하는 요시토미 일행을 오구라가 불러 세웠다.

"자네들, 오늘 일은 프로젝트 팀 밖으로 새어나가지 않게 조심해주게. 아직 동종업계 회사들에게 알려지고 싶지 않거든."

모두의 표정이 굳을 만큼 오구라의 표정은 엄격했다.

그들은 5월 연휴를 반납해가면서 박스 테스트 및 캐비닛 모형 제작 등의 기재 개발을 계속했다.

4

1987년 6월 2일(화요일)은 프로젝트 팀에게 있어 평생 잊을 수 없는 날이 되었다.

이날, 도쿄 지방은 가랑비가 내려 계절에 어울리지 않게 꽤 서늘했다.

오전 열 시를 지났을 즈음, 긴자 2초메의 영업소 앞에 2톤 집배차량이 세워졌다.

발포 스티로폼과 목재 등의 자재도 대량으로 실렸다.

3도어 냉장차와 같은 기능을 지닌 콜드캐비닛을 탑재한 1호차가 완성 직전 단계인 것이다.

프로젝트 팀 멤버와 도요타 자동차 그룹 관계자 20여 명이 숨을 삼킨 채 지켜보는 가운데, 오구라가 오후 한 시 즈음 모습을 드러냈다.

오구라는 차내에 들어가 콜드캐비닛을 열심히 점검했다.

"통로가 좁지는 않나?"

"안쪽이 너무 깊숙한 것 같군. 깊이를 좀 더 줄일 수는 없겠는가?"

"입구를 넓히는 편이 작업하기 좋을 것 같군."

“보냉제를 넣는 공간 폭이 너무 넓으면 공간을 쓸데없이 차지할 것 같은데 말이야.”

“이쪽을 좀 더 낮추면 서류를 넣을 수도 있을 것 같군.”

“이 공간은 완벽한 데드스페이스야. 아까운걸.”

“파이프로 손잡이를 만들고 선반을 달면 상온 운송품을 실을 수 있겠군.”

“그래. 5℃에 상온 보관 상품을 넣어둬도 문제없겠어.”

오구라는 이런 말들을 하면서 한 시간 동안 좁은 차량 안을 둘러보았다.

메모를 하던 야마노우치는 가슴속이 벅차 올라왔다.

이런 사장님이 존재한다는 사실 자체가 믿기지 않았다.

“사장님, 시간이 됐습니다.”

비서에게 재촉을 받은 후에야 오구라는 아쉬운 눈으로 트럭 주위를 한 번 둘러본 후, 대기 중이던 전용 차량에 탔다.

다음 스케줄의 약속 시간이 다 된 것 같았다.

오구라의 의견을 채용해 프로젝트 팀과 개발 팀은 다음 날도 발포스티로폼제 캐비닛 모형 개량에 힘썼다.

5

6월 15일, ‘쿨 택급편’이 사내 발표되었다. 하지만 ‘쿨 택급편’이라는 명칭이 결정된 것은 그로부터 한 달 후의 일이다.

프로젝트 팀에서는 여러 가지 명칭을 내놓았다.

'프레시 택급편', '콜드 택급편', '콜드 냉동택급편', '신선 택급편', '미식가 택급편', '반짝반짝 택급편', '맛있어 택급편', '생생 택급편', '원래 맛 그대로 택급편', '시원한 택급편', '푸드 택급편', '크리스탈 택급편'.

"이 트럭으로 옮기는 짐은 식료품만이 아니지. 화장품이나 필름 같은 걸 옮길 때도 고려한 이름이어야 할 텐데……."

누군가가 한 그 말 덕분에 식료품만을 이미지화한 명칭은 제외되었다. 그리고 영업부 리더인 야마노우치는 몇 번이나 사장실에 갔다.

"으음."

"확 와 닿는 게 없군."

"더 좋은 건 없을까?"

"이것도 아닌 것 같은데."

오구라는 고개를 저어댔다.

사내 앙케트를 해보기로 한 그들은 전국에서 150명의 사원을 무작위로 선출해 앙케트 용지를 배포했다.

그 결과가 바로 '쿨 택급편'이었다.

"앙케트 결과, '쿨 택급편'이 가장 많았습니다. 거의 40% 가까이 차지했죠."

"그래? 좋아."

오구라는 여섯 번째에야 겨우 OK를 해줬다. 하지만 오구라는 그 전에 이미 일부 측근에게 '쿨 택급편이 좋을 것 같군' 하고 자기 심중을 밝혔었다. 그러니 앙케트 결과를 듣고 고개를 끄덕인 것도 무리는 아니었다.

쿨 요금은 P사이즈가 200엔, S사이즈 300엔, M사이즈 600엔이며, 일반 택급편 운임에 가산되는 형식으로 하기로 7월 24일에 결정됐다.

8월 1일, 일부 지역을 대상으로 테스트 판매를 시작하기로 했으며, 프로젝트 팀은 도요타 자동차 그룹의 개발 팀과 공동으로 집배차 주행 테스트를 시행했다.

140초 주행하고 40초간 엔진을 정지했을 때 냉기를 밖으로 내보내지 않기 위해서는 어떻게 해야 하는가. 문 안에 커튼을 설치하자—— 운전석용 에어컨을 화물 쪽에 달자—— 화물 우선이라는 기본 방침에 SD들도 협력했다.

개량을 거듭해 에어컨 프레셔를 두 대 설치하게 되지만, 테스트 판매 때는 하나만 설치되어 있었다.

8월 1일은 토요일이지만 프로젝트 팀은 사이타마 현 도다戸田의 북 도쿄주관지점, 시나가와 구 야시오八潮의 남 도쿄주관지점, 에토江東 구 에다카와枝川의 도쿄주관지점, 이렇게 세 터미널에 분산되어 휴게실에서 지냈다. 우선 서비스 지역을 도쿄 23구로 한정한 결과였다.

센다이, 나가오카長岡, 지바, 요코하마, 아츠기厚木, 시즈오카, 한신阪神, 오카야마岡山, 이렇게 8지구 32센터에서 '쿨 택급편'의 집배차가 그날 모은 화물은 그날 밤, 쿨 박스가 탑재된 대형 트럭에 싣고 다음 날 아침까지 세 터미널로 옮겨졌다.

하타와 미야모토는 북 도쿄주관지점에서 대기했다. 도요타 자동차와 니토 전장 등의 개발팀 담당자도 첫날부터 '쿨 택급편' 첫 차가 오기를 기다렸다.

센다이의 어묵도, 하치노헤八戸의 생선도, 신선도가 떨어지기 전에 집배차로 이용자에게 배달되었다.

북 도쿄 주관지점만이 집배차의 콜드케이스에 온도 센서를 달아 온도관리에 관한 데이터를 수집했다.

또한, 집배차의 냉동 온도 칸에 오전 아홉 시부터 세 시간 반 동안 종이 용기에 든 자그마한 아이스크림을 여섯 개 넣어서 실험해본 결과, 냉기가 강한 안쪽은 문제가 없었지만 바깥쪽은 약간 녹아 있었다.

이 결과를 통해 냉매의 냉기를 전달하는 에어컨 컴프레서를 하나만 설치해서는 부족하다는 사실을 파악한 그들은 컴프레서를 두 개 설치해 이 문제를 해결했다.

8월 1일에 배송된 '쿨 택급편'은 148개에 지나지 않았지만, 그 후 2주 동안 1900개를 취급했다.

9월에는 도마코마이苫小牧, 10월에는 북 규슈도 서비스 지역에 포함시켰고, 12월부터는 간토 지방으로 확대했다. 1988년 3월까지 8개월 동안의 판매기간 중 10만 7천 건의 '쿨 택급편'을 취급했다.

여름 시즌에 3온도 체제를 극복하면서, '쿨 택급편'에 의한 냉장수송 테스트 판매는 대성공을 거뒀다.

하지만 홋카이도 지역에서 생각지도 못한 경험을 했다.

시즈오카와 에히메愛媛에서 삿포로, 오비히로帯広, 구시로釧路, 기타미北見 등으로 배송되던 귤이 얼어버린 것이다.

온도를 낮추는 데만 급급했던 나머지 거기까지 생각이 미치지 못했던 것이다. 냉동품은 전혀 문제가 없었다. 하지만 5℃ 냉장온도 칸과 0℃ 빙온 칸의 짐이 외부 기온이 낮아진 탓에 얼어버린 것이다. 상온 운송품도 마찬가지였다.

오구라가 일전에 했던 말에 비춰보자면 '귤이 불쌍하군'이라고 할 수 있겠다.

살이 에이는 듯한 홋카이도의 한기 속에서는 히터를 달아 온도를 높일 필요가 있다는 사실이 확인되었다.

이런 일이 벌어졌는데도 불구하고 '쿨 택급편'의 초년도(1988년 4월~1989년 3월)의 취급 실적은 863만 건, 1990년도에는 1900만 건에 이르렀다.

1988년 7월에는 주요 터미널(삿포로, 사이타마, 북 도쿄, 도쿄, 시즈오카, 오사카, 나가오카에 있는 일곱 개의 베이스)에 저온실을 설치해 작업성을 높였다.

'쿨 택급편'의 반향은 프로젝트 팀이 예상했던 수준을 훨씬 뛰어넘었다.

백중 때 팔리지 않고 남은 햄과 연어가 날개 돋친 듯 팔리게 된 것은 '쿨 택급편' 덕분이었다.

백화점, 슈퍼마켓 등의 새로운 대형 클라이언트를 획득하면서, 여름뿐만 아니라 사계절 내내 수요가 발생할 만큼 '쿨 택급편'의 위력은 정말 엄청났다.

1988년 7월까지 전국 94%를 커버할 수 있을 만큼 체제를 정비했다.

게다가 놀랄 일은 그것만이 아니었다.

미츠코시마저도 '쿨 택급편'을 이용하고 싶다면서 고개를 숙이면서 요청한 것이다.

1994년, 프로젝트 팀을 진두지휘했던 요시토미는 이사 겸 간토 지사장이 되었다. 요시토미는 미츠코시 담당 임원의 방문 뒤, 오구라에게 그 사실을 보고했다.

"흐음."

"NO라고 할 수는 없겠군요."

"물론이지. 오는 사람을 막을 수는 없으니까 말이야."

오구라는 표정을 바꾸지 않았지만 1979년 2월에 결별한 후 15년 만에 거래를 재개하게 되었으니 감개무량하지 않을 리가 없다.

택배 업자 중 0℃ 냉장 배송을 실시해 '쿨 택급편'에 도전한 곳도 있지만 마이너스 18℃에 도전해 성공한 곳은 야마토 운수, 단 한 곳뿐이었다.

'쿨 택급편'은 '스키 택급편' 같은 고객의 요망이나 클레임에 맞춰 탄생한 것은 아니다. '택급편'의 개발이 그랬듯, 톱의 뜻에 따라 실현된 서비스라는 점은 의심할 여지가 없다.

도요타 자동차 그룹의 협력이 없었다면 이 개발은 불가능했겠지만, '쿨 택급편'의 차량만으로도 1만 5천 대 이상의 차량이 도요타 자동차에 발주됐다. 개발 과정에서 겪은 고생에 대한 답례로는 충분할 것이다.

6

'맛이 살아있는 택급편'이라는 광고 전단에 실린 '최적의 차내 온도

시스템으로 맛을 유지한 채 전국에 배달'이라는 캐치프레이즈 아래에는 다음과 같은 설명문이 실렸다.

> 쿨 택급편은 집배~분별작업~배달이라는 전 공정을 철저하게 관리합니다. 그것을 가능케 하는 것이 냉온 기자재와 축냉제를 비롯한 최신설비들입니다.
>
> 배송지에 수령인이 없는 경우에도 안심하십시오. 재배달 시까지 온도대별로 책임지고 냉온 보관합니다. 또한 야간(오후 6시~8시)에도 배송하고 있습니다. 발생 가능한 모든 사태를 고려한 시스템을 구축했습니다.
>
> 등장 이후 계속 호조를 보이는 쿨 택급편이기에 가능한 서비스입니다.
>
> 여러분 덕분에 쿨 택급편은 착실하게 마켓을 확대하면서 유통 혁명이라고 할 수 있을 정도의 실적을 거두고 있습니다. 또한 완벽한 냉장 수송이 이루어지도록 각종 설비 투자에도 최선을 다하고 있습니다. 예를 들어 냉장기기 탑재 차량은 스타트 당초에 비해 2.5배 가까이 숫자가 늘었으며, 1992년 말 현재, 약 1만 대에 이르렀습니다. 저희 야마토 운수의 열의를 나타내는 숫자이기도 합니다. 맛과 신선도를 유지한 채, 항상 스무스한 배달을 실행하는 쿨 택급편. 일본의 '맛'을 전국 방방곡곡에 —— 확실한 노하우로 배송합니다.

야마토 운수가 '유통혁명'을 이뤄냈다는 것은 1988년에 니혼게이자이 신문 연간 우수제품 · 서비스 상을 수상한 것으로도 증명되었다.

1989년 2월 3일부 닛케이日経 산업신문은 '개발책임자는 말한다'라는 제목으로 요시토미와의 담화를 실었다.

> 택배로 배송되는 짐의 45%는 식료품이다. 그중 반은 가정 냉장고에 보관해야 하는 물품이다. 우리 회사는 연간 6000만 건이 냉장 수송이 필요한 화물이라 계산했다. 종래에는 발포 스티로폼 용기와 드라이아이스를 사용해 배송했지만, 불편할 뿐만 아니라 온도관리도 완벽하지 못했다. 각 가정, 개인 상점을 중심으로 '온도관리가 완벽한 택배상품을'이라는 요청이 줄을 이었다.
>
> 전부 처음 해보는 시도였다. 가장 먼저 '왜 식품을 냉장보관하는가', '온도를 어느 정도로 해야 하는가'라는 것부터 생각해야 했다.
>
> 식품에는 각각 적정온도라는 것이 있다. 냉동식품은 마이너스 15℃ 이하, 생선류는 0℃, 유제품은 5℃이하여야만 한다. 도쿄 · 아키하바라의 전자상점에서 전 가전 메이커 냉장고 카탈로그를 모아 적정 온도를 연구했다.
>
> '두 종류의 온도만으로 충분하지 않나'라는 의견도 있었다. 하지만 미식가 붐이 일어나면서 '두 종류로는 시대에 뒤처지고 만다'는 의견을 받아들여 3온도 체제로 가기로 했다.

다음은 냉장 수단이 문제였다. 전국에 있는 천 개의 영업소에 대형 냉장고를 설치했지만 집배차는 그럴 수가 없다. 일반 화물도 같이 싣지 않으면 집배효율이 떨어지기 때문이다. 좁은 공간을 어떻게 활용할 것인가, 전원을 어떻게 확보할 것인가. 자동차, 전기 메이커와 힘을 합쳐 검토에 검토를 거듭했다. 힘들었던 것은 현장에서 뛰는 직원들을 교육시키는 것이었다. 식품을 취급하는 데는 세심한 주의가 필요하다. 교육용 비디오를 작성하고, 각지에서 설명회를 개최했다. 처음에는 '번거롭다'면서 반대하는 목소리도 있었다.

1988년 4월부터 전국에서 영업을 개시했다. 7월 취급 건수는 170만 건이었으며, 겨울에도 200만 건을 기록했다. 당초 목표를 400만 건 웃돌면서, 연간 900만 건 돌파는 확실시되었다. 현재는 기업 및 상점에서 압도적으로 이용하고 있지만, 일반가정의 수요도 환기해나가고 싶다.

이 네트워크를 이용해 아이스크림 등의 유제품을 전국에 판매하는 낙농업자도 있다. 이렇게 이 시스템을 이용하는 소비자도 생겨나고 있으니 좋은 서비스가 새로운 수요를 만드는 좋은 예라 할 수 있을 것이다.

7

1987년 6월 4일부터 열흘간, 오구라는 미국으로 출장을 갔다.

귀국 후 얼마 지나지 않아, 오구라는 스즈키를 사장실로 불렀다.

"나는 회장이 되겠네. 뒷일을 부탁하지."

오구라는 전부터 62세 사장 정년설을 주장해왔다. 즉, 이것은 야마토 운수의 내규인 것이다.

스즈키는 16년간 오구라 사장을 보좌하며 그를 보필해왔다.

"영광입니다. 미력하게나마 최선을 다하겠습니다."

지금 생각해보면 '택급편'의 부모라 할 수 있는 오구라는 창업자라 해도 과언이 아니었다.

오구라의 아버지인 야스오미가 야마토 운수의 창업자지만, 오구라는 대형 화물을 포기함으로써 아버지가 일으킨 사업을 부정했다. 그러니 지금의 야마토 운수가 존재하는 것은 수많은 2대 경영자와는 전혀 다른 길을 걸어온 오구라 덕분이라 하겠다.

스즈키가 야마토 운수의 넘버2지만, 전무일 때와 사장일 때는 어깨를 짓누르는 압박감이 압도적으로 달랐다. 경영집행권이 사장에게 있으니 그 중압감이 가벼울 리가 없었다.

하지만 '창업자'인 회장이 뒤에서 받쳐줄 것이라는 사실이 큰 위안이 되었다.

야마토 운수는 6월 26일 정시총회 후 임원회의 자리에서 오구라의 회장 취임과 스즈키의 사장 승격을 결정했다.

증자를 거듭한 야마토 운수의 자본금은 216억 2천만 엔에 이르렀다. 사원은 약 2만 8천 명이다. '택급편'이 야마토 운수를 대기업으로 만든 것이다.

스즈키는 버블 경제기에 사장이 되었고, '택급편' 취급 건수 또한 비약적으로 늘었다.

1988년도 연간 취급 건수는 3억 4871만 5천 건이었다. 경이적인 신장률이었다.

1988년 11월, 스즈키는 리더십을 발휘해 '택급편'의 가격 인상을 결정했다.

가격 인상 문제가 사내에서 검토되기 시작한 것은 7월경부터였다.

하지만 오구라는 가격 인상 자체에는 소극적이었다.

"화물을 다른 회사에 빼앗기지는 않겠나?"

"'택급편'은 서비스의 질적 측면에서 다른 회사와 비교가 안 됩니다. SD를 비롯한 현장 사람들은 과중한 부담을 받고 있으니 사원 숫자를 늘릴 필요가 있다고 생각합니다. 그러기 위해서라도 100엔가량 인상해야 한다고 생각합니다."

"100엔 인상하면 3억 건 배송 시 300억 엔의 추가 수입을 볼 수 있지. 운수성이 인가를 해줄 것 같지는 않네만."

"대형 거래처 측은 반년에서 1년 정도 여유를 주면서 인상할 생각이니 단숨에 300억 엔의 추가 수입을 얻을 수는 없을 겁니다. 운수성과는 제가 교섭하죠."

"왠지 내키지 않는군. 점유율이 떨어지지는 않으면 좋겠는데 말이야."

"저에게 맡겨주십시오. 만일 점유율이 떨어진다면 제가 책임을 지겠습니다."

"자네가 그렇게까지 말한다면 어쩔 수 없지."

오구라는 내키지 않아하면서도 OK를 했다.

겸사겸사 5년 만에 '택급편'의 모델 체인지도 이루어지게 되었다.

P사이즈(100센티미터, 2킬로그램), S사이즈(100센티미터, 10킬로그램), M사이즈(120센티미터, 20킬로그램)의 3단계 체제에서 60사이즈, 80사이즈, 100사이즈, 120사이즈라는 4단계 체제로 모델 체인지를 한 것이다.

60사이즈는 60센티미터, 2킬로그램, 80사이즈는 80센티미터, 5킬로그램, 100사이즈는 종래의 S사이즈, 120사이즈는 M사이즈다.

우편 소포와의 비교 등을 고려해 '작은 것은 더욱 싸게'라는 신기원을 연 것이다. 60사이즈는 종래의 P사이즈보다 100엔 낮춰 600엔으로 측정했다. 우편 소포와 거의 같은 가격인 것이다.

80사이즈의 요금은 800엔, 100사이즈는 천 엔, 120 사이즈는 1200엔. 종래의 P, S M사이즈에 비해 가격이 100엔씩 올랐다.

운수성은 당초 택배는 일반 소비자의 생활에 꼭 필요한 상품이기 때문에 100엔 인상에 따른 사회적 영향이 크다, 는 이유로 난색을 표했다.

하지만 스즈키는 야마토 운수의 경영 상태를 거론하며 가격 인상을 요구했고, 또한 '택급편'의 서비스가 다른 택배 회사에 비해 얼마나 뛰어난가를 역설하면서 운수성의 허가를 얻어냈다.

사전 공작 덕분에 1989년 9월 26일부로 신청한 가격 인상 건은 10월 20일부로 운수성의 인가를 받아냈다.

가격 인상에 따른 마이너스적 영향은 적었고, 점유율 또한 늘어났다.

1989년 11월 29일에 메구로의 핫포엔에서 개최된 창립 70주년 기념식전에서 오구라는 스즈키에게 말했다.

"기우로 끝나 정말 다행이군. 자네의 경영판단이 옳았네."

"감사합니다. 실은 밤에 잠이 안 올 정도로 걱정했습니다."

스즈키는 환한 표정을 지으며 대답했다.

1989년 9월 30일, 야마토 운수의 자본금은 412억 1800만 엔으로 증자됐고, 12월 1일 현재 '택급편' 에어리어는 이즈오시마伊豆大島와 아마미오시마奄美大島 등을 포함해 인구비 커버율은 99.9%, 면적비는 99.5%에 이르렀다. 1989년도의 '택급편' 취급 건수는 4억 1125만 7천 건을 기록했다.

야마토 운수는 끊임없는 도전을 통해 패기를 잃지 않고 진격을 계속해나갔다.

예를 들어 1994년도(1994년 4월~1995년 3월)의 택급편 취급 실적은 아래와 갔다.

▽'택급편' 총 건수=5억 9076만 6040건(전년도 대비 107.7%) ▽'쿨 택급편'=6229만 9146건(119.3%) ▽'택급편 타임 서비스'=930만 4964건(134.5%).

참고로 야마토 운수는 '택급편 시스템'으로 1990년 11월에 일본과학기술연맹 이시카와 상을 수상하는 영예를 얻었다.

참고자료

『야마토 운수 50년사』 야마토 운수 주식회사 사사편집위원회

『야마토 운수 70년사』 야마토 운수 주식회사 사사편집위원회

『택배 전쟁』 닛케이 산업신문편 니혼게이자이 신문사

『이것이 쿠로네코 야마토다!』 구라이시 슌 다이아몬드 사

『사이토 사조 구집』 야마토 운수 문화회 하이쿠 부 쓰루 하이쿠 회會

『현대』 1993년 4월호 특집관료왕국 해체편 사가와 사건의 공범자 「운수성의 대죄」 오구라 마사오, 사타카 마코토

『신新 사업의 전략적 전개 택급편의 개발전략 · 경영자의 사고방식에 관해』 야마토 운수(주) 회장 오구라 마사오 사회경제국민회의 · 조사 자료센터

후기

10년이면 강산도 변한다는 말이 있다. 그렇다면 나는 강산이 두 번 변하기 전에 이 책을 쓰기 위해 자료 조사 및 취재를 다녔다. 완전히 휘둘러 다녔다고 말하고 싶지만, 많은 취재 대상자들의 일정을 조정하느라 고생한 야마토 운수 공보 담당자가 그 말을 들으면 '당치도 않다. 그건 우리가 할 말이다'라고 말할 것이다.

옛 수첩을 보고, 야마토 운수의 많은 관계자들을 취재했다는 걸 알 수 있었다. 내 성급함과 끈질김은 도가 지나친 수준이었다. 아는 체 같은 것도 잘 못하는 편이다. 호기심이 왕성해서 취재 또한 장시간에 걸쳐 했다. 상대를 화내게 해서 쓸데없는 말까지 하게 하는 것이 특기이며, 그때 들은 말은 기억해두었다 나중에 메모하곤 했다. 아무것도 모르니 처음부터 가르쳐주십시오, 하고 말하는 것이 내 취재 방식이다. 아르티장 작가라고 불리는 이유이기도 했다.

후기를 쓰기에 앞서 교정지를 다시 훑어보며, 정말 잘 정리했다는 생각이 든 것은 그만큼 취재에 많은 시간을 들였기 때문이리라.

'택급편'은 국민 생활에 녹아들면서 이제는 없어서는 안 될 존재가 되었다. 유통혁명을 일으킨 오구라 마사오는 '택급편의 신'이라 불리며, 역사에 그 이름을 남기는 인물로 승화됐다.

하지만 오구라에게 있어 아버지 야스오미의 존재는 너무나도 거대했던 것이 아닐까.

오구라는 입사하자마자 폐결핵에 걸려 4년 반 동안이나 입원생활을 하면서 죽음을 각오했지만, 스트렙토마이신 덕택에 회사로 돌아올 수 있었다. 패전 후인 1940~1950년대 초기에 이 항생물질이 일본인에게 투여된 경우는 극히 한정되어 있었으며 가격 또한 비쌌지만, 야스오미는 주둔군 쪽 인맥을 동원해 그 약물을 구한 것이다. 구제 도쿄고교에서 도쿄 제국대학 경제학부를 나온 엘리트 장남을 아버지로서 잃고 싶지 않았을 것이라는 것은 쉬이 상상이 되었다.

그래서일까, 아버지는 아들에게 엄격했다. 복귀 후, 통제가 안 되는 자회사의 재건을 아들에게 명한 것이다. '사자는 자기 새끼를 절벽 밑으로 밀어서 떨어뜨린다'는 말을 실천에 옮긴 듯한 아버지를 아들은 원망했다. 하지만 '단순한 엘리트와는 다르다. 마사오라면 반드시 해낼 수 있다'고 아버지는 확신했으리라. 그리고 그 확신은 사실이 되었다.

다이쇼 시대에 활약한 야스오미는 선견지명이 있는 탁월한 경영자였다. 간토 대지진(1923년 9월 1일)을 극복한 것도, 야스오미의 상상을 초월할 만큼 정확한 판단력 덕분이었다. 또한 야스오미는 뛰어난 아이디어맨이기도 했다. 이 점은 이삿짐, 혼례화물 업무 부문을 개척한 것을 통해서도 알 수 있다.

1927년 11월, 4개월 동안 서양을 여행한 것도 그 예라 할 수 있었다.

런던의 템스 강가에 있는 사보이 호텔에서 개최된 만국 자동차 운수 회의에서, 일본 트럭업계를 대표해 출석한 그는 'Door to Door' 시스템을 배우는 등, 그 여행을 통해 얻은 성과는 적지 않았다.

미국에서는 세계의 자동차 왕 헨리 포드와 두 시간 동안 회담을 가졌고, 신형차 구입을 결심했으며, 미국 신문에도 실렸다.

제6장 '쿠로네코' 삽화에서 나온 하이쿠 시인, 사이토 다케시(사조)에 대한 배려는 야스오미가 얼마나 마음이 넓고, 상냥하며, 따뜻한 사람인지를 알려준다. 강함과 상냥함을 동시에 갖춘 야스오미의 유전자는 오구라에게도 전해졌다. 아버지에게서 강함을 물려받았다는 것은 뇌경색으로 쓰러진 야스오미에게서 경영집행권을 빼앗은 것, 대형화물을 배제하고 소형화물(택배)로 회사를 특화시킨 것, 양복 입은 조직폭력배라 불리던 미츠코시의 오카다 시게루의 횡포에도 굴하지 않고 오랫동안 지속된 거래 관계를 끊은 것들을 통해 알 수 있다.

'쿨 택급편'의 연구 개발비에 150억 엔이라는 거액을 투자한 것과, '스키 택급편', 시스템화에서, 캐터필러 달린 설상차 개발을 밀어붙인 오구라의 결단력에, 나는 감동했다. 그중에서도 '쿨 택급편' 개발의 동기가 된 '발포 스티로폼에 포장된 짐이 불쌍하군'이라는 오구라의 중얼거림은 매우 인상 깊다. 창업가 사장만이 할 수 있는 말일 것이다.

세계화에서도 오구라는 속도감 넘치는 경영판단으로 여타 택배 업자들을 압도했다.

노동조합 간부와의 갈등 후에 오구라가 했던 말은 수많은 경영자들을 향한 메시지가 아니었을까.

"회사에서 가장 많은 정보를 얻는 사람은 사장이 아니네. 왜냐하면 나쁜 정보는 사장에게 절대 전해지지 않기 때문이지. 나쁜 정보는 주로 노동조합으로 들어간다네. 그래서 나는 노동조합에 '자네들은 나에게 있어 신경이나 마찬가지네. 회사가 병에 걸렸을 때 고통을 통해 나에게 그 사실을 알려주는 게 자네들이지. 그러니 회사에 무슨 일이 있으면 꼭 알려주게' 하고 말했다네."

'스키 택급편'의 개발 등, 아랫사람의 말에도 귀를 기울이는 오구라이기에 가능한 발언이 아닐까. 사원을 소중히 여기는 점도 아버지에게 물려받은 것이리라.

당연하다면 당연한 것이지만, 오구라에 대해 이야기를 하면서 운수성(현 국토교통성)과의 장렬한 사투에서 승리한 것을 뺄 수는 없다.

1993년 4월호의 종합월간지 『현대』의 평론가인 사타카 마코토와의 대담에서 오구라가 한 발언을 인용할까 한다.

"사가와 급편 사건의 배후에는 두 개의 문제점이 존재합니다. 첫 번째 문제점은 운수행정과 직접관련이 없지만 운송업에서 번 방대한 돈을 정치가를 비롯해 연예인과 스포츠 선수들에게 마구 뿌려댄 점입니다. 이것은 모럴의 문제인 것과 동시에 정치 문제이며, 특별배임 문제이기도 합니다. 이 일련의 보도에서는 이 문제점만 추궁해 또 하나의 중대한 문제점이 주목받지 못했죠. 만약 사가와 급편이 올바르게 장사를 했다면 수많은 정치가와 연예인에게 마구 뿌려댈 만큼 거액의 돈을 벌지는 못했을 겁니다. 사가와는 왜 몇 천 억이나 되는 돈을 그렇게 펑펑 쓸 수 있었던 걸까요. 그 비밀은 바로 무면허로 일을 했기 때문입니다."

운수성이라는 거대한 행정부와의 사투에서 한 걸음도 물러서지 않고, 각양각색의 뒷공작에는 소송으로 대치했던 오구라의 강직함에는 혀를 내두를 수밖에 없다.

인터뷰를 끝낸 사타카는 다음과 같이 오구라를 칭송하면서 운수성을 강하게 지탄했다.

조선造船 스캔들, 부슈 철도 사건, 오사카 택시 스캔들, 록키드, 그리고 이번 사가와 급편 등, 일본에서 발생한 대부분의 오직汚職 사건에는 운수성이 관여하고 있다. 그런 의미에서 볼 때 이 사건들은 운수성 스캔들이라고 해도 과언이 아닐 것이다. 운수성이 최대 인가 관청이라는 것이 원인일 것이며, 이렇게 이권만 밝히는 운수 행정에 오구라 씨는 정면으로 도전해왔다.

'야마토에게는 정치력이 없다. 있어도 쓰고 싶지 않다'라고 말한 오구라 씨는 '운수성 따위 필요 없다'는 발언도 해서 주위 사람들의 가슴을 오그라들게 만들었다.

하지만 이번 사가와 급편 사건의 발각으로 야마토의 방식이 칭찬받아 마땅한 것이라는 사실이 밝혀졌다.

코스모스와 사가와의 '정치력' 행사 작전이 스캔들로 이어졌으며, 그것을 막기 위해서는 어떻게 해야 하는가. 오구라 씨는 단호한 어조로 위와 같이 말했다. 어쩌면 운수성 관료들은 이 일로 또 '고양이 괴롭히기'를 시작할지도 모른다. 그렇게 되면 이쪽도 집요하게 운수성 비판을 계속할 것이다. 그것이 오구라 씨의 '용기'에 답하는 길이라고 생각하기 때문이다.

사타카 마코토는 오구라와 대여섯 번 만났다고 하는데, 나는 한 번도 만난 적이 없다.

"다카스기 료, 그 사람, 나와 한 번도 만나지 않고 그런 책을 쓰다니 정말 대단한걸."

나는 오구라의 발언을 여러 사람을 통해 들었다.

연회에서 가볍게 한잔한 후에 한 잡담으로 여겨지나, 오구라는 '취재에는 전면적으로 협력하라'고 말했다고 한다. 그 말을 보면 취재에 응할 의지가 있었던 것은 일목요연하다.

그런데도 한 번도 만날 기회가 없었다는 것이 나는 전부터 이상하게 여겨졌다. 하지만 이 책을 다시 읽으면서 나는 한 사실을 깨달았다. 어쩌면 그는 단순히 부끄러워서 그런 것뿐일지도 모른다——.

수줍음이 많은 그는 내 실력을 보려 한 것일지도 모른다. 그리고 나라면 주변 취재만으로도 충분히 만족스러운 글을 쓸 수 있을 것이다——. 그렇게 생각한 듯한 느낌이 들었다. 그렇다면 그가 말한 '대단하다'는 표현은 나에 대한 최상급의 칭찬으로 받아들일 수도 있을 것이다.

이것은 나만의 착각이자 자만일지도 모른다.

하지만 그런 생각이 드는 것과 동시에, 천하의 오구라의 헛기침을 가까이에서 들은 듯한 기분 또한 들었다. 이 불가사의한 느낌의 정체는 감개무량함에 가까운 듯한 느낌이 든다. 적어도 오구라가 사원들에게 상냥한 사람이라는 것을 재인식할 수 있었다.

그 미츠코시 사건 후로 15년 만에 거래 재개 요청을 받았을 때, 옛날 일은 전부 흘려버리고 쾌히 승낙한 오구라 마사오의 커다란 도량에 갈채를 보내는 것은, 나 자신이 그를 통해 용기를 얻었기 때문이다. 독자 여러분이 읽고 기운을 얻을 수 있는 소설이라 자부한다.

2013년 6월

다카스기 료

역자 후기

안녕하십니까. '소설 야마토 운수'의 번역을 담당한 이승원입니다.
본 작품을 읽어주셔서 정말 감사합니다.

'소설 야마토 운수'는 경제 소설계의 거장, 다카스기 료 작가님의 작품으로 '택급편의 신'이라 불리는 오구라 마사오와 그가 일군 야마토 운수를 다루고 있습니다.

언뜻 보기에는 단순한 논픽션 소설, 혹은 자서전으로 볼 수도 있는 작품입니다만, 이 작품의 중심은 어디까지나 '야마토 운수'라 할 수 있습니다.

오일쇼크 후 위기에 처한 회사를 살리고 더 높은 곳으로 도약하기 위해 '택급편'이라는 카드를 꺼내드는 오구라 마사오를 다루면서 이야기는 시작됩니다. 그리고 회사의 창업자이자 오구라 마사오의 아버지인 야스오미를 다루면서 '야마토 운수'라는 회사가 어떤 고난과 역경, 그리고 새 시대에 빠르게 적응하면서 성장해왔는지를 다루고 있습니다.

위대한 창업자를 아버지로 둔 오구라 마사오. 하지만 그는 아버지가 갈고닦은 사업 기반을 포기하고 '소화물 배송', 그리고 '택급편'이라는 새로운 영역을 개척해나가며 자신만의 길을 걷습니다. 그런 그의 행동력을 뒷받침하는 것은 현실적 이득보다 소비자를 우선하려 하는 그의 확고한 주관에 있지 않은가 합니다.

그리고 그것을 통해 '제2의 창업자'이자 '택급편의 신'이 된 오구라 마사오가 현대를 사는 우리에게 시사하는 바는 무엇인지에 대해 생각하게 됩니다.

그것은 사람에 따라 분명 다를 것이라 생각합니다. 그리고 그가 걸은 길만이 옳다고 판단하는 것 또한 문제가 있다 생각합니다.

하지만 자신의 신념에 따라 정도라 할 수 있는 길을 우직하게 걸은 끝에 '택급편의 신'이라 불리게 된 오구라 마사오라는 인간에게는 분명 '로망'이라는 것이 존재한다 생각합니다.

이 책은 자기계발서도, 자서전도 아닙니다. 하지만 정도경영을 통해 한 회사를 키워온 부자父子의 이야기는 여러분에게 새로운 관점을 시사해줄 것이라 생각합니다.

이 책이 여러분에게 재미뿐만 아니라 삶의 관점 면에서 조금이나마 도움이 되길 진심으로 빌며 후기를 마칩니다.

언젠가 또 다른 책을 통해 독자 여러분을 찾아뵙겠습니다.

2015년 4월

역자 이승원 올림

택배는 이렇게 탄생했다 소설 운수업

초판 1쇄 인쇄 2015년 5월 20일
초판 1쇄 발행 2015년 5월 25일

저자 : 다카스기 료
번역 : 이승원

펴낸이 : 이동섭
편집 : 이민규
디자인 : 고미용, 이은영
영업 · 마케팅 : 송정환
e-BOOK : 홍인표
관리 : 이윤미

㈜에이케이커뮤니케이션즈
등록 1996년 7월 9일(제302-1996-00026호)
주소 : 121-842 서울시 마포구 서교동 461-29 2층
TEL : 02-702-7963~5 FAX : 02-702-7988
http://www.amusementkorea.co.kr

ISBN 978-89-6407-955-3 03830

이 도서의 국립중앙도서관 출판예정도서목록(CIP)은
서지정보유통지원시스템 홈페이지(http://seoji.nl.go.kr)와
국가자료공동목록시스템(http://www.nl.go.kr/kolisnet)에서 이용하실 수 있습니다.
(CIP제어번호: CIP2015011575)

*잘못된 책은 구입한 곳에서 무료로 바꿔드립니다.